특명관 2

특명관 2

이스탄불의 타킷

이원호 지음

차례

1장
후세인 암살작전

"수고했어."

후세인이 웃음 띤 얼굴로 말을 이었다.

"호마칸족 반군은 이번에 재기불능의 타격을 입었다. 모두 네 덕분이다."

"아닙니다, 각하. 저는……."

"네가 내 손이 안 닿는 등을 시원하게 긁어주었다."

정재국의 시선을 받은 후세인이 생각난 것처럼 물었다.

"너, 지난번에 나를 언제 만났지?"

"지난번 작전이 끝났을 때입니다."

"그런가?"

후세인의 얼굴에 웃음이 떠올랐다. 이번 작전을 시작할 때 만난 후세인은 대역이었던 것이다.

"예, 각하."

후세인이 고개를 돌려 카심과 모하메드를 보았다.

"이제 특명관도 나하고 대역을 명확하게 구별하는군."

둘이 웃기만 했고 후세인이 말을 이었다.

"정, 잘 들어라."

"예, 각하."

"특명관에 대한 소문이 많이 퍼져 있어. 그래서 당분간은 너희들이 잠적하는 것이 낫겠다."

"예, 각하."

"새 지시가 갈 때까지 휴가다."

자리에서 일어선 후세인이 다시 두 손을 벌렸다. 안으려는 것이다.

호텔로 돌아온 정재국이 방에서 기다리던 이칠성에게 말했다.

"고생했으니까 휴가 가라는 지시다."

"어디로 갑니까?"

"한국."

그 순간 이칠성과 고준기, 박상철의 얼굴에 웃음이 떠올랐다. 고국이다. 그들을 둘러본 정재국이 말을 이었다.

"너희들은 고국인 한국으로 가서 휴가를 보내는 거야."

"아니, 그럼 특명관님, 아니 대장님은요?"

이제는 특명관이 입에 붙은 고준기가 묻자 정재국이 대답했다.

"난 파샤를 데리고 카이로에 간다."

"카이로에 말입니까?"

"파샤가 카이로에서 일할 수 있도록 도와준다고 약속했어."

"그래야지요."

이칠성과 박상철이 바로 고개를 끄덕였다. 고준기도 동의했다.

"파샤 덕분에 위치추적기를 넣었으니까요."

"파샤 친구가 도와주었지만 지금 드러나게 보상해줄 수는 없어."

정재국이 웃음 띤 얼굴로 셋을 둘러보았다.

"난 다음 기회에 가지."

오후 9시 반, 정재국과 파샤가 출국장으로 다가가자 기다리고 있던 사내 하나가 잠자코 앞장을 섰다. 길게 늘어선 출국자들 옆을 지난 사내가 경비병들이 서 있는 출구 앞으로 다가가더니 멈춰 섰다. 그러고는 정재국에게 여권을 내밀었다. 2개다.

"출국 스탬프는 찍어놓았습니다."

사내가 공손하게 말했다. 여권 안에는 비행기 티켓이 끼워져 있다.

"그럼 편안한 여행 되시기를 바랍니다, 선생님."

"고맙소."

여권을 받은 정재국과 파샤가 경비병 사이를 지나 출국장 안으로 들어섰다. 이제 비행기만 타면 되는 것이다. 정재국이 파샤에게 여권을 넘겨주면서 말했다.

"파샤, 이제 카이로에 간다."

"고맙습니다."

여권을 받은 파샤는 인샤냐 마을에서의 파샤가 아니다. 정재국이 준 돈으로 미용실에 들렀다가 백화점에서 신발에 옷과 가방까지 싹 샀다. 나중에는 마사지 숍에서 손톱 발톱 치장까지 한 데다 액세서리도 갖췄다. 전혀 다른 모습이 되었다. 이 모습 그대로 카이로 중심부에 내놓아도 손색이 없는 양장미인이다. 파샤가 물기가 가득 낀 눈으로 정재국을 보았다.

"카이로에 가서 바로 헤어질 건 아니죠?"

"그럼."

정재국이 팔을 뻗어 파샤의 허리를 감아 안았다. 파샤가 몸을 정재국에게 바짝 붙였다. 인샤냐에서 눈만 내놓고 다닐 때와는 다른 모습이다. 얼굴을 다 드러내놓고도 정재국에게 안기듯이 걷는다.

후세인이 대역에게 말했다.

"지금까지 손을 흔들거나 계급장 달아주는 것, 시장에서 짧은 연설하는 것까지 했지만 이번 외국 출장은 처음 아니냐?"

"예, 각하."

대역이 상반신을 반듯이 세우고 앉아 후세인을 보았다. 똑같다, 피부색, 얼굴의 점, 목 밑의 사마귀까지. 대역은 후세인과 몸무게까지 같아야 한다. 그래서 대역 감시반으로부터 매일 아침 몸무게를 체크 받는다. 대역 2명은 대통령궁에서 5분 거리인 안가에 살고 있었는데 후세인과 똑같은 대통령급 대우를 받고 있지만 자유는 없다. 대신 1년에 1백만 불씩의 '연금'을 받는다. 엄청난 대우다. 이 대역들의 존재를 아는 고위층은 극소수다. 최고위층 10여 명은 눈치나 챌 정도이다. 그리고 후세인과 대역을 구별할 수 있는 사람은 세상에서 3명뿐이다. 물론 후세인을 제외하고 3명이다. 군 총사령관 카심, 경호실장 모하메드, 그리고 리스타 회장 이광이다. 거기에다 대역과 진짜를 구별할 수 있는 인간이 하나 늘어났다. 특명관 정재국이다. 대역을 구별할 암호를 후세인한테서 받았기 때문이다. 후세인이 탁자 위에 놓인 서류를 집어 대역에게 건넸다.

"1호, 네가 이번에 카이로에 가서 일할 스케줄이다."

"예, 각하."

두 손으로 서류를 받은 대역에게 후세인이 말을 이었다.

"공항 도착에서부터 3번의 회의, 만찬장에서의 연설까지 다 적어놓았으니까 차질이 없도록. 알았나?"

"알겠습니다, 각하."

"이집트 무바라크 대통령이 나한테 개인적으로 은밀하게 부탁한 내용도 거기 적어놓았다. 잘 외워두고 사흘 후에 내가 보는 앞에서 연습한 것을 보여주도록."

"예, 각하."

"이번 일을 잘 처리하고 오면 포상이 있을 거다. 하지만 실수가 있다면 용납하지 않을 거야. 알았나?"

"예, 각하."

"좋아, 사흘 후에 카이로 공항에 도착했을 때부터 나한테 시범을 보여라."

그러고는 후세인이 손을 저어 나가라는 시늉을 했다.

대역이 나가고 바로 모하메드가 들어섰다.

"각하, 1호는 외우기는 잘하지만 순발력이 떨어져서 걱정입니다."

모하메드가 말하자 후세인이 빙그레 웃었다.

"2호는 순발력이 넘쳐나서 가끔 제가 진짜 후세인으로 착각해."

"그렇습니다. 저도 깜박 속을 뻔한 적도 있습니다."

"그런 놈이 위험해. 치명적인 실수를 한다."

"지당하신 말씀입니다."

"때로는 그놈이 날 없애고 진짜가 되고 싶은 욕심이 일어날 가능성이 있어."

"그럴 리야 있겠습니까?"

"너하고 카심 이외는 구별하기 힘들 거다. 그놈은 내 대역을 한 지 17년

이야.”

“그렇군요.”

“내 모습뿐만 아니라 과거까지 꿰고 있지.”

후세인의 눈동자가 흐려졌다.

“17년 이상 나하고 함께 지낸 동지는 몇이나 되냐? 내 측근에서는 너하고 카심, 둘뿐이다.”

고개를 끄덕인 모하메드가 불쑥 말했다.

“보여주십시오.”

그러자 후세인이 빙그레 웃고 나서 앉은 자리에서 오른쪽 신발을 벗더니 양말까지 벗었다. 그러자 오른쪽 새끼발가락이 둥글게 뼈대만 남아 있는 것이 보였다. 발톱이 없는 것이다. 그것을 본 모하메드가 길게 숨을 뱉더니 후세인에게 말했다.

“각하, 카심 대장한테는 다른 표식을 알려 주시지요.”

“그랬어.”

후세인도 길게 숨을 뱉었다.

“이광과 특명관한테도 다른 표식을 주었다.”

“그러면 이번에는 제가 1호를 데리고 카이로에 다녀오겠습니다.”

5일 후에 카이로에서 아랍연맹 정상회의가 열리는 것이다.

이곳은 카이로의 구시가지 안, 핫산 모스크 건너편에는 찻집과 식당, 가게들이 즐비하다. 배낭 여행자들이 많이 찾는 거리여서 오후 6시가 되었을 때 멤피스 찻집의 손님 대부분이 여행자다. 찻집의 구석 쪽 테이블에 두 여자가 부둥켜안고 있다. 파샤와 사촌 언니 보나다. 둘의 얼굴은 눈물로 범벅이 되어 있는데 한바탕 울고 난 후다. 그 앞쪽에는 정재국이 비스듬히 앉아서 딴전을 피우고 있다. 파샤와 보냐가 만난 것이다. 울기를 끝낸 둘이 이제 말을 주고받기 시작했다. 빠른 아랍어였고 호마칸족 방언까지 섞여서 정재국은 아예 외면하고 있다. 이윽고 말을 그친 파샤가 붉게 충혈된 눈으로 정재국을 보았다.

"대장님, 언니가 여행사 그만두고 지금 가정부로 일하고 있대요."

고개를 끄덕인 정재국이 보냐를 보았다. 파샤는 날씬한 몸매의 미인이지만 보냐는 둥근 얼굴에 비만 체격이다. 34세, 20대 중반에 바그다드에서 대학을 졸업하고 카이로로 도망쳐 나와서 가정교사, 여행사 일을 해왔다고 했다. 미혼, 정재국의 시선을 받은 보냐가 입을 열었다. 유창한 영어다.

"제가 다니던 여행사가 망했어요. 그래서 저는 두 달째 가정부로 나가고 있어요."

파샤가 거들었다.

"언니는 조그만 여행사 과장이었는데 사장이 여행사 공금을 갖고 도망갔대요. 나도 언니한테 부탁해서 가정부 나갈 생각이에요."

"잠깐, 여행사라고 했지요?"

정재국이 묻자 보냐가 고개를 끄덕였다.

"네, 8년 다녔어요."

고개를 끄덕인 정재국이 자매를 둘러보았다.

"오늘은 같이 저녁이나 먹고 이야기합시다."

그러고는 덧붙였다.

"내가 호텔방 하나를 더 잡아 놓을 테니까."

"아녜요."

보냐가 반짝이는 눈으로 정재국을 보았다.

"제 집에 파샤를 데리고 가겠어요. 집은 작지만 파샤가 잘 방도 있어요."

오후 10시 반, 호텔방에 들어와 있던 정재국이 전화를 받는다. 리스타연합 기조실의 양영태 부장이다. 전화기를 든 정재국에게 양영태가 말했다.

"리스타 이집트 법인의 김기한 전무가 30분 후에 연락을 할 겁니다."

양영태가 말을 이었다.

"김기한 전무가 해결해 드릴 겁니다."

정재국은 보냐와 파샤의 취업 문제를 양영태에게 부탁한 것이다. 양영태는 리스타 이집트 법인에 연락해서 연결시켜 주었다. 전화기를 내려놓은 정재국이 길게 숨을 뱉었다. 파샤는 지금 보냐와 함께 있는 것이다.

다음 날 오전 10시 반, 보냐와 파샤는 카이로 신시가지의 리스타 여행사 건물 7층의 상담실에 들어와 있다. 리스타 여행사는 중동지역 제1의 여행사로 유람선 12척, 여객기 8대, 수백 대의 여행사 버스와 중동 각 지역에 35개의 지사를 두고 있다. 보냐는 승합차 3대를 운용하는 직원 12명의 여행사에서 근무했던 것이다, 그러니 잔뜩 굳어 있을 수밖에. 오늘 아침에 정재국의 연락을 받고는 믿기지가 않아서 3번이나 확인을 했다. 그 옆에 앉은 파샤는 더 얼어붙었다. 파샤 인생에 이렇게 큰 24층짜리 건물에 들어온 적이 없는 것이다. 이 24층 건물이 리스타 여행사 본사다. 상담실 안에는 둘뿐이다. 그때 문이 열리더니 사내 둘이 들어섰다. 앞장선 사내는 동양인, 뒤는 아랍인이다. 소스라치듯 일어선 둘을 향해 앞장선 사내가 웃음 띤 얼굴로 말했다.

"반갑습니다. 내가 여행사 전무 미스터 김이오."

얼어붙은 파샤와 보냐가 숨만 쉬었을 때 사내가 말을 이었다.

"자, 앉으시지요. 이력서 가져오셨지요?"

1시간 후인 11시 반, 호텔방에서 정재국은 전화를 받는다. 이번에는 파샤다.

"대장님, 됐어요."

파샤가 대뜸 소리치듯 말했다. 목소리가 떨렸다.

"언니하고 같이……."

숨을 고른 파샤가 말을 이었다.

"언니는 구시가지 지점의 과장으로, 저는 본사의 영업부 사원으로……."

"잘됐다."

"월급이 언니는 1,700불, 난 1,400불이나 돼요."

파샤가 딸꾹질을 했다.

"대장님, 고마워요. 지금 언니는 울고 있어요."

"됐어, 파샤."

정재국이 파샤를 진정시켰다.

"넌 그만한 대가를 받을 만해."

"대장님, 저는……."

"대장이라고 하지 마, 파샤."

정재국이 잠깐 망설였다가 말을 이었다.

"여보라고 해."

"이번에 후세인이 오겠지?"

호메이니가 묻자 무사라크가 바로 대답했다.

"예, 지도자님. 간다고 통보했습니다."

"그놈 오랜만의 해외 나들이로군."

"예, 10년도 넘었습니다, 지도자님. 그놈이 우리한테 전쟁을 일으킨 후에는 이라크 밖으로 나가지 않았으니까요."

호메이니가 주름진 눈으로 무사라크를 보았다. 테헤란의 지도자궁 안, 전에는 팔레비왕의 궁전이었던 호화로운 궁전이다. 그곳을 이제 호메이니가 차지하고 지도자궁으로 부른다. 소파에 반듯이 앉은 호메이니가 이윽고 입을 열었다.

"그놈, 아랍인의 공적. 코란의 계율을 수없이 어긴 그놈을 처단하면 20억 무슬림이 환호할 것이다."

"예, 지도자님."

어깨를 늘어뜨린 무사라크가 고개를 끄덕였다.

"알라 아크바르."

"알라께서 내려다보신다."

"알라 아크바르."

그러고는 호메이니가 입을 다물었고 무사라크가 자리에서 일어섰다.

"저건 누구야?"

제시가 눈썹을 모으고 모니터를 보았다. 알렌이 화면을 정지시키고는 제시에게 물었다.

"누구?"

"저기, 왼쪽의 양복 입은 놈."

알렌의 시선이 그쪽으로 옮겨졌다. 공항의 입국장 밖, 입국검사를 마친 사내가 나오는 장면. 말끔하게 수염을 깎고 양복 차림이었지만 큰 키에 건장한 체격. 시선을 내린 채 사람들 속으로 파묻히는 중이다. 그때 제시가 말했다.

"저놈 얼굴을 조회해 봐."

담당관 제시가 지시했다.

"여권 기록까지."

이곳은 카이로의 CIA 지부 안, 제시의 감시조는 오전에 입국한 입국자의 CCTV 기록을 체크하고 있는 중이다. CIA의 정규 업무다.

"응, 맛있다."

양고기를 삼킨 정재국이 고개를 끄덕였다. 보냐의 셋집이다. 허름한 방 2개짜리 아파트였지만 깨끗했고 잘 정돈되었다. 셋은 식탁에 둘러앉아 저녁을 먹는 중이다. 정재국이 저녁 초대를 받은 것이다. 정재국이 다시 고기를 집었다.

"요리 솜씨가 훌륭해."

"고맙습니다."

보냐가 웃음 띤 얼굴로 정재국을 보았다. 정성 들여 만든 저녁상이다. 양고기에 닭고기 튀김, 삶은 야채에 스프, 기름에 튀긴 쌀밥도 맛이 있다. 보냐와 파샤가 취업한 보답을 하려는 것이다. 파샤가 정재국에게 말했다.

"여보, 저, 앞으로 여기서 회사 다니겠어요."

"그래요, 선생님."

보냐가 말했다.

"여긴 집값이 싸요. 월세 1백 불이니까 내 월급으로도 충분히 감당해요. 이제 월 1,700불이나 받으니까."

고개를 끄덕인 정재국이 파샤를 보았다.

"파샤, 언니하고 같이 아파트를 조금 더 큰 곳으로 옮기도록 해."

"아니, 나는 이곳도 왕궁 같아."

파샤가 손까지 저었다.

"당신도 우리 집을 알잖아?"

"알지, 마구간도 깨끗했어. 마른 풀도 좋았고."

파샤가 숨을 들이켰다가 눈을 흘겼지만 보나는 눈치채지 못했다. 정재국이 말을 이었다.

"이것은 당연히 파샤가 받아야 할 대가야."

무슨 말인지 모르는 보나가 시선을 주었기 때문에 정재국이 말을 이었다.

"내 애인이 된 대가."

그때 파샤가 눈을 흘겼고 보나가 큭큭 웃었다.

밤 10시 반, 제시가 자리에서 벌떡 일어섰다.

"찾았어!"

사무실을 뛰쳐나간 제시가 5분도 안 되어서 마이클을 데리고 들어왔다. 마이클은 정보팀장이다.

"봐요!"

제시는 금발 미인이다. 머리를 뒤로 모아 고무줄로 묶었고 헐렁한 셔츠에 바지 차림이었지만 화장기가 없는 민얼굴이 윤기가 난다. 모니터 앞에 선 제시가 손으로 입국장에서 나오는 사내 얼굴을 가리켰다. 알렌과 오후에 체크했던 남자다.

"그리고 이놈."

제시가 다시 테이블 위에 펼쳐 놓은 파일을 가리켰다. 파일에는 수염투성이의 사내 사진이 끼워져 있다.

"이놈이 사우드 알 살람이에요."

"응? 사우드?"

놀란 마이클이 모니터와 사진을 번갈아 보더니 곧 고개를 끄덕였다.

"맞다, 사우드다."

"이놈이 변장을 했지만 이 콧구멍과 눈 위의 뼈는 고칠 수가 없다고요."

"과연 '여우' 제시야."

감동한 마이클이 모니터를 노려보았다.

"이틀 후가 정상회담인데 이놈이 갑자기 나타나다니."

사우드 알 살람은 지금까지 4번의 테러를 일으킨 수배자다. 그 4번의 테러로 27명이 사망하고 42명이 부상을 입었다. 이란 혁명 수비대 특공대 부사령관 직책을 가진 테러단 단장, 3년 전부터 인터폴의 수배자가 된 인물. 고개를 든 마이클이 제시를 보았다.

"인터폴에 연락하고 우리도 자체 수배를 해야겠다."

"당연하죠."

"네가 찾아낸 공은 기록에 올려줄게."

"잊지 마세요, 마이클."

제시가 헝클어진 머리를 쓸어 올리며 말했다.

구시가지의 흙벽돌로 만든 집에서는 진한 흙냄새가 맡아졌다. 흙집 방바닥에는 양탄자가 깔려 있을 뿐이었고 다른 장식은 없다. 흙벽에 등을 기대고 앉은 사우드가 앞에 앉은 보좌관 자말에게 말했다.

"후세인은 인터콘티넨탈호텔 17층, 18층 2개 층을 차지하고 있어. 경호원 50명, 각료 3명, 수행원 24명이야. 이것이 이집트 정부에 통보한 명단이지만 비밀 경호팀도 있을 거다."

"당연하지요."

자말이 고개를 끄덕이며 말했다.

"대통령 경호실 소속은 명단에서 빼놓습니다."

"그놈들도 20명이 넘을걸."

"후세인의 10년 만의 해외여행이라 모하메드가 준비를 단단히 했을 것입니다."

"이번에 후세인을 없애면 세계가 들썩이겠지."

"미국도 좋아할 겁니다, 대장님."

자말이 검은 눈동자로 사우드를 보았다.

"싫어할 국가가 하나도 없습니다."

"카다피가 서운해 하겠지."

유리잔에 홍차를 따르면서 사우드가 쓴웃음을 짓고 말했다.

"그러고 보니 리스타가 있군. 리스타의 이광이 가장 서운해 하겠다."

그러더니 사우드의 눈빛이 강해졌다. 리스타가 후세인의 특명관을 연상시켰기 때문이다. 고개를 든 사우드가 자말을 보았다.

"무기는?"

"오늘 밤에 인수하기로 했습니다. 저하고 아부하르, 데쿠로가 다녀오겠습니다."

"이번에는 꼭 성공할 거다."

사우드가 초점이 흐려진 눈으로 자말을 보았다.

"내가 자폭을 하더라도."

저녁 식사를 대접받은 정재국은 파샤와 함께 호텔로 돌아왔다. 오늘 밤은 파샤와 함께 지내기로 한 것이다. 밤 12시가 넘은 시간이어서 베란다 문을 열어 놓았는데도 가끔 차 지나는 소리만 들린다. 방 안의 불을 켜

놓았기 때문에 파샤의 벗은 상반신이 다 드러났다. 눈만 내놓고 다니던 호마칸족 여인은 남편 앞에서는 나신을 거침없이 드러내는 것 같다. 정재국이 파샤의 이마에 붙은 머리칼을 쓸어 올리면서 물었다.

"파샤, 인샤나에는 언제 돌아갈 거냐?"

"난 인샤나에서 반군과 내통 혐의로 처형된 것으로 되어 있을 텐데."

파샤가 정재국의 허리를 두 팔로 감아 안고 몸을 붙였다. 매끄러운 피부가 닿았고 뜨거운 체온이 느껴졌다.

"아버지는 반군한테서 영웅 가족 대우를 받을 거야."

"반군은 다 소탕되었어. 샤그라니도 죽었고."

"그래도 호마칸족은 독립 투쟁을 멈추지 않을 거야, 여보."

파샤가 번들거리는 눈으로 정재국을 보았다.

"반군 가족은 존경을 받아."

"그렇구나."

"아버지만 알고 있으니까 됐어, 여보."

파샤가 몸을 비틀면서 더운 숨을 뱉었다.

"난 여기서 새 생활을 시작할 거야. 내가 꿈꾸던 일이었어."

"결혼도 해야지."

정재국이 말하자 파샤가 몸을 굴려 위에서 내려다보았다. 파샤의 상반신이 정재국의 몸 위에 펼쳐졌다.

"당신 같은 사람이 나타난다면 결혼하겠지."

파샤의 숨소리가 거칠어졌다.

오전 8시 반, 리스타랜드의 바닷가 별장 안, 베란다에 나와 있는 이광에게 안학태가 다가와 섰다. 고개를 든 이광에게 안학태가 말했다.

"해밀턴 사장한테서 연락이 왔습니다."

해밀턴은 지금 뉴욕에 있다. 안학태가 말을 이었다.

"CIA 정보를 빼냈는데 지금 카이로에 이란의 테러단 지휘관으로 인터폴에 지명 수배된 사우드 알 살람이 와 있다고 합니다."

"……."

"사우드는 지난번 특명관의 작전 때 이란이 투입시켰지만 막아 내지 못했지요."

"그놈이 카이로에 들어간 건 이번 '아랍 연맹 정상회의' 때문인가?"

"이번에 후세인 대통령이 10년 만에 해외 회의에 참석하게 됩니다."

이광이 고개만 끄덕였고 안학태가 말을 이었다.

"CIA에서 먼저 사우드의 입국을 발견하고 인터폴에 연락했다고 합니다."

"……."

"CIA 본부에서는 사우드 입국에 대해서 어떻게 처리할지 방법을 논의 중이라고 하는데요."

"내버려 둘 수도 있겠군."

"그래서 해밀턴 씨가 회장님께 보고하는 것입니다."

안학태가 정색하고 이광을 보았다.

"어떻게 할까요?"

"놔둬라."

마침내 후버가 결정했다. 순간 회의실에 둘러앉은 셋은 숨을 죽였다. 부장보 겸 해외작전국장 윌슨, 국장보 로버트, 정보국장 퍼킨슨이다. 후버가 파이프를 집더니 담배를 꾹꾹 눌러 담기 시작했다.

"인터폴이 알아서 하겠지. 우린 인터폴에 정보를 넘겨준 것으로 끝내."

"예, 부장님."

윌슨이 대답했다.

"카이로 지부에 연락해서 사우드의 추적은 중지하라고 하겠습니다."

"정보는 모으도록."

"당연하지요."

고개를 든 후버가 셋을 차례로 보았다.

"물론 이 사실도 외부에 노출되면 안 된다, 알았나?"

간부 중에서도 셋만 알고 있으라는 것이다.

방에서 룸서비스로 아침 식사를 마친 정재국이 옷을 챙겨 입는 파샤의 옆모습을 보았다. 오전 9시 반, 이제 파샤는 보냐한테 돌아가는 것이다.

"언제부터 출근이지?"

정재국이 묻자 파샤가 고개만 돌렸다.

"월요일부터, 사흘 후에."

"내가 시간 나면 연락할게."

"기다릴게."

그때 정재국이 탁자 밑에 놓인 검정색 헝겊 가방을 들어 파샤에게 내밀었다.

"이거 받아."

"뭔데?"

"가져가."

정재국이 가방을 흔들었기 때문에 파샤가 다가와 받아들었다. 무겁다.

"달러야. 1만 불짜리 뭉치 5개가 들었어."

놀란 파샤가 숨을 죽였고 정재국의 말이 이어졌다.

"5만 불이다. 모두 100불짜리 현금이다."

"너무 많아."

파샤가 가방을 흔들었다.

"이걸 다 어디에다 숨겨 놓지?"

"걱정은 언니하고 상의해."

"너무 많아."

"돈 관리 잘해."

"그건 걱정 마."

마침내 제정신이 돌아온 파샤가 어깨를 늘어뜨렸다. 곧 얼굴이 빨갛게 상기되었고 눈에 눈물이 가득 고였다.

"고마워."

파샤의 목소리도 떨렸다.

바그다드 북서쪽 산악지대에 위치한 저택 안, 지금 현관 안으로 안학태가 들어서고 있다. 대저택이다. 전용기 편으로 바그다드 공항에 도착한 안학태는 그곳에서 바로 헬기를 타고 이곳에 온 것이다. 오후 1시 반.

"어서 오시오."

안학태를 맞는 사내는 이라크군 총사령관인 카심 대장이다. 이곳은 카심의 별장인 것이다. 안학태는 혼자다. 인사를 나눈 안학태와 카심은 응접실에서 둘이 마주 보고 앉았다. 안학태가 둘만의 자리를 원했기 때문이다. 제복 차림의 하인이 둘 앞에 홍차 잔을 내려놓고 돌아갔을 때 안학태가 입을 열었다.

"회장님 지시를 받고 왔습니다."

카심의 시선을 받은 안학태가 말을 이었다.

"중대한 정보가 있습니다."

"……."

"이틀 전 카이로에 이란의 특공대 부사령관 사우드 알 살람이 입국했습니다."

"……."

"CIA에서 발견하고 인터폴에 정보를 줬다고 합니다."

"……."

"하지만."

안학태가 번들거리는 눈으로 카심을 보았다.

"CIA는 사우드에 대해서 작전을 하지 않기로 결정했다는 겁니다."

그때 시선을 든 카심이 안학태를 보았다.

"사우드를 잡지 않는다는 말인가요? 그 테러범을?"

"예, 손을 뗀다는 것입니다."

"……."

"그래서 회장님께서 저를 급파하신 것입니다."

"……."

"대통령 각하께선 카이로에 가시지 않는 것이 낫겠다고 회장님께서 말씀하셨습니다."

카심이 외면했다. 후세인의 공식 출발일이 오늘 오후 4시인 것이다. 2시간밖에 남지 않았다. 그때 카심이 자리에서 일어섰다.

"내가 대통령 각하를 뵙고 오겠소."

오후 3시가 되었을 때 정재국은 전화를 받았다. 리스타연합 소속의 김철규 과장이다.

"로비에 와 있는데요."

김철규가 말을 이었다.

"지금 올라가 봬도 되겠습니까?"

"기다리지요."

미리 연락을 받은 터라 정재국이 대답했다. 잠시 후에 문에서 노크 소리가 들렸다. 문을 열어준 정재국이 앞에 선 사내를 보았다. 30대의 건장한 체격이다. 머리를 숙인 사내가 인사를 했다.

"김철규입니다."

"들어와요."

방으로 들어온 김철규가 탁자 위에 알루미늄 백을 놓더니 곧 뚜껑을 열었다. 안이 드러났고 가득 찬 무기가 보였다. 어느덧 익숙해져 있던 갈릴 기관총과 탄창, 소음기, 브라우닝 권총과 소음기, 바닥에는 방탄조끼까지 깔려 있다. 정재국이 무기를 확인하는 동안 김철규가 말을 이었다.

"만약의 경우에 대비하여 무기를 전해드린다고 하셨습니다."

리스타연합 사장 해밀턴의 지시를 받고 온 것이다.

"이틀 전에 이란의 테러단 대장 사우드 알 살람이 카이로에 입국한 것이 확인되었습니다. 지금 인터폴이 추적 중입니다. 이미 지명 수배된 인물이어서요."

"……."

"오늘 오후 6시에 후세인 대통령이 이곳 카이로에 옵니다. 내일 열리는 '아랍 연맹 정상회담'에 참석하려고 10년 만에 해외로 나오는 것이지요."

"……."

"숙소는 인터콘티넨탈호텔입니다."

"내 팀을 부르라는 말씀은 안 하시던가?"

불쑥 정재국이 묻자 김철규는 머리를 조금 기울였다.

"그런 말씀은 없으셨습니다. 그렇게만 전하라고 하셨는데요."

"……."

"무기하고 말씀입니다."

정재국이 고개를 끄덕였다. 특명관인 자신에게 지금 직접 지시를 내릴 수 있는 사람은 후세인이나 카심, 모하메드 경호실장 셋뿐이다. 그러나 리스타연합에서 미리 정보를 주고 무기를 보낸 것이 심상치가 않다. 그때 김철규가 자리에서 일어섰다.

"그럼 저는 이만 가보겠습니다."

김철규는 한국인으로 리스타연합 소속이다. 아마 한국의 정보기관이나 최소한 군 특수부대 출신일 것이다. 김철규를 배웅하고 돌아온 정재국이 먼저 갈릴의 총신을 분해하면서 휴가가 곧 끝날 것 같다는 예감이 들었다. 하필 이곳으로 후세인 대통령이 오다니, 왜 연락도 안 해주는가?

"그럼 1호를 노린다는 건가?"

후세인이 혼잣소리처럼 물었지만 카심이 대답했다.

"CIA도 그렇게 예상하고 있는 것 같습니다."

"CIA가 손을 뗀다는 것이지?"

"그렇습니다, 각하."

쓴웃음을 지은 후세인이 고개를 끄덕였다.

"이번에 대역 존재가 드러나게 될까?"

카심이 숨을 죽였다. 그것은 대역을 죽도록 놔둔다는 뜻이기 때문이다. 대역이 죽으면 그대로 숨겨둘 수는 없다. 바그다드에 있던 후세인이 '난 여기 있다.' 하면서 나타나야만 한다. 그때 후세인이 말을 이었다.

"지금 특명관이 어디에 있지?"

"카이로에서 휴가 중입니다, 각하."

"으음."

손바닥으로 턱수염을 쓴 후세인이 흐린 눈으로 카심을 보았다.

"특명관한테 오더를 줘."

"예, 각하."

"사우드 그놈은 어쨌든 제거해야 할 놈이다."

"그렇습니다, 각하."

"지금 이 회장의 비서실장이 기다리고 있지?"

"예, 각하."

"이 회장한테 고맙다고 전해주도록 해."

"예, 각하."

"또 빚을 졌구나."

후세인이 이 사이로 말했고 이번에는 카심이 대답하지 않았다.

오전 9시 반, 정상회의 개최식에 참석하려고 옷을 차려입은 후세인이 응접실로 나왔을 때 소파에 앉아 있던 경호실장 모하메드가 말했다.

"거기 앉아."

응접실 안에는 둘뿐이다. 조금 전까지 대여섯 명이 있었는데 모하메드가 다 내보낸 것이다. 후세인 대역인 1호가 잠자코 자리에 앉았다. 그때 모하메드가 말했다.

"스케줄을 변경했어. 10시 10분에 무바라크 대통령과 정상회담장 입구에서 만나기로 했지만 생략하고 후문으로 그냥 입장할 거야."

"무슨 일 있습니까?"

1호가 조심스럽게 묻자 모하메드는 고개를 저었다.

"사람들이 많고 기자들이 둘러싸서 질문을 퍼부을 거야. 그놈들하고 섞이면 체신 떨어져."

"그렇죠."

"빈틈이 보일 수도 있고 말야."

"맞습니다."

자리에서 일어선 모하메드가 말을 이었다.

"모든 이목이 너한테 집중되고 있어. 네가 이번 회의의 주인공이야."

그렇다. 사담 후세인의 출현이 세계의 이목을 집중시키고 있다. 침략자, 독재자, 살인마라는 별명까지 얻고 있는 사담 후세인이 10년 만에 공식 석상에 나온 것이다.

TV 화면을 본 정재국이 볼륨을 낮췄다. 오전 10시 반, TV는 '아랍 연맹 정상회담'을 계속해서 방영하고 있다. 조금 전에 아나운서는 후세인의 등장을 예고했는데 화면에 나타나지 않았다. 다른 출구로 해서 입장했다는 것이다. 호텔방 안이다. 이제 아나운서는 정상회담의 내용에 대해서 장황하게 설명하기 시작했다. 그때 탁자 위에 놓인 전화벨이 울렸다. 정재국이 팔을 뻗어 전화기를 귀에 붙였다.

"여보세요."

여자 목소리, 영어다. 호텔 종업원으로 생각한 정재국이 물었다.

"무슨 일이오?"

"CIA의 제시라고 합니다. 지금 방에 계시지요?"

"그런데요."

놀란 정재국이 엉겁결에 대답하고는 물었다.

"무슨 일입니까?"

"저, 지금 로비에 와 있는데요. 잠깐 뵐 수 있을까요?"

"좋습니다."

전화기를 내려놓은 정재국이 자리에서 일어섰다. CIA가 찾아오다니. 리스타연합의 김철규도 이런 이야기는 하지 않았다. 그러나 지금 확인할 여유가 없다.

잠시 후에 문을 연 정재국은 앞에 선 금발 여인을 보았다. 머리에 야구모자를 눌러썼지만 뒤에 말꼬리처럼 금발이 늘어졌다. 파란 눈, 화장을 안 해서 눈 주위에 깨를 뿌린 것처럼 주근깨가 30개쯤 있다. 그러나 곧은 콧날, 선명한 입술, 갸름한 얼굴의 미인. 점퍼에 바지를 입고 운동화를 신었지만 날씬한 체격.

"제시라고 합니다."

손을 내민 제시와 악수를 했을 때 상당한 악력이 느껴졌다. 훈련받은 손이다. 가늘고 섬세한 손가락이었지만 손바닥은 거칠다. 응접실에서 마주 보고 앉았을 때 제시가 바로 입을 열었다.

"사우드 알 살람 정보를 직접 전해드리기로 했어요."

정재국이 고개를 끄덕였다. CIA와 리스타는 동맹 관계나 같다. 리스타연합의 사장 해밀턴이 CIA의 해외작전국장 출신인 것이다. 제시의 말이 이어졌다.

"물론 비공식으로, 카이로 CIA 지부에서도 모르는 일입니다."

"리스타는 누구까지 압니까?"

"리스타는 더 철저합니다. 리스타연합 고위층에서만 압니다. 이곳 카이로 지부도 모르는 일입니다."

"그렇군요."

"무기는 지급받으셨지요?"

"담당 과장한테서."

제시가 고개를 끄덕였다.

"이번 작전은 내가 당신을 돕기로 결정되었습니다. 난 카이로에 3년째 근무하고 있어요."

"무슨 말이오?"

놀란 정재국이 제시를 보았다. 시선을 받은 제시가 말을 이었다.

"고위층의 지시를 받은 겁니다."

"고위층이라니?"

"CIA의 최고위층이 리스타연합의 해밀턴 사장과 합의를 한 것이지요."

"……."

"CIA는 공식적으로 나서지 않고 내가 비밀리에 당신을 도와서 작전을 하는 겁니다."

"무슨 작전인데?"

"사우드 알 살람의 제거."

"난 아직 연락을 못 받았는데."

"당신은 특명관 아닙니까?"

제시의 눈빛이 조금 약해졌다. 웃는 것 같다.

"곧 카이로에 와 있는 이라크 측에서 연락이 오겠지요. 그래서 내가 먼저 온 겁니다."

그러고는 덧붙였다.

"이라크 측에는 내가 리스타연합 소속이라고 말해줘요. CIA는 공식적으로 이라크 후세인을 도와주는 일을 안 한다는 것을 명심해요."

"갓댐."

마침내 정재국이 짜증을 냈다.

"당신, 내가 한국인인 줄 알아?"

"미국 시민이죠. 웨스트포인트를 나온 레인저 대위 출신."

시선을 떼지 않고 제시가 말을 이었다.

"하지만 당신은 미국과 한국이 전쟁을 한다면 한 번도 가보지 않은 어머니의 조국 한국 편에 서서 싸울 인물이라는 것도 알죠."

"갓댐, 내 아버지란 미국 놈은 개새끼였지."

"이봐요, 대위, 아니 특명관님."

제시가 정색하고 정재국을 보았다.

"흥분한 것 같아서 정리해 말씀드리는데 사우드 알 살람이 이번에 카이로에 온 것은 후세인 대통령의 암살입니다."

숨을 고른 제시가 말을 이었다.

"그것을 안 CIA 고위층은 공식적으로 놔두기로 결정했지만 비공식으로 나를 파견한 겁니다. 그래서 나는 리스타연합 소속의 제시 캔필드가 되었죠."

"난 아직 작전 지시를 받지 않았어."

그때 전화벨이 울렸기 때문에 정재국이 숨을 들이켰고 제시가 이를 드러내고 웃었다.

모하메드의 전화다. 전화기를 귀에 붙인 정재국에게 모하메드가 말했다.

"특명관, 카이로에 사우드가 와 있다."

모하메드가 말을 이었다.

"사우드를 제거해라."

"예, 알겠습니다."

"내가 받은 정보를 보내주겠다."

모하메드가 서두르듯 말을 잇는다.

"파이즈 대령을 지금 보내겠다."

그러고는 통화가 끊겼다. 전화기를 내려놓은 정재국이 고개를 돌려 제시를 보았다.

"경호실에서 대령을 보낸다는군."

"지금까지 나한테서 받은 정보를 전달해주려는 것이죠."

제시가 똑바로 정재국을 보았다.

"앞으로 정보는 나한테서 직접 갈 겁니다, 특명관."

"후세인은 사흘 동안 카이로에 묵을 거야."

사우드가 자말에게 말했다.

"사흘 중에 하루가 지났어, 자말."

"후세인의 일정을 체크했지만 결국은 호텔을 폭파하는 것이 가장 나을 것 같습니다."

자말이 말을 이었다.

"개막식에서처럼 입장 코스도 변경하고 머무는 시간도 제멋대로 하는 바람에 작전을 세우기 어렵습니다."

사우드가 눈을 치켜떴다. 반질반질하게 깎아버린 턱수염이 아쉬운지 손바닥으로 턱을 문지르던 사우드가 움직임을 멈추고는 자말을 보았다.

"아부하르를 데려와라."

오후 7시 반, 카이로 대통령궁의 귀빈식당 안, 이집트 대통령 무바라크가 옆에 앉은 이라크 대통령 후세인을 보았다.

"각하, 15년 만에 만나는 것 아닙니까?"

"그렇죠."

후세인이 빙그레 웃었다.

"정말 오랜만입니다."

무바라크의 시선이 앞쪽에 앉아 있는 모하메드에게 옮겨졌다.

"경호실장도 오랜만이오."

"예, 각하."

원탁에는 무바라크와 후세인, 모하메드와 무바라크의 비서실장 야하르와 정보국장 바시크까지 다섯 명이 둘러앉아 있다. 그때 무바라크가 후세인에게 물었다.

"각하, 지난번 제가 부탁한 일 말씀인데요."

무바라크의 목소리가 낮아졌지만 앞쪽 모하메드에게도 들렸다.

"결정되었습니까?"

무바라크가 묻자 모두의 시선이 모여졌다.

석 달 전, 바그다드에 찾아온 무바라크의 특사인 건설부장관 하비브가 후세인에게 5억 불의 차관 부탁을 한 것이다. 그것을 아는 사람은 테이블에 모인 다섯뿐이다. 그때 후세인이 말했다.

"예, 결정했습니다. 다음 달에 차관 형식으로 보내드리겠습니다."

"감사합니다."

무바라크가 얼굴을 펴고 웃었다.

"신세 잊지 않겠습니다, 각하."

"천만의 말씀입니다, 각하."

후세인이 어깨를 폈다. 앞쪽에 앉은 모하메드가 희미하게 고개를 끄덕였다. 이만하면 후세인 대역으로는 성공이다.

이칠성이 인솔한 고준기, 박상철 셋이 카이로에 도착했을 때는 오후 11시 반이다. 미리 방은 예약했기 때문에 셋은 같은 호텔에 투숙했다. 방에 셋이 모였을 때 정재국이 상황 설명을 했다.

"문제는 사우드의 위치를 아직 모른다는 거다."

설명을 끝낸 정재국이 말했다.

"CIA의 제시가 정보원을 풀어서 샅샅이 뒤지고 있지만 아직 찾지 못했어."

정재국이 눈으로 옆쪽 벽장을 가리켰다.

"벽장 안에 너희들 무기가 있다. 챙겨 가도록."

오후에 김철규가 가져온 것이다.

"아부하르, 훈련받은 대로만 하면 된다."

사우드가 앞에 앉은 아부하르에게 말을 이었다.

"알라신은 너하고 함께 계실 것이고 네가 임무를 완수했을 때 네 손을 끌고 가실 것이다."

아부하르가 어깨를 폈다.

"알라 아크바르."

"자세한 일정은 자말에게 들어라."

"예, 대장님."

아부하르가 번들거리는 눈으로 사우드를 보았다.

"알라께 기어코 목숨을 바치겠습니다."

"성전이다."

"알라 아크바르."

아부하르가 소리쳤다.

아부하르가 방을 나갔을 때 자말이 사우드에게 말했다.

"후세인은 호텔 18층에 투숙하고 있습니다. 18층에는 2개의 프레지던트 하우스로 조성되었는데 오른쪽이 경호실 전용이고 왼쪽이 후세인 전용실입니다."

자말이 방바닥에 호텔의 약도를 펼쳤다. 자말이 직접 그린 약도여서 조잡했지만 보기가 쉽다. 자말이 17층 약도를 손가락으로 짚었다.

"17층은 수행해온 장관과 일행의 숙소입니다. 경비는 이집트 경찰이 5명, 후세인 경호원이 5명으로 이곳에 배치되어 있습니다."

자말이 손으로 붉은 동그라미를 짚었다. 경비원들이다. 고개를 끄덕인 사우드가 옆에 놓인 18층 약도를 집어 들었다. 붉은 동그라미가 43개나 된다. 왼쪽의 후세인 전용실은 침실이 7개, 수영장, 헬스장, 회의실과 응접실 2개까지 포함되었다. 전용실 안에는 경호실장 모하메드와 경호원 14명이 들어가 있다. 고개를 든 사우드가 자말을 보았다.

"아부하르를 중심으로 뚫고 들어간다."

"17층까지 가는 건 가능합니다."

자말이 번들거리는 눈으로 사우드를 보았다.

"17층을 뚫고 18층으로 올라가는 동안에 피해가 꽤 클 것입니다."

"18층은 내가 맡는다."

"대장님은 뒤에서 지휘를 해주시는 것이……."

"자말, 이번에 내가 지금까지 당한 수모를 덮어야 한다."

정색한 사우드가 말을 이었다.

“나는 아부하르가 목적을 달성하는 것을 보고 나서 죽을 거다.”

“대장님.”

“알라 아크바르.”

사우드가 외치자 자말이 벌렸던 입을 닫았다. 그러고는 자리에서 일어서면서 대답했다.

“알라 아크바르.”

“알렌, 도와줘.”

마침내 제시가 부탁했다. 밤 11시 반, CIA 정보팀의 분석실 안, 제시는 구시가지의 여관 숙박자들을 확인하는 중이다. 오후까지 신시가지의 호텔 여관, 민박집까지 끝냈고 지금은 구시가지다. 기본적인 조사지만 사건의 50퍼센트 이상이 이 조사에서 걸러진다. 숙박부에 숙박인 이름을 기재하는 것은 원칙으로 삼고 나서 이 과정의 검거율이 높아진 것이다. 가명으로 쓰거나 위조 여권을 사용해도 체크가 된다. 그때 알렌이 제시 옆으로 다가와 섰다. 모니터를 보면서 알렌이 말했다.

“제시, 내가 책상에서만 앉아 있던 덕분에 알아낸 요령이 있지.”

알렌이 자판을 두드려 화면을 껐다.

“왜 이래?”

제시가 소리치자 알렌이 시선을 주었다.

“제시, 사우드는 테러단을 이끌고 왔겠지?”

“그래, 적어도 20명.”

“그럼 여관이나 민박집에는 안 갈 가능성이 있어.”

“그럼 어디야?”

"민가로 들어가는 거야."

"민가?"

"빈집이 많아. 단체 여행객은 요즘 큰 민가를 빌려서 들어가."

"……."

"요즘 이집트에 빈집 임대가 늘고 있어, 제시."

알렌의 갈색 눈동자가 번들거렸다.

"빈집 임대자는 찾기 쉬울 거야, 제시."

후세인이 의자에 등을 붙이고는 입을 열었다.

"특명관에게 이야기할 필요는 없어."

지하 벙커 안의 대통령실에는 후세인과 카심 둘뿐이다. 후세인이 말을 이었다.

"그대로 둬라. 특명관은 카이로의 1호가 나로 믿고 있도록 해."

"알겠습니다."

카심이 고개를 끄덕였다.

"CIA의 카이로 지부 정보팀원 제시 캔필드가 정보 협조를 하고 있습니다, 각하."

"1호가 제거되면 앞으로 대역을 못 쓰게 돼."

후세인의 얼굴에 웃음이 떠올랐다.

"난 외롭게 되는 거지."

"알겠습니다, 각하."

"어쨌든 CIA에서 날 생각해주는 인물이 있어서 다행이군."

후세인이 한숨과 함께 말했다.

나일강은 카이로를 관통하여 흐른다. 게지라섬은 나일강 중심부에 있는 섬으로 '게지라'는 아랍어로 섬을 뜻한다. 동서 800미터, 남북 5킬로 정도의 섬 북쪽은 카이로 제1의 고급 주택지 자말레크이고 그 중심부에 위치한 알브르그호텔에서 '아랍정상회담'이 열리고 있다. 회담 이틀째, 아랍 17개국 정상이 참가한 회담은 순조롭게 진행되고 있다. '평화와 번영'이 주제여서 경제회담이 3차례, 평화회담이 1차례다. 이틀째 되는 날 오후 4시, 2번째 경제회담을 마친 이집트 대통령 무바라크가 회의장에서 후세인에게 말했다.

"각하, 오늘 밤에 제 관저에서 한잔하시겠습니까?"

"아니, 저는 피곤해서."

후세인이 쓴웃음을 짓고 무바라크를 보았다.

"오랜만에 해외에 나왔더니 긴장되어서 밤에 잠이 잘 안 옵니다."

"하, 그러십니까?"

무바라크가 이를 드러내고 웃었다. 후세인의 솔직한 표현에 감동한 것이다. 회의가 끝났기 때문에 각국 정상들이 수행원들과 함께 회의장을 떠나고 있다. 무바라크와 후세인이 나란히 서서 복도로 나왔다. 뒤를 모하메드와 야하르 등 수행원들이 따른다. 그때 무바라크가 옆으로 바짝 다가붙었다.

"각하, 이란 측의 동향이 심상치 않습니다. 조심하십시오."

"감사합니다."

후세인이 고개를 끄덕였다. 이란은 이번 '아랍정상회담'에 참석하지 않은 것이다.

돌아가는 차 안에서 후세인이 모하메드에게 물었다.

"무바라크 대통령이 이란 측 동향이 심상치 않다고 했습니다."

뒷좌석에는 둘이 타고 있었지만 후세인은 목소리를 낮췄다.

"무슨 일입니까?"

"별거 아냐."

모하메드가 똑바로 후세인을 응시했다.

"호메이니가 핵을 개발하려는 것 때문이야."

"알겠습니다."

"어쨌든 외부 행사에는 참석하지 말도록 해. 다 거절하라고."

"그러지요."

후세인이 고분고분 대답했다. 이쪽저쪽의 초대에 응했다가 정체가 드러날지도 모르는 것이다.

"내일 밤이다."

사우드가 앞에 앉은 부하들에게 말했다. 독채의 안방에는 22명의 특공대가 둘러앉아 있었는데 모두 터번을 썼고 쉽 차림으로 쪼그리고 앉아 사우드를 응시하고 있다. 사우드가 말을 이었다.

"만 하루 시간이 있으니까 침투 연습을 되풀이하도록."

"예, 대장님."

"내일은 내가 직접 지휘한다. 모두 신의 전사가 되는 것이다."

"알라 아크바르."

자말이 선창하자 모두 따라 외쳤다.

"알라 아크바르."

제시가 알렌에게 물었다.

"구시가지 어디 말야?"

"제3구역 F지점."

"거긴 대저택인데."

제시가 옆으로 바짝 다가가 섰다. CIA의 정보 분석실 안, 알렌이 책상 위에 펼쳐진 지도를 가리켰다. 카이로 지도다.

"이곳에 빈집이 많아."

알렌이 말을 이었다.

"누가 임대를 했는지 아는 건 오히려 쉽지."

"어떻게?"

제시가 반짝이는 눈으로 알렌을 보았다.

"부동산 임대업자가 수천 명일 텐데, 일일이 체크할 수도 없고 말야."

"흐흐."

그때 알렌이 짧게 웃었다. 오후 6시 반, 사무실 안에는 둘뿐이다. 알렌이 웃음 띤 얼굴로 제시를 보았다.

"어렵다고 생각했던 것이 오히려 쉽게 풀릴 수가 있지."

"말해, 알렌."

"이건 네가 위에 보고할 것 아니지?"

"그건 왜 물어?"

정색한 제시가 이맛살을 모았다. 그때 알렌이 말을 이었다.

"팀장이 사우드에 대해서 관심이 없던데 그래."

"이건 내 임무야."

"좋아, 알았어."

"알려줘, 알렌."

제시가 다시 다가붙었다.

"쉽게 푸는 방법이 뭐야?"

그때 알렌이 입을 열었다.

"대저택의 임대는 딱 두 놈이 맡고 있어. 다른 놈들은 대저택 임대에 나서지 못한다고. 고위층하고 통하기 때문이지."

"아!"

제시의 어깨가 늘어졌다.

"알렌, 사랑해."

"난 이번에 여자 만났어."

불쑥 고준기가 말했기 때문에 박상철이 고개를 들었다. 호텔방 안, 둘은 무기 조립을 하는 중이다. 제각기 방바닥에 침대 시트를 깔고 갈릴 기관총과 드라구노프 저격총을 분해 소제를 한 다음 재조립하는 중인데 거의 보지도 않고 맞추는 수준이다.

"어디서? 룸살롱?"

박상철이 시큰둥한 표정으로 묻자 고준기는 이맛살을 찌푸렸다.

"병신 같은 놈, 넌 룸살롱밖에 모르냐?"

"그럼 요정?"

"너하고는 말 안 해야지, 유치한 놈."

"그럼 네 고향 대전의 창녀촌이겠구나. 하긴 제대로 된 남자라면 그런 데 가야지."

"너같이 성병을 달고 사는 놈들이나 가는 곳이지."

"넌 포경 수술도 안 했지?"

"토끼 같은 놈."

"넌 참새지."

잠시 조립하는 쇳소리만 들렸다. 둘은 동갑인 데다 상사 출신이고 군 경력도 8년으로 같다. 그러나 고준기는 미국의 레인저 출신이고 박상철은 한국군 UDT였다가 리스타 용병이 된 것이다. 둘은 리비아에서 차드와의 전쟁 때부터 용병으로 투입되었다가 이번에 정재국의 팀으로 다시 만났다. 그때 고준기가 다시 입을 열었다.

"이번에 어머니 소개로 여자 만났단 말이다."

"으음."

총신을 조립한 박상철이 고개를 끄덕였다.

"이건 또 무슨 일이야?"

"장난 말고 들어, 이 새꺄."

"말해라, 뜸 들이지 말고."

박상철이 혀를 찼다.

"난 표적은 얼마든지 기다리지만 말 이리저리 돌리면서 용건을 내놓지 않는 놈들을 보면 그냥 쏴 죽이고 싶어."

"개새끼."

"말해."

"나 약혼할 여자 만났다."

마침내 고준기가 말하고는 방아틀을 끼워 넣었는데 어긋났다. 방아틀이 떨어지면서 옆쪽 나사까지 서너 개가 한꺼번에 떨어졌다.

"갓댐."

그때 박상철이 물었다.

"너 이 지랄하고 있는 거, 그 여자가 아냐?"

고준기의 시선을 받은 박상철이 다시 물었다.

"너 언제 총 맞아 죽을지도 모르는 놈이 여자하고 어떻게 산다는 거야? 뱃속에 네 자식 남겨 놓고 가려고?"

박상철이 드라구노프의 방아틀을 정확하게 조립하고는 밑에서 가볍게 쳤다. '철컥' 소리가 났다. 정확하게 끼워졌다.

"하긴 돈 자랑을 했을 테니까 여자들이 줄줄 꼬였겠지. 외국에서 사업한다고 했냐? 아니면 무역회사 부장이라고 했어?"

"……."

"네가 그 갈릴 기관총으로 200미터 거리의 타깃은 10발 6중밖에 안 되는 실력이란 거, 네가 약혼하려고 하는 여자가 알아? 모르겠지."

"이 병신이 뭔 소리를 하는 거야?"

"대화가 되느냐고? 여자하고 말이다."

"너 같은 놈하고는 말 안 해."

마침내 고준기가 조립이 된 갈릴을 들고 일어섰다.

"넌 평생 성병이나 달고 살아라, 개새꺄."

그 시간에 정재국은 방에서 이칠성과 마주 앉아 있다.

"이번 작전은 좀 이상합니다."

이칠성이 고개를 기울이며 말했다. 공수특전단 중위 출신인 이칠성은 한국의 제3사관학교 출신이다. 뛰어난 장교였지만 육군사관학교 출신의 중대장이 무시하는 바람에 팔목을 분질러 병신을 만들고 일등병으로 강등된 후에 예편되었다. 그래도 리스타에서는 공을 세웠기 때문에 중위 대접을 한다. 이칠성이 말을 이었다.

"사우드가 대통령 각하를 타깃으로 이곳에 온 것이 분명한데 적극적으로 움직이지 않는 것 같습니다."

"……."

"CIA에서 협조자로 온 제시라는 여자도 비공식으로 비밀리에 돕는다고 하지 않습니까? CIA는 공식적으로는 대통령 각하 제거에 찬성하고 있다는 것일까요?"

"그럴 리는 없지. 그렇다면 비공식으로도 돕지 않을 테니까."

정재국이 고개를 저었다.

"나도 잘 모르겠다. 시키는 대로만 할 수밖에."

"다른 경호팀이 있는 것일까요?"

"그야 대통령 경호팀이 단단히 경호하고 있겠지."

"공격팀은 우리 넷이군요."

정재국이 입을 다물었다. 공격 작전은 당연히 특명관팀이 맡아야 한다. 그런데 뭔가 미흡한 것이다. 그리고 절박감도 느껴지지 않는다. 이칠성의 시선을 받은 정재국이 입을 열었다.

"대통령은 내일 밤만 지나면 카이로를 떠나. 시간은 하루뿐이야."

그날 밤 파이즈 대령이 두 번째로 찾아왔다. 이번에도 파이즈는 터번에 쑵 차림으로 정재국의 방에 들어섰다. 정재국은 이칠성과 함께 맞는다. 자리에 앉은 파이즈가 정재국을 보았다.

"경호실장께선 사우드가 대통령 각하를 표적으로 삼고 있다고 말씀하셨습니다."

파이즈가 말을 이었다.

"대통령 각하 주변은 경호실 병력이 책임질 것이지만 외부 작전은 특명관께 맡긴다고 하셨습니다."

"알았습니다."

"정보국에서 사우드를 찾고 있습니다만 아직 소재가 불분명합니다."

정재국이 고개를 끄덕였다.

"우리도 장님이나 마찬가지요."

이라크 정보국에서 사력을 다해 사우드를 찾고 있는 것이다. 그러나 카이로는 인구 1천만이 넘는 대도시인 데다 타국(他國)이다. 한계가 있는 것이다. 그때 파이즈가 말했다.

"내일 밤만 지나면 모레 출발입니다. 만 하루만 견디면 되겠습니다."

빨리 떠나는 것이 가장 상책이라는 말인 것이다.

제시가 찾아왔을 때는 밤 12시가 되어갈 무렵이다. 오늘도 야구 모자에 점퍼와 바지를 입고 운동화를 신었다. 방으로 들어선 제시가 모자를 벗더니 손등으로 이마의 땀을 닦았다.

"찾았어요."

제시가 숨을 고르고 나서 말을 이었다.

"저택을 임대해서 들어가 있어요."

"사우드가 말이오?"

놀란 정재국이 똑바로 제시를 보았다.

"그래요."

"위치를 찾았습니까?"

"그래요."

제시가 충혈된 눈으로 정재국을 보았다.

"내가 가 보았습니다."

정재국이 자리에서 일어섰다. 찾았다.

"좋아, 경호원 중에서 20명을 보내주지. 20명이면 되겠나?"

오전 1시, 모하메드가 정재국에게 물었다. 호텔에서 달려 나온 모하메드의 두 눈이 번들거리고 있다. 이곳은 신시가지의 나일강 변에 위치한 카페 안, 늦은 시간이었지만 홀에는 손님이 많다. 모두 관광객이다. 정재국과 모하메드는 안쪽 칸막이가 가려진 룸에서 마주 보고 있다. 모하메드가 말을 이었다.

"저택 위치까지 알아내었다니 이곳에다 핵폭탄을 떨어뜨려서라도 놈을 잡아야 돼."

"숫자가 많다고 좋은 건 아닙니다, 실장님."

"내 경호원은 모두 특수부대 출신인 데다 강도 높은 훈련을 계속해온 세계 최강의 부대야."

모하메드가 단호한 표정으로 말했다.

"그런 말은 내 경호원에 대한 모욕이야, 특명관."

"죄송합니다."

"자네가 지휘하고 20명을 데려가게."

"각하 경호가 갑자기 비면 좋지 않습니다. 12명만 주십시오."

"좋아."

고개를 끄덕인 모하메드가 정재국을 보았다.

"우리가 모레 아침에 떠난다는 걸 그놈도 알고 있을 거야. 그래서 이틀 안에 일을 끝내려고 할 거다."

"그렇습니다. 지금도 위험합니다."

"내가 지금 즉시 돌아가서 12명을 빼내 자네 호텔로 보내겠다."

"무기는 충분합니까?"

"권총과 기관총인데 경호용이어서 전투에는 부족한데."

모하메드가 이맛살을 찌푸렸다.

"어쩔 수 없지. 우지를 8정 갖고 왔는데 5정을 보내주겠다. 나머지는 권총이야."

"저도 리스타 쪽에 부탁해보겠습니다."

정재국이 말을 이었다.

"우리는 넷이 모두 갈릴 기관총에 권총으로 무장되었습니다. 하나는 드라구노프 저격총이 있습니다."

"우리보다 무장이 좋군."

고개를 끄덕인 모하메드가 정재국을 보았다.

"우리보다 리스타 쪽에서 무기 구입하기가 수월할 것 같군. 자, 부탁하네."

모하메드가 손을 내밀며 일어섰다. 어서 돌아가 조치하려는 것이다.

"저기."

제시가 손으로 앞쪽을 가리켰다. 오전 4시 반, 아직 해가 떠오르기 전, 세상은 짙은 어둠에 덮여 있다. 카이로 구시가지의 고급 주택가, 이곳은 F지역이라고 부른다. 널찍한 터를 차지했기 때문에 주택 간 거리가 넓고 도로 폭도 넓다. 드문드문 가로등이 세워져 있지만 2개 중 하나는 깨지거나 꺼져서 도로도 어둠에 덮여 있다. 정재국이 숨을 골랐다. 저택은 정면의 폭이 50미터가량, 뒤쪽은 보지 않았지만 크다. 2층 건물이지만 아랍 식으로 지붕이 없는 납작한 구조. 2층 3개의 창문에서 1개만 불이 켜져 있다. 담장의 높이는 3미터 정도. 밖에서 보면 본채 좌우에 단층 별채가 있다. 고개를 끄덕인 정재국이 옆에 선 타르만을 보았다. 타르만은 후세인 경호실 소속의 중령, 부하 11명을 인솔하고 특명관팀에 합류했다. 말끔하게 면도한 얼굴에 다부진 체격, 손에 AK-47을 쥐고 있다. 탄창은 30발짜리. 리스타연합의 김철규가 긴급 조달한 무기다.

“중령, 우리가 내부 구조는 파악하지 못했어. 그러니까 일단 안으로 넘어 들어가서 작전 계획을 세워야 해.”

“그래야겠지요.”

타르만이 바로 대답했다.

“한 곳으로 넘어 들어가야겠군요.”

“맞아.”

제시는 사우드가 임대한 저택은 알아내었지만 내부 구조는 확인할 수가 없었던 것이다. 정재국이 빠르게 결정했다.

“좋아, 여기서 정찰팀을 보내고 기다릴 여유가 없다. 일렬종대로 전진하다가 담장을 넘는다.”

“그러는 것이 낫습니다.”

타르만이 고개를 끄덕이더니 말했다.

“집 밖에 경비병을 세워 놓았을 겁니다. 먼저 셋을 보내 경비병을 처치하지요.”

“오케.”

“훈련받은 놈들이 있습니다.”

타르만이 갑자기 이를 드러내더니 ‘찍찍’ 소리를 냈다. 쥐가 우는 소리 같다. 그 순간 어둠 속에서 사내 셋이 소리 없이 다가와 섰다. 그때 타르만이 정재국에게 말했다.

“대장, 명령하시지요.”

정재국이 세 사내를 보았다.

“너희들이 앞장서라. 저택 경비병이 보이면 즉시 사살하도록.”

그러자 셋이 일제히 AK-47 총구에 소음기를 부착하기 시작했다. 잘 훈련된 전사다.

"나머지는 뒤를 따른다."

정재국이 타르만에게 지시했다.

"가다가 넘어갈 곳을 찾는다."

지금은 그것이 최선이다. 셋이 앞장서 갔을 때 15미터쯤의 간격을 두고 타르만이 섰다. 그 뒤를 부하 둘, 그다음이 정재국, 제시, 고준기와 박상철, 그리고 타르만의 부하 6명, 맨 뒤에 이칠성이다. 제시는 소음기를 낀 베레타를 쥐었지만 타르만의 부하 중 넷은 우지를 보유했고 나머지는 AK-47과 권총이다. 거기에다 김철규한테서 수류탄 30여 발을 얻어서 각각 2발씩 주머니에 넣고 있다. 이만하면 충분하다.

앞장서서 접근하던 타르만의 부하 메크란, 이라크 특수부대 출신으로 상사, 33세, 이란전, 쿠웨이트전에서 전공을 세워 훈장을 2개나 받고 경호실에 특채된 용사다. 특수부대 시절에도 첨병, 수색조장을 지냈기 때문에 익숙하게 움직인다. 저택이 30미터 거리로 다가왔을 때 메크란은 정문 건너편의 저택 담장에 기대선 사내를 보았다. 이쪽에서는 어깨 한쪽만 보였는데 메크란은 어둠 속에서도 발견한 것이다. 손을 들어 뒤쪽 병사들을 정지시킨 메크란이 앞쪽을 가리키고는 다시 엄지로 자신의 몸을 가리켰다. 자신이 처리하겠다는 표시다. 둘이 옆쪽 담장에 몸을 붙였고 메크란은 AK-47을 앞에총 자세로 다가갔다. AK-47에는 소음기가 끼워져서 길다. 소리죽여 다가간 메크란이 사내의 두런거리는 말소리를 들었다. 하나가 아니다. 머리끝이 솟은 느낌이 든 메크란이 AK-47을 고쳐 쥐고는 다시 발을 떼었다. 거리가 5미터, 3미터, 2미터로 다가왔다. 사내는 아직도 한쪽 어깨를 이쪽에 보인 채로 담장에 등을 붙이고 서 있다. 1미터로 거리가 좁혀졌고 그다음 순간 메크란이 담장 쪽으로 몸을 돌리면서 AK-47로 먼저 가까운 사내를 쏘았다. 담장 안쪽에도 사내 하나가 서 있었다.

"퍽! 퍽! 퍽!"

3발의 둔탁한 발사음이 울렸다. 가까운 사내에게 1발, 그리고 두 번째 사내에게 2발, 거리가 2미터도 안 되었기 때문에 둘 다 머리와 가슴에 총탄을 맞았다. 메크란이 손짓을 하자 곧 둘이 달려왔고 그 뒤를 특명관 일행이 따른다.

5분쯤 후, 정재국이 왼쪽 담장에 붙어 서서 말했다.

"여기다."

앞쪽에는 10여 명의 전사가 늘어서 있다. 모두 검정색 작업복 차림으로 손에 총을 쥐었다. 정재국이 타르만에게 지시했다.

"넘어가자."

그 순간 타르만의 손짓에 병사들이 달려들었다. 담장 높이가 3미터쯤 되었기 때문에 둘이 담장에 붙어 섰고 그 어깨를 밟고 대원들이 담장 위로 섰다. 안을 살펴보는 것이다.

"이쪽은 이상 없습니다."

담장을 살펴보던 사내 하나가 낮게 말했다. 그때 정재국이 말했다.

"넘어가."

그러자 위에 둘이 담장 위로 몸을 솟구치더니 안으로 굴러 떨어졌다. 이어서 다시 둘, 이번에는 둘이 더 붙었고 넷이 한꺼번에 담장 안으로 넘어갔다. 마지막에 제시가 넘어갔고 엎드렸던 넷이 둘로 줄어들더니 마지막 한 명은 담장 위에 엎드린 사내가 손을 잡아 끌어올렸다. 17명이 다 넘어가기까지 3분도 걸리지 않았다.

"난 본채 정문으로 들어간다."

저택을 노려보면서 정재국이 말했다.

"중령, 팀을 3개로 나눠서 2개는 좌우 별장, 1개는 저택 후문으로 진입해라."

"예, 대장."

정재국이 고개를 돌려 제시를 보았다.

"당신은 밖에서 대기하도록."

"네."

어쩔 수도 없지만 그럴 생각이기도 했기 때문에 제시가 바로 대답했다. 타르만이 부하 넷을 왼쪽 별장에 배치하고 7명을 이끌고 뒤로 돌아간다. 그때 앞쪽에서 번쩍이는 불빛이 보였다. 이곳은 저택 왼쪽의 담장 밑, 왼쪽 별장이 아래쪽 20미터 거리에 서 있다. 안은 넓다. 200평 정도의 정원, 오른쪽 별장까지는 60미터쯤의 거리, 본채는 40미터 앞이다.

왼쪽 별장의 응접실에서 TV를 보던 하르반이 고개를 들었다. 밖의 소음. 뭔가 떨어진 것 같고 발자국 소리 같기도 했다. 별장은 방이 2개, 창고용으로 쓰이는 방이 하나, 응접실과 주방이 딸렸는데 저택 고용원의 처소다. 별장은 대원 6명이 숙소로 사용하고 있었는데 하르반이 그중 책임자다.

"아마르!"

하르반이 낮게 불렀지만 대답이 없다.

아마르는 저택 본관의 경비병 유스프, 오른쪽 별장 경비병 고스반과 함께 아편을 피우는 중이었다. 고스반이 아편을 가져왔기 때문이다. 셋은 저택 본관의 후문 옆 나무둥치 밑에 쪼그리고 앉아서 아편을 섞은 담배를 피우고 있다.

"으음, 괜찮아, 이 정도면."

담배 연기를 힘껏 들이마신 유스프가 눈을 가늘게 뜨고 말했다. 나무둥치에 등을 붙인 유스프가 말을 이었다.

"이놈만 있으면 와이프 없어도 돼."

"맞아."

고스반이 고개를 끄덕였다.

"이 맛에 일하는 거지."

셋이 피우는 담뱃불이 어둠 속에서 번쩍이고 있다.

"아마르!"

이번에는 조금 크게 하르반이 불렀을 때다. 현관문이 열리더니 아마르가 들어섰다. 고개를 든 하르반이 눈을 껌벅였을 때 아마르의 얼굴이 달라진 것 같았다.

"아!"

"하르반이 외마디 외침을 뱉은 순간이다.

"투르르르르르."

AK-47의 총구에 낀 소음기를 지난 총탄이 발사되는 소리다. 그 순간 하르반은 빗발 같은 총탄을 맞고 소파와 함께 뒤로 넘어졌다. 그때 안으로 사내들이 우르르 들어섰다.

"투르르르르르르."

우지 기관총은 1분에 600발이 발사된다. 32발이 장탄된 총탄이 쏟아지면서 나무둥치에 둘러앉았던 셋은 빗발 같은 총탄을 맞고 제각기 사지를 비틀었다.

"투르르르르르르."

셋이 쓰러지는 동안에도 총탄이 쏟아졌다. 바깥 경비병 셋은 덕분에 순식간에 처리되었다.

"무슨 소리야?"

본채 응접실에 앉아 있던 사우드의 보좌관 자말이 벌떡 일어선 순간이다.

"쨍그렁!"

유리창 깨지는 소리가 났기 때문에 고개가 옆쪽으로 돌려졌다. 베란다 쪽 유리창이 깨진 것이다. 다음 순간.

"꾸꽝!"

폭발과 함께 자말의 몸통이 허공으로 솟아올랐다. 정확히 말하면 몸통과 머리 부분만 솟아오른 것이다. 폭발 순간에 배꼽 아랫부분이 몸에서 떨어졌기 때문이다.

"투타타타타타타."

이제는 소음기를 끼지 않은 기관총 발사음이 울렸다.

"타타타타타타타."

약간 다른 발사음은 갈릴 기관총이다.

"꽈꽈꽝!"

그때 이 층에서도 폭발이 일어났다. 밖에서 이 층으로 수류탄을 투척한 것이다.

"투타타타타타."

이제는 본채 안으로 진입한 사내들이 막 방문을 열고 나오는 사내들에게 총을 난사했다. 기습이다. 본채의 사내들은 겨우 총을 쥐었을 뿐이다.

"꾸꽈꽝!"

다시 방 하나가 수류탄으로 폭발했다.

"이런."

2층 안쪽 방에서 벌떡 일어난 사우드의 얼굴은 일그러져 있다.

"기습입니다! 저쪽으로!"

방 안으로 뛰어 들어온 카르딘이 소리쳤다. 카르딘은 사우드의 경호원이다. 총성은 격렬해졌고 폭파된 2층에는 불길이 솟아오르고 있다. 그때다.

"꾸꽈꽝!"

다시 수류탄이 이 층에서 터졌다. 이번에는 응접실이 폭파되어서 방 안의 가구가 흔들렸다.

"타타타타타타."

어지럽게 총성이 울렸다. 이 층에 있던 사우드의 경호원들이 밖에 대고 총을 난사하는 것이다. 사우드가 리볼버를 손에 쥐고 일어섰다. AK-47은 응접실에 둔 것이다.

"가자."

어쨌든 이 층에서 탈출해야 된다.

"아래층은 점령했습니다."

옆으로 다가온 이칠성이 소리쳐 말했다. 본채 아래층은 100평 가까운 면적이다. 이미 절반은 불길에 싸였고 집 안은 폭발과 충격으로 만신창이가 되어 있다. 이 층으로 올라가는 계단에도 불이 붙었다.

"타타타타타."

뒤쪽 방에서 총성이 울렸다.

"제거 완료!"

박상철의 목소리다. 그때 뒤쪽에서 타르만이 소리쳤다.

"8명 사살! 사우드는 없습니다!"

사살 인원을 확인한 것이다. 그때 계단 위쪽에서 총성이 일어났다.

"타타타타타타."

그 순간 계단 밑을 지나던 타르만의 부하 하나가 두 손을 휘저으며 쓰러졌다. 불타오르는 계단 위쪽에서 쏜 것이다. 몸을 피한 타르만이 위쪽을 향해 AK-47을 난사했다.

"타타타타타타."

"위에만 남아 있어!"

타르만이 소리쳤을 때 고준기가 달려갔다. 고준기는 접근전의 명수다. 계단 아래쪽 벽에 몸을 붙인 고준기가 손에 쥔 갈릴의 탄창을 확인했다.

"야, 기다려!"

정재국이 소리쳤다.

"서둘지 마라!"

그때 밖에서 들리던 총성이 딱 그쳤다.

양쪽 별장의 습격이 성공한 것이다.

"사우드는 이 층에 있는 것 같습니다!"

타르만이 소리쳤다.

"타타타타타타!"

다시 위층에서 빗발처럼 총탄이 쏟아지면서 파편이 튀었다.

"갓댐."

갈릴을 고쳐 쥔 정재국이 타르만을 보았다.

"내가 올라갈 테니까 너는 아래층에서 수습해!"

"네! 대장!"

타르만이 소리쳐 대답했다.

"타타타타타타."

발사음이 울렸고 그 사이로 아래층에서 외치는 소음이 울렸다.

"대장님, 저쪽으로."

카르딘이 사우드의 팔목을 잡아끌었다. 반대쪽 유리창으로 다가간 카르딘이 밖을 내다보았다. 얼굴의 반쪽만 내밀고 보는 것이다. 그쪽은 저택의 뒤쪽과 왼쪽의 중간 지점이다. 창밖을 내다본 카르딘이 사우드에게 말했다.

"이쪽은 비었습니다. 밖으로 뛰어내리시지요!"

그러고는 카르딘이 앞쪽에 대고 소리쳤다.

"하비브! 계단을 지켜라!"

하비브는 계단 아래를 향해 AK-47을 난사하고 있는 것이다. 하비브가 소리쳐 대답하자 카르딘이 사우드에게 재촉했다.

"대장님, 제가 먼저 뛰겠습니다!"

창문을 열어젖힌 카르딘이 상반신을 창틀에 걸쳤다. 밖은 아직 어둡다. 위쪽의 별장이 불에 타고 있었기 때문에 화염의 붉은 기운이 뻗쳐 나오고 있을 뿐이다. 그 순간이다.

"타타타."

총성이 울리면서 카르딘이 두 손을 치켜들더니 안쪽으로 쓰러졌다. 사우드는 반사적으로 비켜섰다. 앞에 쓰러진 카르딘의 얼굴이 부서져 있다.

흰 뇌수가 덮였다.

"제가 가지요!"

고준기가 소리쳤을 때 다시 총탄이 쏟아졌다.

계단 위쪽에서 쏘아 깨지는 터라 이쪽에서는 보이지도 않는다.

"갓댐."

간발의 차이로 총탄을 피한 고준기가 욕설을 뱉더니 주머니에서 수류탄을 꺼냈다.

"제가 앞장섭니다!"

한국말이다.

그때 정재국이 소리쳤다.

"좋다! 내가 앞장을 선다!"

"아니, 제가……."

"잔말 말고 따라!"

버럭 소리친 정재국이 몸을 세웠을 때 또 총탄이 쏟아졌다.

"투타타타타타!"

정재국이 몸을 굴려 왼쪽 벽에 붙더니 다시 소리쳤다.

"놈은 계단 오른쪽에 있어!"

총을 왼손에 쥔 정재국이 주머니에서 수류탄을 꺼냈다.

"내가 던지고 올라가 오른쪽으로 붙을 거다!"

"그럼 전 왼쪽입니다."

그때 이 층에서 수류탄이 던져졌다.

정재국 바로 앞에 떨어져서 부서진 소파 쪽으로 구른다.

"수류탄!"

정재국이 엎드리면서 소리치자 모두 몸을 굴렸다.

“꽈광!”

수류탄이 폭발하면서 소파가 훌떡 뒤집혔고 옆쪽 벽이 무너졌다.

신음 소리가 울렸다.

벽 근처에 엎드렸던 타르만의 부하 둘이 당했다.

“타타타타타타!”

다시 총탄이 쏟아졌고 모두 몸을 피했다.

총탄이 그친 바로 그 순간, 정재국이 수류탄의 핀을 뽑고는 이 층 바로 입구를 향해 잠깐 멈칫했다가 던졌다.

폭발 시간을 1초 반쯤 줄인 것이다.

“꽈광!”

이번 수류탄은 이 층 바닥에 떨어지기 직전, 바닥에 닿기도 전에 폭발했다.

그 순간 파편이 떨어지기 전에 정재국이 계단 위로 뛰어올랐다.

계단은 모두 15개, 그중 중간의 5개 정도가 부서져 있었기 때문에 정재국은 한 걸음에 4계단씩 뛰어올랐다.

4걸음에 뛰어오를 계획이었지만 부서진 계단에 걸려서 5걸음이 되었다.

계단을 뛰어오른 정재국이 갈릴로 왼쪽을 향해 난사했다.

“타타타타타타!”

총탄이 빗발처럼 쏟아졌지만 표적이 보이지 않는다.

난사하면서 정재국이 앞으로 세 발짝을 떼고 나서 벽에 등을 붙였다.

그 순간 뒤쪽에서 발자국 소리와 함께 총성이 울렸다.

“타타타타타!”

고준기다.

고개를 돌린 정재국이 소리쳤다.

"넌 왼쪽을 맡아!"

벌떡 일어선 정재국이 다시 갈릴을 내갈기며 옆쪽으로 두 발짝 몸을 옮겼다.

이 층 구조는 계단을 중심으로 건물이 좌우로 나누어져 있었는데, 정재국이 접근해 간 오른쪽은 응접실과 그 옆쪽에 방문이 4개 붙어 있다.

고준기에게 맡긴 왼쪽은 베란다와 그 옆쪽의 방 3개, 그중 오른쪽의 방 2개가 부서져서 불이 솟았고, 왼쪽은 2개가 탄다.

바닥에 쓰러진 시체는 4명.

조금 전까지 아래에다 대고 난사했던 놈은 보이지 않는다.

그것이 하나인지 둘인지도 알 수 없다.

"타타타타탓."

탄창을 갈아 낀 정재국이 불이 난 다음 방문을 발로 차 열면서 우선 갈릴을 갈겼다.

4발, 이곳은 옷방.

옷걸이가 쓰러졌고 가구도 없다.

재빠르게 몸을 돌린 정재국이 끝 쪽 방을 향해 다가갔다.

문이 닫혀 있다.

와락 발로 차 열려던 정재국이 주춤 몸을 젖힌 것도 마음을 바꿨기 때문이다.

상반신을 뒤로 젖히면서 정재국이 발을 뻗어 방문을 걷어찼다.

그 순간 뒤로 젖힌 몸을 비틀면서 문 옆의 벽에 몸을 붙였다.

그때 발길에 챈 문이 열리면서 총성이 울렸다.

"타타타타타!"

방 안에서 갈긴 총탄이 문을 뚫고 나왔다.

7, 8개의 총구멍이 뚫렸다.

그때 뒤쪽에서 어지럽게 총성이 울렸다.

고준기가 맡은 왼쪽이다.

엇갈리는 총성이었지만 정재국은 그쪽에 신경을 쓸 수가 없다.

정재국이 몸을 웅크리고는 문 안으로 뛰쳐 들어가기로 마음먹었다.

이럴 때 수류탄이 있다면 유리하겠지만 없다.

심호흡을 했을 때 뒤쪽에서 다시 총성이 났다.

"타타타타타타!"

그때 계단 밑에서 타르만이 소리쳤다.

"올라갑니다!"

그 순간 다시 방 안에서 총성과 함께 총탄이 쏟아졌다.

"갓댐."

욕설을 한 정재국이 소리쳤다.

"올라와!"

"타타타타!"

다시 방 안에서 총성이 울리면서 문짝에 총탄이 박히더니 더 활짝 열렸다.

그 순간 정재국이 몸을 틀어 방 안으로 다이빙을 하듯이 뛰어 들어갔다. 그러고는 몸이 떨어지기 전에 방 안을 살폈다. 있다.

창가에 붙어선 사내, 그 옆에는 사내 하나가 쓰러져 있다.

시선이 마주쳤고 사내는 방아쇠를 두 번이나 당기고 있다.

그것까지 다 보인다.

그 순간 방바닥에 팔꿈치가 닿았지만 사내를 향해 총구는 옮겨졌다.

배가 방바닥에 부딪혔을 때 정재국이 방아쇠를 당겼다.

"타타타탓탓!"

다섯 발의 총탄이 발사되었다. 거리는 3미터 정도.

다섯 발이 적중하는 것을 보면서 정재국의 무릎이, 발끝이 방바닥에서 떨어졌다.

그때서야 정재국도 말끔하게 얼굴을 면도한 사내가 사우드 알 살람이라는 것을 알았다.

사우드다.

다섯 발의 총탄이 사우드의 목과 가슴, 배까지 모두 명중했다.

사우드가 눈을 크게 뜬 채로 정재국을 응시하면서 천천히 주저앉는다. 눈동자의 초점도 뚜렷하다.

그때 뒤쪽에서 타르만의 외침이 들렸다.

"잡았습니다!"

2장
전우를 안고 귀국하다

방 밖으로 나온 정재국에게 이칠성이 다가왔다.

이칠성의 얼굴은 피가 튀어 있었는데 부상당한 것 같지는 않았다.

"사우드를 잡았다."

정재국이 던지듯이 말했다.

타르만과 함께 사우드의 시체를 확인한 것이다.

사우드다. 확실하다.

이칠성은 저택 밖에 있다가 올라왔다.

그때 이칠성이 정재국에게 말했다.

"대장님, 당했습니다."

"그래, 우리도 피해가 커."

정재국의 눈앞에서도 셋이 당했다. 물론 타르만의 부하다.

그때 이칠성이 고개를 들고 정재국을 보았다.

"우리가 당했습니다."

"우리?"

되물었던 정재국의 얼굴이 굳어졌다. 우리라니? 이칠성이 말하는 우리?

왼쪽 구역으로 달려간 정재국도 방 안에 쓰러져 있는 고준기를 보았다.

고준기는 박상철이 안고 있었는데, 눈을 치켜뜨고 있었지만 초점이 흐리다.

다가간 정재국이 고준기를 내려다보았다.

고준기가 누워서 올려다보고 있다.

그러나 먼 곳을 보고 있다.

어디인가?

뒤를 돌아보고 싶은 충동이 일어났지만 참았다.

고준기는 가슴에 세 발을 맞아서 접시만큼 가슴이 파헤쳐져 있다.

벽 쪽에 사내 하나가 몸을 기역 자로 꺾고 죽어 있었는데 손에 AK-47을 쥐었다.

구석 쪽에 있는 하나는 수류탄에 다리 두 개가 떼어졌지만 손에 AK-47을 쥐었고, 가슴과 머리에 총을 맞았다.

저놈이다.

정재국이 직감적으로 판단했다.

구겨진 놈부터 쏘고 방심했다가 다리 없어진 놈이 죽은 체했다가 고준기를 쐈다.

그때 고준기를 안고 있던 박상철이 건조한 목소리로 말했다.

"이 자식이 약혼한다고 했는데……."

옆에 쪼그리고 앉아 있던 이칠성은 이맛살을 찌푸렸고 정재국도 외면했다.

그때 박상철이 기어코 한마디 더 했다.

"내가 축하라도 해줬어야 했는데……."

오전 6시 반.

무바라크가 비서실장 야하르의 보고를 받는다. 물론 전화 보고.

"각하, 구시가지 주택가에서 총격전이 일어났습니다."

침대에 누운 채 무바라크는 듣기만 한다.

"대규모 총격전이었는데 사상자가 21명입니다."

"……."

"현장에서 시체 21구가 발견되었는데 모두 수류탄과 총탄에 맞아 사망한 것입니다."

"도대체……."

화가 난 무바라크가 침대에서 몸을 일으켰다.

이집트에서 이런 사건은 드물다.

"어디 놈들이야?"

"예, 현장에서 신분증도 일부 발견되었는데 이란, 베이루트, 시리아 국적입니다, 각하."

"으음, 그러면……."

"정보국장은 시체 중에서 이란 혁명수비대 부사령관이며 특공대 부사령관인 사우드 알 살람이라고 합니다."

"……."

"테러 용의자로 인터폴에 수배된 자입니다, 각하."

"도대체 누구야?"

무바라크가 묻자 야하르가 한숨을 쉬었다.

"전투 상대방도 피해를 받은 것 같지만 흔적을 지우고 사라졌습니다,

각하."

무바라크가 입을 다물고 있는 것은 문득 사담 후세인의 얼굴이 떠올랐기 때문이다.

지하 벙커에서 후세인이 보고를 받고 있다.

보고자는 육군 총사령관 카심 대장.

같은 시간이다. 여기서는 직접 보고다.

"각하, 특명관이 사우드와 부하들을 몰살했습니다."

그 순간 후세인이 긴 숨을 뱉었기 때문에 카심이 긴장했다.

후세인이 계속하라는 손짓을 했다.

"모두 21명입니다. 사우드의 얼굴은 특명관팀에 합류한 경호실의 타르만 중령이 확인했습니다. 사진도 찍고 손가락도 하나 잘라 왔습니다."

"오오!"

"사우드는 특명관이 직접 사살했다고 합니다."

"으음!"

"아군 전사자는 넷, 부상자는 둘인데 모두 대사관으로 데려갔습니다."

"잘했어."

"특명관팀 중 한 명도 전사했습니다."

"저런!"

고개를 든 후세인이 카심에게 말했다.

"사우드 그놈을 제거한 공적이 크다. 내가 포상하겠다."

후세인의 두 눈이 번들거리고 있다.

"그럼 저는 이만……."

제시가 고개를 까닥여 보이더니 몸을 돌렸다.

그때 정재국이 자리에서 일어섰다.

이곳은 호텔방 안, 오전 8시 반이 되어 가고 있다.

현장에서 철수하고 뒤처리까지 한 후에 돌아온 참이다.

고준기의 시체도 일단 이라크 대사관에 옮겨 놓았다. 그러고 나서 이라크로 옮겼다가 가족에게 후송될 것이었다.

"잠깐!"

정재국이 부르자 제시가 고개만 돌렸다. 차분한 표정이다.

"내가 다시 연락드리지요."

정재국의 말에 제시가 눈을 깜박였다.

"무슨 일 있습니까?"

"지금은 경황이 없어서 말하기 그렇고."

"알겠습니다."

고개를 끄덕인 제시가 문의 손잡이를 잡더니 말을 이었다.

"멋진 작전이었어요."

제시를 보낸 정재국이 이칠성, 박상철과 셋이 방에서 둘러앉았다.

어젯밤에 잠을 한숨도 자지 못했지만 셋의 눈은 충혈된 채 번들거리고 있다.

정재국이 입을 열었다.

"내가 고준기를 데리고 한국에 갈 거다."

둘이 고개를 들었지만 입을 열지는 않았다.

"당분간 쉴 테니까 내가 고준기를 부모한테 인계해 드려야지."

"우리도 같이 가지요."

이칠성이 나섰다.

"대장만 가실 수는 없지요."

"그렇습니다."

박상철이 갈라진 목소리로 말했다.

"제가 따라가려고 했는데 잘되었네요."

모하메드한테서 당분간 쉬라는 지시를 받았기 때문에 정재국은 난생 처음으로 한국에 갈 생각이었다.

어머니의 아버지, 그러니까 외할아버지가 한국에 있다는 말을 들었지만 어머니가 미국 '놈'하고 결혼하자 의절을 했다고 했다.

어머니하고도 의절한 할아버지였으니 외손자가 있는지 없는지도 모를 것이다. 그래서 그 친척을 만나러 가는 것이 아니다.

"갓댐."

보고를 받은 후버가 욕을 했지만 얼굴에 웃음이 떠올라 있다. 뉴욕 맨해튼의 안가에서 후버가 윌슨과 마주 보고 앉아 있다. 소파에 등을 묻은 후버가 흐린 눈으로 윌슨을 보았다.

"아주 전멸시켰군."

"예, 사우드 알 살람의 시체도 확인되었습니다."

"그놈들이 모두 사우드의 부하들이지?"

"그렇습니다."

어깨를 부풀린 윌슨이 말을 이었다.

"조금 전 이집트 경찰이 저택의 벽장에서 자폭 테러용 조끼를 찾아냈습니다. 건물 1동을 날려 버릴 수 있는 강력한 폭탄 조끼였습니다."

"옳지! 후세인을 폭사시키려고 했겠군. 내 그럴 줄 알았어."

"오늘 밤에 결행하려던 것 같습니다."

"흠, 후세인이 운이 좋구나."

고개를 끄덕인 후버가 윌슨을 보았다.

"이번에도 후세인의 특명관팀인가?"

"그런 것 같습니다."

"그런데 그놈들이 어떻게 사우드의 정보를 알아냈지? 리스타의 도움을 받은 건가?"

"글쎄요, 그것까지는 모르겠습니다."

"해밀턴이 지금 뉴욕에 있지?"

"예, 부장님."

"그놈한테 연락해서 내가 보잔다고 해."

"예, 부장님."

"내가 CIA 부장 그만두면 리스타 사장으로 갈 수 있을까?"

불쑥 후버가 물었기 때문에 윌슨이 한숨부터 쉬었다.

이 영감이 왜 이러는가?

이라크 국적의 C-130 1대가 한국의 오산 비행장에 착륙했을 때는 오후 5시가 되어 갈 무렵이다. 수송기가 격납고 안에서 멈춰 섰을 때 이라크 대사관 관계자들이 C-130 수송기의 뒤쪽으로 다가갔다. C-130은 뒤쪽에 화물 출구가 있기 때문이다. 한국 측 세관 당국자 셋도 다가갔는데 곧 뒤쪽 출구가 열리면서 사내 셋이 먼저 나왔다. 정재국, 이칠성, 박상철이다. 그 뒤를 수레에 실린 관을 밀고 승무원 둘이 나왔는데 관에는 고준기의 시신이 있다. 관을 본 세관 담당이 이라크 대사관 직원에게 말했다.

"그럼 관은 확인했습니다."

"수고하셨습니다."

대사관 직원의 인사를 받은 세관 직원이 정재국이 내민 여권을 받아 들더니 옆쪽 직원에게 넘겼다. 이칠성과 박상철의 여권까지 받은 직원이 스탬프를 찍고 기록을 하고 나서 돌려주었다. 여권을 받은 정재국에게 대사관 직원이 물었다.

"영구차가 대기하고 있습니다. 도와드릴 일은 없습니까?"

"수고했어요."

정재국의 인사를 받은 직원이 목례를 해 보이고는 몸을 돌렸다. 곧 격납고 안으로 영구차가 들어왔고 관이 실렸다. 정재국은 대사관이 마련해준 승용차에 타고 공항을 나왔다. 영구차가 뒤를 따른다.

"대전까지 3시간쯤 걸립니다."

박상철이 승용차 뒤쪽에 앉은 정재국에게 말했다.

"곧장 대전 갑을 병원으로 가면 됩니다. 그곳 영안실을 준비해놓았으니까요."

고준기 가족에게 연락을 해놓은 것이다. 정재국이 고개를 끄덕였다. 장례식을 마치고 고준기는 고향에 묻힌다.

시청 앞 코리아 호텔, 특급 호텔이다. 고준기의 장례식이 끝난 다음 날 오후, 정재국은 서울로 올라와 혼자 이곳에 투숙한 것이다. 이칠성과 박상철은 제각기 가족에게 돌아갔다. 창가에 서서 시청 앞 광장을 내려다보던 정재국이 시계를 보았다. 오후 4시 반, 서울은 난생처음 와본 도시여서 바그다드보다도 낯설다. 한국말에 유창하지만 어머니한테 배운 말일 뿐이다. 어머니는 한국에 대해서 거의 말해준 적이 없다. 외할아버지한테 의절당한 아픔 때문이겠지. 그리고 정재국에게 인연이 아무도 없는 한국에 쓸데없는 미련을 심어줄 필요가 없다고 생각했을 것이다. 그러나 이름은……, 정재국의 얼굴에 쓴웃음이 떠올랐다. '정'은 어머니의 성(姓)이다. '재국'이란 이름은 어머니가 지었다. '정재국'이란 이름의 미국인인 것이다.

카페 앞에 선 정재국이 유리창 안을 들여다보았다. 안에는 손님들이 절반쯤 차 있는데 술을 마시는 중이다. 술 마시는 카페다. 이곳은 시청 근처의 골목 안, 호텔에서 3백 미터쯤 떨어져 있다. 오후 6시, 아가씨들이 오가고 있는 것은 서비스하는 역할인 것 같다. 이윽고 정재국은 발을 떼어 카페 안으로 들어섰다.

"어서 오세요."

마담이 웃음 띤 얼굴로 정재국을 맞았다.

"혼자세요?"

정재국이 고개를 끄덕이자 마담이 구석 쪽 테이블로 안내했다. 홀 안은 조명을 어둑하게 만들었고 낮은 재즈 음악이 흘러나오고 있다. 자리에 앉았을 때 한복 차림의 마담이 생글거리며 묻는다.

"술은 어떤 걸로 하실까요?"

"위스키로 하지요."

마담의 얼굴이 활짝 펴졌다. 비싼 술을 시켰기 때문일 것이다.

"어떤 위스키로 하실까요?"

"로날드가 있나?"

"어머, 그건 없는데요."

바짝 다가선 마담한테서 짙은 향내가 맡아졌다. 로날드는 정재국이 미국에 있을 때부터 마시던 술이다. 고개를 기울인 마담이 정재국을 보았다.

"발렌타인 어떠세요?"

"그건 입맛에 안 맞는데."

정재국이 똑바로 마담을 보았다.

"마담이 추천해봐."

"조니 워커 블랙으로 하시죠. 한 병에 30만 원인데요."

"300불이군."

"비싼가요?"

"됐어, 안주하고 가져와요."

"그럴게요."

환하게 웃은 마담이 은근한 표정을 지었다.

"아가씨 하나 부를게요. 팁값 5만 원인데요."

"그러지."

마담이 치마에 바람을 일으키며 떨어졌을 때 정재국이 주위를 둘러보았다. 테이블에 앉은 손님 대부분은 맥주를 마신다. 서비스하는 아가씨를 옆에 앉힌 손님은 두 테이블뿐이다. 왼쪽에는 복도가 있었는데 그쪽은 룸인 것 같다. 곧 술과 안주를 든 종업원과 함께 마담이 아가씨를 데려왔다. 투피스 정장 차림에 머리를 짧게 파마한 아가씨다.

"여기 앉아."

마담이 아가씨를 정재국 옆에 앉히면서 정재국을 보았다.

"마음에 드세요?"

"내가 선택권이 있는 거야?"

"바꿔드릴까요?"

고개를 돌린 정재국이 아가씨를 보았다. 시선이 마주치자 아가씨의 눈동자가 흔들렸다. 얼굴이 어느새 굳어져 있다. 정재국이 마담에게 물었다.

"아가씨 데리고 나갈 수 있어?"

"그럼요."

마담이 쉽게 대답했을 때 아가씨가 자리에서 일어섰다.

"전 안 돼요."

"앉아."

마담이 꾸짖듯 말했을 때 아가씨가 고개를 저었다.

"저 이 차 안 돼요."

"누구 맘대로?"

얼굴을 일그러뜨린 마담의 얼굴은 딴사람처럼 보였다. 그때 정재국이 일어선 아가씨의 소매를 당겼다.

"앉아, 이 차 안 데려갈 테니까."

아가씨가 끌려 앉았을 때 마담이 쓴웃음을 짓고 나서 몸을 돌렸다.

위스키 한 병을 마시는 동안 정재국이 이것저것을 물었다. 물가, 인심, 경제 상황, 이것저것을 묻자 아가씨는 꼬박꼬박 대답했지만 뭘 묻지는 않았다. 한국에 처음 온 정재국이어서 궁금한 것이 많았기 때문에 닥치는 대로 다 물었는데도 전혀 궁금한 것 같지 않았다. 그것이 마음에 들었기 때문에 정재국은 마음 놓고 물었다. 술 한 병은 정재국이 70퍼센트, 아가씨가 30퍼센트쯤 마셨을 것이다. 한 시간 반쯤이 지난 오후 7시 반이다. 술병이 비워졌을 때 마담이 다가와 물었다.

"술 한 병 더 가져올까요?"

"아니, 난 아직 식사 전이라."

고개를 저은 정재국이 마담을 보았다.

"계산서 갖다 줘요."

마담이 돌아갔을 때 아가씨가 물었다.

"식사하시려고요?"

"응, 술은 이 정도면 됐어."

"저, 따라 나가도 돼요?"

"아까는 안 된다고 했잖아?"

"처음이라 그랬어요. 마담이 자기 마음대로 정하는 것이 싫었어요."

"난 싫어."

정재국이 아가씨를 보았다.

"그러니까 마음 놓아도 돼."

"제가 돈이 필요해요."

"매음하라는 거야?"

불쑥 정재국이 묻자 아가씨는 외면했다. 그때 마담이 계산서를 내려놓고 돌아갔다. 고개를 돌리고 있던 아가씨가 다시 입을 열었다.

"여기 나온 지 사흘째 되었어요."

"……."

"들어올 때 선금 3백을 받았기 때문에 매어 있는 입장이죠. 선금 갚고 나가기 위해선 매음해야죠."

이제는 아가씨가 번들거리는 눈으로 정재국을 보았다.

오후 8시 반, 정재국과 아가씨는 순댓국 식당에서 마주 보고 앉아 있다. 식당은 손님들이 가득 차 있다. 아가씨가 이곳을 안내한 것이다. 순댓국을 한 수저 떠먹은 정재국이 고개를 끄덕였다.

"맛있군."

"처음이세요?"
아가씨가 물었다.
"그래, 처음이야."
한 수저 더 국밥을 떠먹은 정재국이 아가씨를 보았다.
"한국도 처음이고."
"그렇군요."
놀란 아가씨가 한숨을 쉬었다. 정재국은 주인에게 술값과 함께 아가씨 2차 값 30만 원을 주고 나온 것이다. 아가씨의 팁값 계산도 했다. 다시 건더기를 떠먹는 정재국을 향해 아가씨가 말을 이었다.
"이 식당이 유명해요."
"맛있어."
"저한테 궁금한 점 있으세요?"
"없어."
다시 순댓국의 고기를 씹어 삼킨 정재국이 아가씨를 보았다.
"왜 그렇게 묻는데?"
"제 이름도 묻지 않으셨어요."
"이름을 알아야 섹스를 하나?"
"그건 아니지만……."
수저를 든 채 아가씨가 쓴웃음을 지었다.
"말씀이 칼날 같아요."
"총알 같겠지."
"제 이름은 배영미예요."
"밥 안 먹어?"
"먹을게요."

고분고분 대답한 아가씨가 수저를 들더니 몇 번 떠먹고 나서 정재국을 보았다. 차분해진 표정이다.

"제가 싫으세요?"

"싫다면 데리고 나올 리가 있어?"

어느새 순대국밥을 거의 비운 정재국이 상반신을 펴고 배영미에게 말했다.

"쓸데없는 인연을 만들기 싫기 때문이지."

"하룻밤만 지나면 끝나니까 걱정 마세요."

"그 대가를 줬으니까 말이지?"

둘이 거의 동시에 수저를 내려놓았고 서로의 얼굴을 보았다. 그때 정재국이 불쑥 물었다.

"오늘 2차 값을 선금에서 삭감했나?"

"네, 30만 원 깠으니까 이제 270 남았죠."

"앞으로 30만 원씩 2차를 9번 더 가야겠군."

"각오하고 있어요."

"선금 받아서 뭐 한 거야?"

"아버지한테 드렸어요, 실직하셨기 때문에."

배영미가 정색하고 정재국을 보았다.

"제가 취직해서 선금을 받았다고 했죠. 전 의상디자인학과를 나왔기 때문에."

"……."

"유명 디자이너 숍에 디자이너로 취직했다고 말했더니 그대로 믿으시더군요."

"……."

"그렇게 살아요. 어머니 돌아가시고 세 식구가 그럭저럭 살다가 작년에 아버지가 실직한 거죠."

그때 정재국이 손목시계를 보면서 말했다.

"10시 가깝게 되었네. 이젠 그만 가지."

호텔방에 들어섰을 때는 11시가 되어 갈 무렵이다. 긴장으로 굳어진 얼굴로 따라 들어온 배영미의 눈동자는 초점이 흐려져 있다.

"앉아."

배영미에게 소파를 가리켜 보인 정재국이 침실로 들어갔다가 나왔다. 앞쪽 자리에 앉은 정재국이 배영미 앞쪽 탁자에 지폐를 놓았다. 달러다. 배영미의 시선이 달러로 옮겨졌다.

"3천 불이다. 3백만 원은 넘을 거야."

배영미는 달러만 본 채 움직이지 않았고 정재국의 말이 이어졌다.

"그거 내일 마담한테 주고 선금 갚아라. 그럼 거기 나올 수도 있겠지?"

"……."

"또 갚을 것이 있어?"

"아뇨."

깜짝 놀란 배영미가 고개까지 저었다.

"없어요."

"그럼 그 돈으로 선금 갚아."

"왜요?"

"왜라니?"

정색한 정재국이 배영미를 노려보았다.

"내가 그러고 싶어서 그런 거다. 잔말 마."

"……."

"그리고 그 돈 갖고 지금 집에 가."

"……."

"나한테 세 시간 동안 서비스해준 값이다."

그러고는 정재국이 쓴웃음을 지었다.

"그래, 마담이 물어본다면 나하고 열 번 잔 값을 받았다고 해라."

그러고는 정재국이 자리에서 일어섰다.

"자, 그 돈 집어서 가방에 넣고 나가. 나 씻을 거다."

배영미가 허둥거리며 방을 나갔을 때 정재국은 길게 숨을 뱉고 나서 옷을 벗어 던졌다. 욕실로 들어간 정재국이 씻고 나왔을 때는 12시가 되어갈 무렵이다. 욕조에 물을 채우고 한동안 누워있었기 때문이다. 개운해진 정재국의 술기운이 가신 머리에 문득 어머니가 떠올랐다. 이곳이 어머니의 고향이다. 어머니는 강원도 강릉에서 태어났다고 했다.

다음 날 오전, 룸서비스로 아침 식사를 마친 정재국은 이칠성의 전화를 받았다.

"대장, 잘 쉬셨습니까?"

"응, 그래. 넌 어때?"

"저도 어제 잘 쉬었습니다."

"그럼 계속 잘 쉬어."

"제가 거기로 갈까요?"

"왜?"

"적적하실 것 같아서요."

"네가 와도 마찬가지야. 그러니까 넌 며칠만이라도 가족들하고 같이 지내."

"아, 그래도……."

"내 걱정은 말고 자꾸 전화하지 마."

"아이구, 대장님도……."

"끊는다."

전화기를 내려놓은 정재국은 호텔방을 바꿔야겠다는 생각이 들었다. 찾으려면 얼마든지 찾겠지만 떠나야겠다.

다시 전화벨이 울렸기 때문에 정재국은 마음을 굳혔다. 이곳을 떠나야겠다. 전화기를 든 정재국이 대뜸 말했다.

"야, 내 걱정은 말라니까?"

"네?"

여자 목소리에 정재국이 이맛살을 찌푸렸다.

"누구세요?"

"저요, 배영미."

"아, 난 또."

"전화해도 돼요?"

"왜? 마담이 달러는 안 받는대?"

"아뇨, 방금 돈 갚고 거기 그만뒀어요."

"잘했다. 이제 잘 살아라."

"저기요."

"뭔데?"

"지금 뭐 하세요?"

"전화 받는다."

"아뇨, 그게 아니라."

"너, 용건이 뭐야?"

"서울 처음이라면서요?"

"그래서?"

"제가 안내해 드리려고요. 경복궁이나 남산……."

그 순간 정재국의 눈동자가 흐려졌고 배영미가 말을 이었다.

"제가 돈 받은 대가를 해 드려야 할 것 같아서요."

"좋아, 그럼 너, 나하고 여행 갈 수 있어?"

마침내 정재국이 그렇게 물었다.

"며칠간 말이다, 같은 방에 자면서."

"돼요."

배영미가 대번에 대답했다.

"열흘도 돼요."

정재국이 소리 죽여 한숨을 쉬었을 때 배영미가 한술 더 떴다.

"돈 안 주셔도 돼요. 주셔도 안 받겠지만."

렌터카에서 차를 빌리려다가 신분증에 보증금까지는 참겠는데 보증인까지 세우라고 하는 바람에 포기했다. 그리고 이라크 대사관에 연락했더니 30분 만에 호텔 앞에 대사관용 벤츠가 도착했다. 검정색 벤츠의 위용은 굉장했다, 그때가 1990년대 초였으니까. 더구나 대사관 번호판을 붙인 벤츠다.

"이 차, 아저씨 거예요?"

벤츠를 본 배영미가 감동했다.

"벤츠 처음 타요."

차에 타면서도 계속 감동한다.

"소리도 없이 가네요."

정재국이 운전하고 호텔을 빠져나갈 때도 또 감동.

"아유 빠르네."

속력을 내었을 때 다시 감동하는 바람에 정재국이 다시 한숨을 쉬었다. 그러나 기분 나빠서 그런 건 아니다.

정재국이 강릉에 도착했을 때는 오후 2시가 되어 갈 무렵, 경포대의 호텔방을 얻어 놓고 정재국과 배영미는 택시를 타고 시내로 나왔다. 그때까지 배영미는 잠자코 정재국이 가자는 대로 말없이 따라 왔다. 오후 2시 40분, 정재국이 택시를 길가에 세우더니 주위를 둘러보았다. 이곳은 옥천동 길가다. 정재국이 옥천동으로만 가라고 한 것이다. 둘러보는 정재국의 옆으로 다가선 배영미가 조그맣게 물었다.

"어디 찾으시는데요?"

"그냥."

"네?"

"그냥 온 거라고."

"아."

반걸음 옆으로 물러선 배영미도 주위를 둘러보았다. 4월 초, 날씨는 따뜻했고 거리는 깨끗했다. 바람결에 옅은 물 냄새가 맡아졌다. 그때 정재국이 배영미를 보았다.

"여기선 사람을 찾을 때 어떻게 찾나?"

정재국의 얼굴이 조금 일그러졌다. 그래서 배영미가 조심스럽게 물었다.

"누구를 찾는데요?"

"그냥."

또 그냥이다. 그러나 정재국이 강릉까지 온 것은 사람을 찾기 위해서란 것은 알았다. 배영미가 고개를 기울이다가 대답했다.

"경찰서에 가도 되구요."

정재국의 눈치를 살핀 배영미가 말을 이었다.

"동사무소에 가도 되겠죠."

"그럼 동사무소에 가볼까?"

"제가 알아볼게요."

지나가는 사람한테 동사무소를 물었더니 걸어서 5분도 안 된단다. 둘이 동사무소로 걸으면서 배영미가 물었다.

"누구 찾으시는데요?"

"죽었는지도 몰라."

숨을 들이켠 배영미를 향해 정재국이 쓴웃음을 지었다.

"37년 전이니까."

"……."

발을 떼면서 정재국이 말을 이었다.

"37년 전에 내 어머니가 한국을 떠났어."

"……."

"그때 어머니는 21살, 미국 대학으로 편입했지."

"……."

"그러다가 대학을 졸업하고 미국 놈을 만나 결혼을 했어."

"……."

"이곳 강릉 옥천동에 사는 아버지한테 의절당하고."

"……."

"32년 전이야. 의절을 당한 것이."

어느덧 동사무소 앞이다.

동사무소 직원이 컴퓨터를 두드리더니 정재국을 보았다.

"정은호 씨는 지금도 옥천동에 살고 계십니다."

직원이 서류를 정재국에게 내밀었다.

"여기에 살고 계십니다."

서류를 받아 든 정재국이 직원에게 고개를 숙였다.

"고맙습니다."

데스크 앞에서 물러 나온 정재국이 동사무소를 나왔다. 잠자코 따라 나온 배영미에게 정재국이 서류를 건네주었다. 배영미가 서류를 훑어보았다.

'정은호, 83세.'

서류에 선명하게 찍혀 있다.

그리고 동거인으로 정병수가 있다. '55세.'

발을 떼면서 정재국이 말을 이었다.

"정병수 씨는 어머니 동생인 것 같다."

호텔로 돌아왔다. 호텔에서 옷을 갈아입은 둘은 바닷가의 식당에 들어가 술을 마셨다. 식당은 손님이 많았고 떠들썩했다. 그러나 정재국은 잠자코 술만 마셨다. 가라앉은 표정이다. 배영미는 정재국의 분위기를 깨뜨리지 않으려는 듯이 입을 열지 않았다. 둘이서 소주를 4병 마셨을 때 정재국이 고개를 들었다.

"외할아버지의 생각이 맞았어. 미국 놈하고 결혼하면 절대 정상적인 결혼생활이 안 된다고 했더군. 그래서 헤어지지 않으면 인연을 끊겠다고."

정재국의 두 눈이 번들거렸다.

"내가 어머니가 죽고 나서 서랍에 숨겨진 외할아버지의 편지를 읽었어. 그것이 마지막 편지였어."

"……."

"서로 인연을 끊은 것이지."

"……."

"난 도망간 미국 놈보다 인연을 끊은 외할아버지가 더 미워."

배영미를 응시한 채 정재국이 쓴웃음을 지었다.

"도망간 미국 놈은 없는 존재로 쳐왔기 때문에 대상이 없어진 것이나 같지."

"만나세요, 그럼."

배영미가 마침내 말했다.

"반가워하시든 안 하시든 간에요."

"……."

"그러고 나서 떠나시면 되는 거죠. 안 만나고 떠나시는 것보다는 나을 것 같아요."

"……."

"외할아버지도 반가워하실 것 같은데요."

그때 정재국이 술잔을 내려놓았다.

"너한테 신경 쓰게 해서 미안하다."

밤, 침대 2개짜리 방을 얻었기 때문에 샤워를 하고 나온 정재국이 가운 차림으로 침대에 누우면서 말했다. 오후 11시 반이다.

"나, 피곤해서 먼저 잔다."

소주를 5병이나 마신 것이다. 물론 배영미와 나눠 마셨다. 정재국이 눕자 배영미는 욕실로 들어가 샤워를 했다. 샤워를 마친 배영미가 방으로 나왔을 때 정재국은 눈을 감은 채 잠이 들어 있었다. 배영미는 방의 불을 끄고는 제 침대로 들어갔다.

다음 날 오전 11시가 되었을 때 정병수는 대문을 두드리는 소리를 들었다. 대문의 벨이 고장 났기 때문에 두드려야 한다. 아직 보청기를 끼지 않아도 귀가 밝은 정은호가 먼저 소리쳤다.

"누가 왔다!"

"제가 나갈게요."

정병수의 처 임은숙이 마당 끝에 있다가 문으로 다가가면서 말했다.

"예, 나가요!"

일요일이어서 초등학교 교사인 정병수가 집에 있었던 것이다. 단층 저택은 오래되어서 낡았지만 깔끔하게 다듬어졌다. 정은호가 집에 있으면서 끊임없이 손을 본 덕분이다. 대지 150평, 건평 55평짜리 한옥이다. 아직도 주방 대신 부엌이 있는 구조인 것이다. 대문을 연 임은숙이 앞에 서 있는 두 남녀를 보았다. 젊은 남녀다.

"누구세요?"

임은숙이 웃음 띤 얼굴로 물은 것은 학부형으로 생각했기 때문이다.

"정은호 씨 계시지요?"

사내가 묻자 임은숙이 고개를 기울였다. 시아버지 정은호를 찾아오는 손님은 드물다. 동사무소나 경로당에서 온 것일까?

"네, 계신데 누구시죠?"

"그냥요."

사내가 대답했을 때 여자가 얼른 덧붙였다.

"정은호 할아버님께 드릴 말씀이 있어서요."

"우리 시아버님요?"

임은숙이 고개를 기울였다.

"무슨 일인데요?"

그때 정재국이 말했다.

"가서 정은호 할아버님께 정혜은 씨를 아시느냐고 물어봐 주세요."

"정혜은 씨요?"

되물었던 임은숙이 숨을 들이켰다. 눈을 크게 뜬 임은숙이 정재국을 노려보았다.

"근데 누구세요?"

목소리가 갈라져 있다. 그때 정재국이 말했다.

"글쎄, 미국에 있는 정혜은 씨 아시냐고만 물어보고 오세요. 전 미국에서 왔습니다."

정재국의 시선을 받은 임은숙이 한 발짝 물러섰다가 몸을 돌렸다.

대문 앞에서 이야기가 길어지자 오려던 정병수가 먼저 다가오는 임은숙에게 물었다.

"누구야? 왜 그렇게 허둥거려?"

"저기."

그때는 마루에 걸터앉은 정은호도 임은숙을 쳐다보는 중이다. 임은숙이 정은호 앞으로 다가갔다.

"아버님, 미국의 시누이, 아니 정혜은 씨 아시냐고 물어보는 사람이 왔네요."

말을 더듬고 숨마저 거칠어진 바람에 정은호가 대충 들었지만 정혜은 이름은 똑똑히 들었다.

"뭐 정혜은?"

그때 정병수가 다그치듯 물었다.

"정혜은 씨 아느냐고 묻는 사람? 미국에서 왔어?"

"그렇다니까요?"

그때 정은호가 소리쳤다.

"혜은이가 왔어?"

"아뇨, 그게 아니라……."

그때 정병수가 대문으로 달려갔다.

정재국이 달려오는 중년 사내를 보았다. 단숨에 달려온 정병수가 똑바로 정재국을 보았다. 그러더니 입을 딱 벌렸다. 다음 순간 눈동자가 흔들렸고 초점이 멀어졌다가 돌아왔다. 사내가 숨을 들이켜고 나서 입을 떼었다.

"누, 누구요?"

"나, 정혜은 씨 아들입니다."

그 순간 사내가 입을 딱 벌리더니 정재국을 보았다.

"누, 누나."

외마디 외침을 뱉은 사내가 와락 다가섰다.

"누, 누나는? 네 어머니는?"

"돌아가셨는데요."

"돌아가셨어?"

사내가 정재국의 팔을 움켜쥐었다.

"어, 언제?"

"10년쯤 되었습니다."

"아이구!"

그때 뒤쪽에서 정은호의 고함 소리가 울렸다.

"뭐 하고 있어? 혜은이가 왔어?"

정재국이 집 안으로 끌려 들어갔다. 물론 정병수가 팔을 잡고 끌고 간 것이다, 정은호 앞으로. 정은호는 마루 앞에 서서 정재국을 노려보고 있었는데 눈을 자꾸 깜박이다가 다섯 걸음쯤 앞에 다가왔을 때 버럭 소리쳤다.

"아이구, 혜은아."

정은호의 눈이 커졌고 갑자기 흐려졌기 때문에 정병수가 덜컥 겁이 나서 소리쳤다.

"아버지! 왜 그러세요!"

"여기 혜은이가 왔다!"

"아버지! 누나 아들이래요!"

"혜은이 어디 있어?"

"죽었답니다!"

마침내 정병수가 손등으로 눈을 닦았다.

"8년 전이라네요!"

"혜은이가 죽었어?"

정은호가 고래고래 소리쳤다.

"왜? 나도 안 죽었는데?"

그때 정재국이 쌀쌀맞게 대답했다.

"암으로 죽었어요, 골수암으로."

"아이구!"

정은호가 땅바닥에 털썩 주저앉았기 때문에 당황한 정병수와 임은숙이 달려들었다. 입맛을 다신 정재국이 고개를 돌려 배영미를 보았다.

"시끄러 죽겠다."

그때 배영미의 눈에서 주르르 눈물이 떨어졌다.

10분쯤 후, 정은호의 울부짖음과 넋두리, 정병수의 말대꾸가 어우러져서 진짜 시끄러운 소동이 10분이나 계속되었다. 그동안에 정재국은 마당가의 의자에 앉아 있었고 배영미는 그 옆에 서 있었다. 다만 임은숙이 왔다 갔다 하면서 정재국과 소통을 했다. 임은숙이 없었다면 정재국이 나갔을지도 모른다. 정은호가 정재국을 부른 것은 정확히 10분 25초 후다. 정재국이 시간을 재었으니까. 배영미가 정재국을 따라갔는데 왠지 그래야 될 것 같았기 때문이다. 그리고 어색하지도 않았다. 누구냐고 물어보면 애인이라고 대답할 준비도 되었다.

"네가 혜은이 아들이냐?"

정은호가 처음부터 다시 시작했다. 이제는 눈을 똑바로 떴고 주름진 얼굴도 차분해져 있다.

"예."

짜증나는 제대 말년 장교 앞에 선 기가 센 후배 장교처럼 정재국이 느슨하게 대답했다.

"한국에는 언제 왔느냐?"

"며칠 되었습니다."

"네 어머니가 죽은 지 8년이라고?"

"예."

"근데 왜 연락 안 했느냐?"

"제가 뭘 알아야 연락을 하죠."

"뭐?"

정은호 좌우에 선 정병수와 임은숙도 서로의 얼굴을 보았다. 숨을 고른 정은호가 다시 묻는다.

"왜 몰라?"

"전 어머니 가족이 있는지도 몰랐거든요."

"네 어머니가 말 안 해?"

"안 했습니다."

"으으음!"

신음을 뱉은 정은호가 정병수에게로 고개를 돌렸다.

"그놈에 대해서 물어봐라."

그때 정병수가 정재국을 보았다.

"네 아버지는 어떻게 된 거냐?"

'그놈'이 정재국의 아버지를 가리킨 것이다. 정재국의 얼굴에 쓴웃음이 번졌다.

"그놈은 제가 3살 때 도망갔습니다."

"도망가?"

"예, 그래서 저는 얼굴도 모릅니다."

"아이구!"

정은호의 비명이 다시 일어났다. 마루에서 벌떡 일어섰다가 앉은 정은호가 손바닥으로 마루를 쳤다.

"아이구, 저걸 어째, 저걸 어째."

정병수도 입을 다물었고 정은호의 외침이 이어졌다.

"내가 그럴 줄 알았다니까! 이걸 어쩌나!"

그때 정병수가 정재국에게 물었다.

"넌 그래서 누가 키웠느냐?"

"어머니가 키웠지요."

"네 어머니 혼자서?"

"예, 혼자서."

"너 지금 뭐 하냐?"

"웨스트포인트를 나왔습니다."

"웨스트포인트? 미국 육군사관학교 말이냐?"

"예, 미군 소령입니다."

"으으음!"

정병수의 눈이 번들거렸다. 임은숙이 손바닥으로 얼굴을 덮은 것은 감동했기 때문이다. 정은호는 홀린 듯한 표정으로 정재국을 본다. 그때 정은호가 뜬 목소리로 말했다.

"저놈 봐라, 저놈이 혜은이 닮았다."

"아버지."

"저 눈 좀 봐, 혜은이가 날 쳐다본다."

"아버지."

"네 이름이 뭐냐?"

정은호가 묻자 정재국이 어깨를 폈다.

"정재국입니다. 어머니 성을 땄고 어머니가 이름도 지어주셨습니다."

"아이고, 아이고!"

다시 정은호의 울음이 터졌는데 이번에는 컸다. 그리고 정병수도 말리지 않고 눈물을 씻는다. 임은숙도 흐느껴 울었고 배영미도 아까부터 눈물을 흘리고 있다. 그래서 마당에는 한동안 대화가 끊겼다.

돌아가는 택시 안에서 정재국은 입을 꾹 다물었고 배영미도 가끔 손수건으로 얼굴을 누르면서 입을 열지 않았다. 내일 오전에 다시 온다고 약속을 하고 저택을 나온 것이다. 정은호가 호텔에 묵고 있느냐고 물어서 호텔방을 알려주기는 했다. 맨 나중에 정은호가 배영미가 누구냐고 물어서 정재국은 금세 여자 친구라고 대답했다. 그랬더니 정은호는 커다랗게 고개를 끄덕였고 정병수와 임은숙도 당장 조카며느리 대접으로 돌아섰다. 택시가 호텔 근처로 다가갔을 때 배영미가 입을 열었다.

"진짜 미군 소령이세요?"

"응."

이라크 후세인 대통령 특명관이며 이라크군 계급으로는 장군 대접을 받고 본래 소속인 리스타연합에서는 부장급 대우라고 말해준다면 이해시키는 데 한 시간 반은 잡아먹을 것이다.

"그렇군요."

커다랗게 고개를 끄덕인 배영미가 존경스러운 눈빛으로 정재국을 보았다. 그러더니 택시에서 내렸을 때 옆으로 바짝 붙더니 묻는다.

"그럼 여자 친구 관계니까 오늘 밤 같이 자도 돼요?"

샤워를 마치고 나온 배영미는 가운 차림이다. 가운의 허리끈을 매었지만 벌어진 틈으로 허벅지와 젖가슴 일부가 드러났다. 안에 아무것도 걸치지 않은 것이다. 소파에 앉아 TV를 보던 정재국이 고개를 들고 다가오는 배영미를 위에서 아래로 훑어보았다. 그러나 곧 다시 TV로 시선을 옮긴다. 정재국도 가운 차림이다. 배영미가 정재국의 옆에 앉았다. 30센티쯤의 거리를 두었지만 움직임에 흘러든 비누 향이 맡아졌다. 맨다리의 물기가 마르지 않아서 반질거린다.

"저 스물넷이에요."

한쪽 다리를 다른 다리 위에 올려놓은 배영미가 말을 이었다.

"대학은 작년에 졸업했고 1년 동안 직장 다니다가 그만뒀어요."

"……."

"중소기업인데 사장이 자꾸 절 끌고 가려고 해서."

"……."

"비서였거든요. 알고 보니까 비서를 여러 명 바꿨더라고요. 그래서 6개월 만에 그만뒀어요."

배영미가 힐끗 정재국을 보았다.

"6개월쯤 놀다가 카페에 선금 받고 취직하면서 차라리 이것이 낫다는 생각을 했습니다. 사장의 정부가 되어서 더러운 돈을 받느니 정직하게 몸을 팔아서 돈을 벌겠다고요."

"……."

"그러다 첫 손님으로 오빠를 맞게 된 거죠."

그때 정재국이 고개를 돌려 배영미를 보았다.

"오빠?"

"네, 오빠."

배영미의 얼굴에 웃음이 떠올랐다.

"정 소령님보다는 낫잖아요."

"웃지 마."

"싫어요."

"갓댐."

"한국말 욕은 몰라요?"
"난 어머니한테서만 한국말 배웠다."
"그렇군요."
"그, 가운을 잘 입어. 가슴 다 나온다."
배영미의 가운 깃이 벌어져서 젖가슴이 절반이나 드러났기 때문이다. 배영미가 의도적으로 그런 것이다. 젖꼭지도 보인다. 분홍빛 젖꼭지가 솟아나 있다. 배영미가 힐끗 제 가슴을 보더니 놔둔 채 정재국을 보았다.
"왜요? 내가 창녀 같아요?"
"내가 그럴 기분이 아냐."
"여자 친구라고 해줘서 고마워요."
"널 카페에서 만났다고 할 수는 없지."
"할아버지가 저 좋아하시는 것 같았어요."
"……."
"외삼촌과 외숙모도."
"……."
"내일은 친척들이 다 오겠군요. 그렇죠?"
"……."
"우리 내일 아침에 옷 사러 가요. 그리고 할아버지, 외삼촌 식구한테도 선물을 사 갖고 가야 되지 않아요? 돈 있어요?"
그때 정재국이 배영미를 보았다.
"꼭 그래야 될까?"
분위기가 확 바뀌었다. 배영미가 고개를 끄덕이더니 바짝 붙어 앉았다. 짙은 비누 냄새, 살 냄새가 맡아졌다.

바닷가 호텔이어서 열린 창으로 들어온 바람결에 짙은 물 냄새가 맡아졌다. 깊은 밤, 파도 소리만 들리고 있다.

"너, 고맙다."

불쑥 정재국이 말하자 배영미가 고개를 들었다. 배영미의 얼굴은 아직도 상기되었고 눈동자는 흐리다. 정재국이 가슴에 안긴 배영미의 허리를 당겨 안았다. 배영미가 빈틈없이 정재국의 품에 안기더니 물었다.

"뭐가요?"

"도와줘서."

"당연한 일인데."

꿈틀거리면서 정재국의 몸을 감아 안은 배영미가 이를 드러내고 웃었다.

"좋았어요."

방에는 아직 격렬한 정사의 흔적이 아직 가시지 않았다. 정재국을 유혹하던 배영미는 품에 안긴 순간부터 수줍어졌고 수동적이었다. 눈도 제대로 뜨지 못하고 딴전만 보았다. 그러다가 달아오르더니 쾌락의 신음을 뱉어내었던 것이다. 정재국이 쓴웃음을 지었다.

"나도 좋았어, 처음이야."

"거짓말."

"한국여자를 만난 것 말이다."

배영미가 다시 꿈틀거리며 정재국의 몸에 붙었다. 밀착된 몸을 비벼대는 꼴이다.

"언제 떠나요?"

가슴에 댄 배영미의 입에서 더운 숨이 뱉어졌다.

"며칠 있다가."

"그동안 저하고 같이 있는 거죠?"

"네가 좋다면."

"싫다고 해도 따라갈 텐데."

배영미가 다시 몸을 비볐다. 몸이 뜨거워졌고 숨소리도 거칠다. 정재국은 배영미의 입을 맞췄다. 사랑스럽다.

"어서 오너라."

문을 연 정병수가 활짝 웃는 얼굴로 정재국을 맞았다. 집 안으로 들어갔더니 수십 명의 시선이 이쪽으로 모였다. 배영미가 예상했던 대로다. 일가친척 수십 명이 소집되었다.

"자, 어서."

정병수가 정재국과 배영미를 안으로 안내했다.

"안에서 할아버지가 기다리신다."

그때 임은숙이 달려와 정재국과 배영미가 나눠 든 선물 박스를 받아 쥐었다. 여자 둘까지 거든다.

"아이구, 혜은이 아들이야."

"저런, 저렇게 키가 크다니."

"색시도 예쁘네."

"미국 소령이라면서?"

사방에서 찬탄이 쏟아졌다.

응접실로 들어선 정재국이 안쪽 자리에 앉아 있는 정은호에게 인사를 했다.

"이리 오너라."

정은호가 손을 들어 옆자리를 가리켰다.

"여기 앉아라, 둘이."

'둘이'를 강조한 정은호가 둘을 바로 옆자리에 앉히더니 곧 일가친척 소개를 시작했다.

"아직 멀리 있는 사람들은 못 왔지만 서울에서 온 일가도 있다."

먼저 설명을 한 정은호가 서열이 높은 순서로 소개하기 시작했다. 얼굴은 상기되었고 두 눈은 열기에 떠서 번들거린다.

"자, 이 사람은 내 동생이니까 네 할아버지뻘이다."

먼저 백발의 노인부터 소개했다. 집 안은 소란했지만 활기에 차 있다. 아이들의 웃는 소리도 들린다.

오후 7시 반, 정재국과 배영미는 외할아버지 저택에서 지금 8시간 반째 머물고 있다. 이제 친척과도 얼굴을 익혔고 계급과 군번, 즉 촌수와 나이도 대충 기억할 수 있게 되었다. 정재국의 약혼자로 격상된 배영미가 오히려 더 잘 기억하고 있다. 여자 친구였다가 누가 '결혼할 사이냐?'고 물었을 때 배영미가 네라고 대답했기 때문이다. 정은호가 정재국을 부른 곳은 안방이다. 방에는 정병수 부부도 와 있었고 배영미까지 따라와 있었기 때문에 다섯이 둘러앉았다. 그때 정은호가 말했다.

"너, 내일 아침에 떠난다고 했지?"

"예, 할아버지."

이젠 할아버지 칭호에 익숙해진 정재국이 대답했다.

"돌아가야 합니다."

"미국으로?"

"예, 할아버지."

"그런데 네 어머니는 지금 어디 있느냐?"

"예?"

정재국이 되물었을 때 정병수가 대신 대답했다.

"묘지 말이다. 네 어머니 묻힌 곳."

"아, 제가 워싱턴 근처의 납골당에 옮겨 놓았는데요. 찾아가기 쉽도록……."

"옳지."

크게 고개를 끄덕인 정은호가 정재국을 보았다.

"그거, 이리 갖고 와라, 네 어머니."

"네?"

"옮겨 오는 돈을 주마. 여기에 있는 우리 선산으로 네 어머니를 데려오려고 그런다."

"선산이라니요?"

그때 다시 정병수가 설명했다.

"우리 조상들이 묻힌 산이다. 여기서 가까워."

정은호가 말을 받는다.

"내 묏자리도 있고 그 옆에다 혜은이를 옮겨 놓아야겠다, 내가 죽으면 그 옆에 있게 될 테니까."

가족들이 미리 상의를 한 모양이다.

"제가 일 마치고 그렇게 하지요."

마침내 정재국이 대답했더니 정은호가 틀니를 드러내며 웃었다.

"됐다. 이젠 혜은이하고 함께 있게 되었다."

그러더니 정은호가 방석 밑에서 봉투 하나를 꺼내 정재국에게 내밀었다.

"옜다, 이거 받아라."

"뭡니까?"

이번에도 정병수가 대답했다.

"납골당에서 유골 가져오는 경비야. 1만 불 들었다."

"됐습니다."

쓴웃음을 지은 정재국이 봉투를 정은호 앞으로 밀어 놓고는 가슴 주머니에서 봉투를 꺼내 내밀었다.

"이거, 할아버지, 외삼촌하고 나눠 쓰시지요."

"뭐냐?"

정은호가 봉투를 흘겨보았다.

"안에 10만 불 들었습니다. 1,000불짜리 수표로 100장입니다."

옆에서 숨 들이켜는 소리가 났다. 임은숙이다.

"아니, 이게, 무슨……."

정은호가 눈을 치켜떴고 정병수는 입만 떡 벌리고 있다. 정재국이 봉투를 더 밀었다.

"제가 돈이 많습니다. 할아버지 드리려고 이걸 가져온 겁니다."

사실은 오늘 아침에 은행에 가서 바꿔 왔다. 정재국이 말을 이었다.

"제가 이러는 걸 보면 돌아가신 어머니도 기뻐하실 겁니다. 아마 하늘에서 웃고 계실 것 같아요."

"……."

"제가 곧 어머니 모시고 올 테니까 할아버지는 그때까지 기다리고 계셔야 돼요."

그러고는 정재국이 자리에서 일어섰다, 배영미도 따라 일어섰고.

다시 밤, 호텔방 안, 정재국과 배영미 둘이 베란다에 서서 밤바다를 내려다보고 있다. 이제 정은호 가족과 모두 인사를 마쳤으니 내일 아침에 일찍 떠나면 된다. 바다를 내려다보던 정재국이 혼잣소리처럼 말했다.

"몸에 꼬리가 수십 개 달린 느낌이군."

배영미는 시선만 주었고 정재국이 말을 이었다.

"긴 꼬리, 꼬리가 길어서 금방 누가 밟을 것 같다."

"이상해요."

고개를 기울였던 배영미가 정재국의 뒤로 가더니 뒤에서 허리를 두 팔로 껴안았다.

"그건 꼬리가 아녜요, 오빠. 뼈가, 피가 더 많아진 것이라고요."

"너, 말 잘한다."

"오빠는 혼자 살아서 갑자기 부담이 된 거예요. 시간이 지나면 든든해질 거예요."

"말도 안 되는 소리."

"사랑해요."

그때 배영미의 손을 뗀 정재국이 몸을 돌려 방으로 들어섰다. 따라 들어온 배영미가 물었다.

"술 드려요?"

"있어?"

"아까 호텔 앞에서 소주 5병 샀어요."

"너, 마음에 든다."

고개를 끄덕인 정재국이 어느새 흐려진 눈으로 배영미를 보았다.

"난 전쟁에 나가야 할 입장이야."

술잔을 든 정재국이 말했다. 배영미의 시선을 받은 정재국이 정색했다.
“언제 죽을지 모르는 몸이라고.”
“어느 전쟁인데요?”
“이곳저곳.”
한 모금에 술을 삼킨 정재국이 말을 이었다.
“전쟁 일어난 곳 많잖아?”
“전쟁마다 다 나가요?”
“내가 하는 일이 그래. 특수부대거든.”
이제는 배영미가 한 모금 소주를 삼키고는 가운 깃 밖으로 나온 젖가슴을 보더니 깃을 여몄다. 정재국이 말을 이었다.
“내가 인연 만드는 것을 꺼려하는 이유를 이해할 수 있겠지?”
“네, 오빠.”
“인연이 많으면 상처도 많아. 그러니까 될 수 있는 한 만들지 않는 것이 나아.”
“하지만 할아버지 만난 건 잘한 거죠.”
“…….”
“후회하지 않죠?”
“응, 그건 그렇다. 꼬리가 달린 것 같은…….”
“그것 때문에 피한다면 비겁한 거죠?”
잔에 술을 채운 배영미가 다시 물었다.
“안 만나고 돌아갔다면 후회하셨겠죠?”
“그럴 것 같다.”
“오빠는 용감한 사람이에요. 군인 때문만은 아니라.”
“잘 아네.”

"오빠는 이제 나하고도 인연이 만들어졌어요. 오빠 표현대로라면 꼬리 하나가 더 생겼죠."

"그렇군."

"저도 오빠 기다릴게요."

"갓댐."

"한국 욕은 몰라요?"

"왜?"

"이럴 땐 한국 욕이 적당할 것 같아서요."

"가르쳐줘 봐."

"시발."

"무슨 뜻이냐?"

"씨를 없앤다는 뜻이라고 해요."

"씨?"

"종자, 또는 후손."

"고약한 욕이네. 안 쓰겠다."

"어쨌든 난 오빠 기다릴 테니까요. 외삼촌이 제 전번도 가져갔으니까 어차피 우리는 엮였다고요."

"엮여?"

"이어졌다고요."

"어떻게?"

"오빠, 여자 있어요?"

"있어."

순간 숨을 죽였던 배영미가 술잔을 들더니 한 모금에 소주를 삼켰다.

"난 없는데."

배영미가 흐려져서 번들거리는 눈으로 정재국을 보았다.

"남자 경험도 세 번밖에 없어요. 세 번, 한 남자하고 한 번, 다른 남자하고 두 번."

"그런 말 듣기 싫다."

"사랑한 남자도 없어요, 그땐 어렸으니까."

"누가 물었어?"

"오빠는 날 여자로 만들어준 남자죠."

"그렇다고 난 너 책임 못 져."

"내가 질게요."

"무슨 말이야?"

"오빠 책임."

"무슨 책임?"

"여기서 오빠 대신 외할아버지, 외삼촌한테 오빠 심부름을 한다고요."

"……."

"물론 우러나서 하는 일이지만……."

"……."

"난 오빠 약혼자로 그냥 여기 남아 있을게요. 오빠는 미국에서 딴 여자하고 살아도 돼요."

"갓댐."

"오빠가 한국에 왔을 때 내 약혼자 하면 되지 뭐."

"시방."

"시발이에요, 오빠."

"자자."

그렇게 강릉에서의 마지막 밤이 지난다.

"응, 나다."

정병수의 목소리가 울렸다. 오전 9시 반, 정재국은 호텔방 안에서 전화를 받는다. 호텔 식당에서 아침을 먹고 올라와 출발 준비를 하던 중이다.

"예, 외삼촌."

이제 외삼촌 소리가 술술 나온다. 그때 정병수가 말했다.

"서울로 떠나려고 하냐?"

"예, 지금 준비 중인데요."

"나, 지금 로비에 있다."

"네? 호텔 로비에요?"

놀란 정재국이 전화기를 고쳐 쥐었다. 뒤쪽에서 짐을 싸던 배영미도 놀라 움직임을 멈췄다. 어제 작별인사를 다 하고 헤어졌던 것이다.

"응, 그래, 잠깐 여기 내려오지 않을래?"

"그러지요."

"외할아버지도 오셨다."

"네?"

"실은 외할아버지가 널 보고 하실 말씀이 있다고 해서."

"아, 예."

"그, 네 약혼자도 데리고 내려오너라."

"예."

전화기를 내려놓은 정재국이 배영미를 돌아보았다.

"할아버지가 오셨어, 외삼촌이랑."

눈만 깜박이는 배영미에게 정재국이 말을 이었다.

"큰일 났다."

"뭐가요?"

"약혼자까지 데리고 내려오란다."

"……."

"이젠 네가 할 일도 못 하고 저 양반들한테 시달리게 생겼다."

그때서야 배영미가 굳은 얼굴을 펴고 웃었다.

"참나."

그러더니 덧붙였다.

"아예 할아버지 모시고 살까 봐."

이제는 말문이 막힌 정재국이 숨만 쉬었다.

정은호는 로비 구석 자리에 파묻히듯 앉아 있었다. 옆에 정병수, 그리고 임은숙까지 따라왔다. 둘이 다가갔을 때 정은호는 자꾸 눈을 깜박여 눈동자의 초점을 재조정했다. 더 잘 보려는 것이지.

"어서 오너라."

정병수가 다정하게 말했다.

"준비 다 했어?"

임은숙이 말했는데 목이 좀 멘 것 같다. 정은호는 정재국과 배영미의 인사를 받고 고개만 끄덕였다. 둘이 앞쪽에 앉았을 때 정병수가 헛기침을 했다.

"네 할아버지가 하실 말씀이 있다고 하셔서 왔다."

정병수가 옆에 앉은 정은호를 보았다.

"아버지, 말씀하시지요."

그때도 정은호는 눈을 깜박이며 정재국을 바라보는 중이다.

"아버지."

다시 정병수가 부르자 정은호는 눈을 흘겼다.

“가만 좀 있어.”

입을 다문 정병수가 의자에 등을 붙였을 때 정은호가 입을 열었다.

“네 눈이 꼭 네 엄마를 닮았어.”

“……”

“네 코하고 입은 내 아버지, 그러니까 네 증조부를 닮았다. 외가 쪽 증조부.”

“……”

“내가…….”

그래놓고 정은호가 눈을 치켜떴다.

“하루도 네 에미, 혜은이를 생각 안 한 날이 없다. 내가 죽기 전에 이 말은 하고 떠나야겠다.”

“……”

“이제 네가 떠나면 다시 못 볼지도 모르니까 말이다.”

“아버지, 재국이가 곧…….”

“시끄러.”

정병수의 말을 막은 정은호가 말을 이었다.

“네 에미가 날 미워했겠지?”

‘미워하다니요? 증오했는데요?’ 하고 말할 수 있겠는가? 그 순간 정재국은 어머니의 속마음도 할아버지와 같았을지도 모른다는 생각을 했다. 겉으로는 증오하면서 속으로는 연민을 품는 관계, 그래서 정재국이 말을 이었다.

“아뇨, 그러신 것 같지는 않습니다.”

“그럴 리가. 내가 혹독하게 인연을 끊었는데…….”

“이야기를 안 하셔서 전 모릅니다.”

"혜은이가 널 나한테 보낸 거다."

정재국의 시선을 받은 정은호가 열심히 말을 이었다.

"혜은이 영혼이 말이다, 널 나한테 데려온 것이라고."

"……."

"고맙다. 이제는 내가 편하게 떠날 수 있게 되었다. 여한이 없다."

정은호의 눈에서 갑자기 눈물이 흘러내렸다. 주름진 볼을 타고 눈물이 구불구불 흘러 내려간다. 정병수는 탁자를 응시했는데 입을 꾹 다물고 있다. 임은숙은 어느새 두 손으로 얼굴을 덮고 있다. 정은호가 그 얼굴로 정재국을 보았다.

"재국아."

"예, 할아버지."

"내가 죽더라도 꼭 네 에미 유골은 내 묘지 옆에 묻어야 된다."

"예, 할아버지."

"죽어서라도 내가 네 에미 옆에서 보듬어 주려고 그런다. 그 불쌍한 것……."

그때는 정병수도 손등으로 눈물을 닦았고 배영미도 울었다. 그래도 나이 든 정은호가 일찍 눈물을 멈췄다. 고개를 든 정은호가 배영미를 보았다.

"네가 서울에 있으니까 결혼 전이라도 자주 연락이나 해라."

"예, 할아버지."

"너희들 결혼 때까지는 내가 살아있어야 할 텐데."

배영미가 숨만 쉬었고 정재국이 마무리를 했다.

"걱정하지 마세요, 할아버지."

아리송한 대답이지만 다 들어맞는 말이기도 하다.

서울로 돌아왔을 때는 오후 4시 반이다. 호텔방으로 들어선 배영미가 정재국에게 물었다.

"계속 여기 계실 건가요?"

"왜?"

"방값이 엄청 비싸잖아요. 특실이라 하루 방값이 50만 원이나 되는데."

"그러네."

"언제 떠나시는데요?"

"모르겠다. 아직 연락이 안 와서."

한국에 온 지 6일째가 되는 날이다. 배영미가 정재국을 보았다.

"연극이 끝난 건가요?"

그때 정재국이 배영미의 허리를 당겨 안았다.

"처음에는 그랬지만 곧 진심이 되었어."

정재국이 배영미의 귀에 대고 말했다.

"넌 내 약혼자다, 영미야."

"……."

"외할아버지한테 자주 연락해드려."

"연락을 받아야 연락을 드리죠."

"그래야지."

정재국이 배영미의 볼에 입을 맞췄다.

"며칠 안에 떠나게 될 거야. 그동안은 이곳에서 지내자."

"저도요?"

"싫은 거냐?"

그러자 배영미가 두 손으로 정재국의 허리를 감싸 안았다.

"또 여자 데려오려고?"

모하메드의 전화가 왔을 때는 다음 날 오전이다. 호텔 근처 식당에서 아침 식사를 하고 돌아온 후다.

"특명관, 너한테 전령을 보냈다."

모하메드가 말을 이었다.

"오늘 저녁에 너한테 연락을 할 거다."

"알겠습니다."

정재국이 소리죽여 숨을 뱉었다. 다시 작전인 것이다. 그 숨소리를 들었는지 모하메드의 목소리가 조금 가벼워졌다.

"정, 다시 시작이야."

오후 6시 반, 소공동의 국제호텔 로비 라운지 안쪽 밀실에서 정재국이 사내 하나와 마주 보고 앉아 있다. 모하메드가 보낸 살라비 대령. 경호실 소속으로 정재국과도 안면이 있다. 살라비는 말끔하게 면도를 했고 양복 차림이어서 오늘은 전혀 다른 분위기다. 한국에서 흔히 보는 인도인 무역상 같다. 40대 중반의 살라비가 입을 열었다.

"터키의 이슬람 과격 단체 카리프파의 수장 카리프가 반(反)후세인 전쟁을 선포했습니다. 알고 계시지요?"

"언론에서 봤습니다."

정재국이 지그시 살라비를 보았다. 카리프는 터키의 여당 인민혁명당의 지원을 받고 있다는 소문이 났고 그것이 사실인 것 같다. 터키는 이라크와 적대적 관계인 것이다. 군사력은 이라크가 월등했기 때문에 끊임없이 국경 지대의 반군을 충동질해서 내란을 일으켰고 무기 지원을 했다. 시리아, 이란, 베이루트와 연합해서 이라크의 숨통을 조였는데 그 중심에 서 있는 인물이 카리프다. 그 카리프가 이제는 공공연하게 반(反)이라크,

즉 후세인과의 전쟁을 공공연하게 선포한 것이다. 살라비가 정재국에게 가죽 가방을 내밀었다.

"여기 카리프에 대한 자료가 들었습니다."

가방을 받은 정재국에게 살라비가 말을 이었다.

"이번 작전은 카리프 제거입니다. 터키에서 작전을 하는 것이라 적진에서 하는 것이나 같습니다."

"……."

"그래서 작전 병력을 최소화하는 것이 유리합니다. 가능한 한 적극 지원하겠지만 특명관팀 셋으로 시작하는 것이 낫겠다고 하셨습니다."

모하메드, 카심의 결정이다. 고개를 끄덕인 정재국이 살라비를 보았다.

"기간은?"

"카리프가 제거될 때까지 무제한입니다."

"내가 제거될 때까지겠군."

살라비의 얼굴에 웃음이 떠올랐다.

"작전 자금으로 2천만 불을 3개 은행에 예치시켰습니다. 이스탄불에 있는 은행에서 얼마든지 인출할 수 있습니다."

"……."

"이스탄불의 이라크 대사관에서도 적극 협조해줄 것이고요."

"알았습니다. 내일 출발하지요."

자리에서 일어선 정재국이 손을 내밀었다. 다시 특명관의 작전이 시작되었다.

오후 7시 반, 호텔 18층의 라운지에서 저녁을 먹으면서 정재국과 배영미가 시내의 야경을 바라보고 있다. 화려한 야경이다. 스테이크를 삼킨 정재국이 포도주잔을 집었을 때 배영미가 입을 열었다.

"내일 오후 비행기예요?"

"응."

"어디로 가는데요?"

"카이로."

여기서부터 거짓말이다. 이스탄불이라고 말할 수는 없다. 그러나 순진하게 고개를 끄덕인 배영미가 다시 물었다.

"거기가 근무지예요?"

"응."

"나한테 전화할 거죠?"

"그럼."

고개를 끄덕인 정재국이 말을 이었다.

"약혼자한테 전화해야지."

배영미가 외면했기 때문에 정재국이 웃었다.

"화났어?"

"그럴 리가요."

"네 말대로 꼬리라는 생각은 안 할 거야."

"……."

"내 인연에 대한 책임을 피하지 않을 거다."

정재국이 똑바로 배영미를 보았다.

"너까지 포함해서."

"오빠 다시 볼 때까지 열심히 살게요."

배영미가 정재국의 시선을 받은 채로 말을 이었다.

"할아버지한테도 자주 연락드리고요."

정재국이 다시 술잔을 들었다.

밤, 정재국의 품에 안긴 배영미가 입술을 가슴에 붙인 채 물었다.

"오빠, 나 좋아해요?"

"응."

"우리, 좀 그런 데서 만났죠?"

"뭐가?"

"카페."

맨가슴에 배영미의 입술이 붙어서 달싹이는 것이 간지러웠기 때문에 정재국이 몸을 비틀었다.

"그게 어때서?"

"장소가."

"화장실에서 만나도 상관없어."

"어휴."

그때 정재국이 고개를 숙여 배영미의 입을 맞췄다.

"넌 돈 씀씀이가 어떤 스타일이냐?"

"씀씀이?"

되물은 배영미가 두 손으로 정재국의 허리를 다시 감아 안았다.

"좀 꼼꼼해요, 돈도 없었지만."

"그런 것 같더군."

"오빠가 준 3천 불, 그런 큰돈 처음 만졌어요."

"내일 떠나기 전에 내가 너한테 20만 불을 주고 갈 테니까."

"……."

"아버지한테 사업자금으로 드리든지 네가 생활비로 조금씩 떼어 쓰든지 알아서 해."

"……."

"너한테 맡길 테니까. 너도 스물넷이나 되었잖아? 그동안 사회경험도 이것저것 했고."

"……."

"그래야 내가 마음 놓고 꼬리 생각을 안 할 것 같다. 그렇지, 피와 뼈를 보강시키고 가는 셈이지."

"……."

"할아버지한테 가끔 연락드리고, 찾아뵌다면 더 좋고."

정재국이 배영미의 귀에 대고 말을 이었다.

"네가 있어서 한국이 좋아졌다."

이스탄불, 정재국은 공항에서 곧장 시내로 진입했다. 시내 중심가에서는 떨어졌지만 강가에 세워진 인터내셔널호텔은 특급 호텔로 객실 요금이 보통 호텔의 5배다. 아랍 식 호텔로 방마다 예배드리는 방이 따로 있고 베란다에서는 강이 보인다. 보스포루스 해협이다. 에게해 쪽 마프마라해와 흑해 쪽으로 뚫린 보스포루스 해협, 에게해는 지중해로 통한다.

베란다에 선 정재국이 해협을 내려다보았다. 이칠성과 박상철은 곧 이곳에 투숙할 것이다. 한국에서 따로 출발했기 때문이다. 호텔에 도착했을 때는 오후 3시 반, 정재국은 미국인 신분으로 투숙했고 이칠성, 박상철은 한국인 여권이다. 해협에는 오가는 선박이 많았다. 대형 여객선이 흑해 쪽으로 나아가고 있다. 난간에 기대선 정재국은 카리프의 얼굴을 떠올렸다. 카리프에 대한 자료는 여러 번 읽어서 머릿속에 다 입력되었다. 카리프는 이스탄불의 아시아 지역에 거주하고 있다. 방에서 전화벨이 울렸기 때문에 정재국이 몸을 돌렸다. 이제는 작전이다. 방에 들어간 정재국이 전화기를 들었다.

"여보세요."

"로비에 있습니다."

불쑥 사내의 목소리가 울렸다.

"기다리고 있겠습니다."

"알았습니다."

대답만 한 정재국이 전화기를 내려놓았다. 이곳은 적지(敵地)인 것이다.

로비로 내려간 정재국이 주위를 둘러보았을 때 안쪽 기둥 옆에 앉아 있던 사내가 살짝 손을 들었다. 양복 차림의 터키인이다. 40대쯤으로 건장한 체격이다. 다가간 정재국에게 자리에서 일어선 사내가 손을 내밀었다.

"아우라반입니다."

정재국이 잠자코 손만 잡았다. 출발하기 전에 아우라반의 신상에 대해서 통보를 받은 것이다. 터키 육군특전대 출신의 퇴역 대령, 49세, 이라크의 정보원 겸 이번 작전의 연락책이다. 아우라반은 터키의 반(反)이라크 정책에 반발해서 정보원이 된 것이다. 자리에 마주 보고 앉았을 때 아우라반이 입을 열었다.

"오후 7시에 저하고 술 한잔하시죠."

"그럽시다."

고개를 끄덕인 정재국이 말을 이었다.

"시간은 많으니까요."

오늘은 아우라반한테서 현 상황을 듣는 것이다. 종업원에게 차를 시킨 정재국이 지그시 아우라반을 보았다. 정보는 아우라반에게 의지하고 있다.

6시가 조금 지났을 때 다시 전화벨이 울렸다. 이칠성과 박상철이 호텔에 도착한 것이다. 정재국이 이칠성에게 말했다.

"나 7시에 약속이 있으니까 칠성이가 나하고 같이 가지."

정재국이 말을 이었다.

"상철이는 여기 남아 있고."

7시, 호텔 앞에서 기다리던 정재국과 이칠성 앞에 검정색 승용차가 다가와 섰다. 운전석 옆자리에 앉아 있던 아우라반이 창문을 열고 말했다.

"타시지요."

정재국과 이칠성은 뒷자리에 올랐다. 도로는 차가 밀려 주차장이 되어 있었기 때문에 아우라반이 고개를 돌려 정재국을 보았다.

"시내 도로는 모두 이런 상황입니다. 하루 종일 차가 막힙니다."

작전에 참고하라는 말이다. 운전사는 아우라반의 부하인지 앞쪽만 응시하고 있다.

"차를 이용하면 차질이 납니다."

정재국이 고개를 끄덕였다. 가다 서다를 반복하던 차가 한 시간이 지났을 때 멈춰 선 곳은 주택가 근처의 카페다. 차에서 내린 아우라반이 말했다.

"이곳이 은밀히 만나기 좋은 곳입니다."

아우라반이 들어서자 종업원이 다가와 바로 안쪽 룸으로 안내했다. 안은 넓고 조용했다. 종업원에게 술과 요리를 시킨 아우라반이 정재국을 보았다.

"카리프는 이쪽 지역으로 자주 오지 못합니다. 이쪽은 유럽계 지역이라."

아우라반이 말을 이었다.

"대교 건너편의 아시아 지역으로 가면 카리프의 정보원이 깔려 있지요."

정색한 아우라반이 정재국을 보았다.

"카리프는 터키의 민족혁명당을 배후에서 지휘하는 제2인자입니다. 대통령 술라이만의 권력을 보좌해주고 야당 지도자를 암살한 적도 있습니다.

"……."

"카리프의 대저택은 왕궁 같아서 접근하기는 불가능합니다. 카리프의 사설 경호대가 1개 연대급인 데다 측근 경호원이 2백여 명이죠. 대통령 경호대보다 낫습니다."

"카리프의 대외 활동은?"

"1년에 서너 번 공식 활동을 하고 나머지는 비밀리에 움직이고 있습니다."

"국외로 나가지는 않습니까?"

"거의 나가지 않습니다."

"그렇군."

"카리프는 이슬람 과격 단체의 총사령관 역할을 하고 있지요. 그러니까 각국 테러단체 지휘관들이 카리프에게 찾아오는 상황입니다."

고개를 끄덕인 정재국이 목소리를 낮췄다.

"무기는?"

"내역을 주시지요."

"우선 권총 3정, 베레타 92F로 소음기까지 끼워서 부탁합시다."

"알겠습니다. 실탄은?"

"각각 200발씩."

"내일까지 갖다 드리지요."

길게 숨을 뱉은 아우라반의 얼굴에 쓴웃음이 번졌다.

"저는 이번 작전에 대비해서 가족들을 모두 독일로 옮겼습니다. 이젠 홀가분합니다."

아우라반은 작전 준비를 마친 셈이다.

"지금 이스탄불에 있나?"

후세인이 묻자 모하메드가 대답했다.

"예, 지금 이스탄불의 정보원과 만나고 있을 것입니다."

"이번 작전은 너무 무리 아닐까?"

"예, 각하."

모하메드의 얼굴이 굳어졌다.

"그러나 카리프는 꼭 제거해야 할 대상입니다."

"내 말은 특명관팀 셋으로는 무리일 것 같다는 말이야."

"이스탄불은 적지여서 숫자가 많을수록 불리하다는 판단을 했습니다."

모하메드가 옆에 앉은 카심을 보았다. 도와달라는 시늉이다. 그러자 카심이 헛기침을 했다.

"각하, 이번 작전은 시간제한을 두지 말고 여유 있게 사전 조사를 한 후에 결행해야 될 것 같습니다."

후세인은 시선만 주었고 카심의 말이 이어졌다.

"특명관이 현지 상황을 익힌 후에 언제든지 결행하라고 했습니다. 전적으로 특명관의 작전에 맡기는 것입니다."

"그렇군."

후세인의 얼굴에 쓴웃음이 떠올랐다.

"특명관은 미국 국적이고 팀원 둘은 한국인이지?"

"그렇습니다, 각하."

"이번 작전이 실패해도 우리한테는 영향이 없겠군."

"지난번에도 그랬습니다만 이번은 우리가 협조해줄 방법이 적습니다."

그때 모하메드가 거들었다.

"정보원 겸 연락관 하나뿐입니다."

이라크 대사관이 있지만 그쪽과 연락이라도 한다면 금세 발각될 것이다. 터키 정보국에서 철저히 감시를 할 것이기 때문이다. 후세인이 눈을 가늘게 뜨고 먼 곳을 보는 시늉을 했다.

"특명관 그놈이 보고 싶군."

"무크란입니다."

방으로 들어선 사내가 인사를 했다. 배가 나온 거구의 사내다. 40대 중반쯤, 이곳 '샤카' 카페의 사장이다.

"데니스요."

정재국이 일어나 손을 내밀었다. 정재국의 미국 여권 이름은 '데니스 정'이다. 이칠성과도 인사를 나눈 무크란이 자리에 앉았다. 무크란은 아우라반과 동향으로 친구다. 아우라반은 무크란에게 정재국을 미국인 사업가로 소개했다. 정재국은 식품 수입업자가 되었고 이칠성은 그 파트너다. 아우라반이 무크란에게 말했다.

"무크란, 데니스 씨는 당분간 터키에 머물면서 식품 수입 건을 알아볼 거다. 이곳에 자주 들를 테니까 잘 해드려."

그러자 무크란이 붉은 얼굴을 펴고 웃었다.

"자주 와 주시면 좋지요. 잘 해드리겠습니다."

"포도주 좋은 거 있으면 가져와. 여자들도 셋 데려오고."

"그러지요."

반색을 한 무크란이 서둘러 자리에서 일어섰다. 무크란이 방을 나갔을 때 아우라반이 정재국을 보았다.

"믿을 만한 놈입니다. 이곳에 부패한 관리, 군인들이 자주 오니까 그놈들한테서 흘러나오는 정보도 많습니다."

그러고는 덧붙였다.

"여자들이 정보를 모아들이지요. 여자를 사귀어 놓는 것도 나쁘지 않습니다."

정재국이 고개를 끄덕였다.

무크란이 데려온 아가씨 셋은 모두 페르시아의 공주 같았다. 검정색에 진홍색 무늬가 박힌 가운을 입고 머리에는 금색 띠를 두른 데다 발에는 샌들을 신었다. 무크란이 셋을 자리에 앉히고는 물러가자 곧 종업원들이 술과 안주를 가져왔다. 특급 포도주다. 그때 정재국의 옆에 앉은 아가씨가 말했다.

"하르키라고 합니다."

검은 머리, 검은 눈동자, 곧은 콧날, 작고 단정한 입술, 그리고 날씬한 몸매다.

"난 데니스야."

정재국이 부드러운 시선으로 하르키를 보았다. 아름답다.

"난 이스탄불이 처음이야."

정재국이 말을 이었다.

"너 같은 미인을 만나다니 행운이다."

"고맙습니다."

하르키가 눈웃음을 쳤다. 교태다. 유혹하는 웃음이다.

"난 미국이 고향이야. 뉴욕, 알지?"

"네, 데니스 님."

"덴이라고 불러."

"네, 덴."

하르키의 영어는 유창했다. 잔에 술을 따른 하르키가 말을 이었다.

"이스탄불에는 얼마나 머무실 건가요?"

"한두 달쯤, 더 걸릴 수도 있고."

"지금 어디에서 묵고 계시는데요?"

"인터내셔널호텔."

고개를 끄덕인 하르키가 정재국을 보았다.

"호텔비가 엄청 나오겠네요."

"저택을 하나 빌려도 되겠다."

정재국이 생각난 것 같은 표정으로 말했다.

돌아가는 차 안에서 그 이야기를 했더니 아우라반이 고개를 끄덕였다.

"그게 나을 것 같습니다. 당장 저택을 알아보지요."

아우라반이 말을 이었다.

"1년 계약으로 대저택을 임대하지요."

밤 11시 반, 호텔방 안에는 셋이 모였다. 특명관팀 셋이다.

"지구전이다."

정재국이 웃음 띤 얼굴로 말했다.

"우리가 지금까지 치른 작전은 쫓기듯이 속전속결로 처리했지만 이번은 달라. 한 계단씩 올라가서 처리해야 된다."

"목표는 카리프 하나입니까?"

이칠성이 확인하듯 묻자 정재국이 고개를 끄덕였다.

"카리프야. 카리프는 후계자를 키우지 않아서 그놈 하나만 제거하면 돼."

"저격총은 쓸 수 없습니까?"

박상철이 묻자 정재국이 답했다.

"저택 구조부터 봐야지. 어쨌든 아우라반한테 저격총도 구해달라고 해야겠다."

"드라구노프로 해주십시오."

"내일 베레타는 가져온다."

고개를 든 정재국이 둘을 보았다.

"저택을 임대해서 옮겨가도록 하자. 그리고 이스탄불 지리도 익히고 사람들도 만나 인연을 만들어 놔."

정재국이 말을 이었다.

"우리는 수입업자야. 수입업자 행세를 하려면 수입업도 익혀야 돼."

장기전이다. 방 안을 둘러본 정재국의 얼굴에 웃음이 떠올랐다.

"어제 간 카페에 자주 들러서 매상을 올리고 인연을 만드는 것이 낫겠다."

3장
이스탄불의 타킷

카리프 알 바담은 54세, 아시아 지역인 해협 근처의 대저택에서 거주하고 있었는데 거의 외출을 하지 않는다. 저택은 왕궁 수준이어서 대리석으로 만든 3층 본관은 회의실, 로비, 수영장과 경호원 숙소 등으로 조성된 건평이 8백여 평이다. 본관 좌우로 부속동이 2동 세워졌는데 2층 건물로 각각 3백여 평이다. 이 대저택에는 카리프의 가족 10여 명과 고용 하인 20여 명, 그리고 경호원 2백여 명이 거주하고 있는 것이다. 좌측 동 옆의 주차장에는 50여 대의 차가 주차되어 있는데 그중 방탄 리무진이 3대나 된다. 경호용 차량이 20여 대, 나머지는 가족용, 고용원용이다. 1만 평 대지에 조성된 이 대저택은 페르시아 왕조의 왕자가 거주하던 왕궁인 것이다.

오전 10시 반 카리프가 본관 응접실에서 보좌관 알리의 보고를 받는다.

"각하, 다음 주에 베이루트의 할라비가 옵니다. 자금은 250만 불을 준비했다고 합니다."

카리프가 물담배를 입에서 떼고는 연기를 길게 뱉었다. 물담배의 긴 호스가 카리프 앞에 늘어져 있다. 짙은 턱수염과 콧수염에 가린 마른 얼굴에서 검은 눈동자가 번들거리고 있다. 강한 안광이다.

"좋아, 차를 보내 공항에서 영접해오도록."

"예, 각하."

"본관에 투숙시키기로 하지."

"영광으로 생각할 것입니다."

할라비는 베이루트의 무력단체인 할라비파 수장으로 카리프의 도움을 받고 있다. 지난번에도 카리프가 보낸 용병들의 도움을 받아 서부 베이루트를 장악한 것이다. 물론 베이루트의 지하세계다. 그래서 이번에 인사차 카리프를 방문하는 것이다. 이것이 카리프의 일상이다.

이틀 후에 정재국도 저택을 임대했다.

보스포루스 해협이 내려다보이는 강가 언덕의 2층 저택이다.

사업가의 저택이었다가 매물로 내놓은 것을 1년간 임대한 것이다.

저택은 2층 벽돌 건물로 건평이 350평, 50여 미터의 절벽 위에 세워졌는데 대지는 500평쯤 되었다.

주방기구나 소파, 침대까지 다 구비되어 있는 터라 아우라반이 TV, 전화기 등 전자제품들만 구입해서 닷새쯤 지난 후에는 '뚝딱' 내 집처럼 되었다.

그리고 또 하인 2명, 하녀장을 포함해서 하녀 5명을 고용했다. 큰 저택을 유지하기에 필요한 인력이다.

모두 아우라반이 채용했는데, 하인 둘은 아우라반이 군(軍)에 있을 때의 부하들이다. 둘은 정원사 겸 저택 경비를 맡았다.

"단숨에 우리가 터키 귀족이 되었군요."

하녀가 차려준 첫 저녁상 식탁에 앉았을 때 이칠성이 웃지도 않고 말했다.

"대장께서 나무라지만 않으신다면 제 애인도 이곳으로 데려와 같이 살고 싶습니다."

정재국이 대꾸하지 않았기 때문에 이칠성이 눈치를 보았다. 그때 박상철이 말했다.

"이번에 부대장님이 여자를 만났습니다. 결혼 약속을 했다는데요?"

정재국은 고준기가 떠올랐기 때문에 잠자코 양고기를 썰어 입에 넣었다. 하녀가 만든 양고기와 국수는 맛이 있었다.

고기를 삼킨 정재국이 고개를 들었다.

"내일부터 수입업자 흉내를 내기로 하지. 포도주, 식품, 의류 오퍼를 받아서 집 안에 쌓아 놓아라."

정재국이 둘을 번갈아 보았다.

"아우라반한테 부탁해서 명함을 박고 전화번호도 찍어 놔. 그리고 수입 샘플을 모아라. 물론 샘플 가격도 지불하고."

"예, 대장님."

둘이 동시에 대답했을 때 정재국의 얼굴에 웃음이 떠올랐다.

"여자 이야기 나온 김에 오늘 여자 있는 데로 가자."

정재국의 시선이 이칠성에게 옮겨졌다.

"며칠 전에 간 곳 말이다. 그곳에서 터키산 약혼자를 하나 만나라."

이칠성은 웃기만 했고 박상철이 궁금한 듯 눈동자를 굴렸다.

"어서 오십쇼."

카페 샤카의 사장 무크란이 반색하며 정재국을 맞는다.

비대한 몸을 재빠르게 움직여 밀실로 셋을 안내하면서 무크란이 정재국에게 낮게 말했다.

“하르키가 기다리고 있었습니다.”

오후 8시 반. 오늘도 샤카의 홀에는 손님들이 드문드문 앉아서 조용하다.

그들은 지난번의 밀실로 안내되었는데, 곧 술과 안주가 날라져 왔고 여자 셋이 들어왔다.

정재국과 이칠성의 파트너는 지난번 만났던 여자다.

정재국을 본 하르키가 웃음 띤 얼굴로 다가오더니 옆에 딱 붙어 앉았다. 향수 냄새가 풍기면서 뭉클한 허리의 촉감까지 느껴졌다.

“오오!”

페르시아 미녀를 처음 만난 박상철의 입에서 탄성이 터졌다.

정재국이 하르키의 허리를 안으면서 말했다.

“조심해. 잘못 이용하면 너희들이 한 방에 가는 수가 있으니까.”

한국말이다.

“정체가 탄로 나면 작전이 끝나는 거다.”

고개를 돌린 정재국이 하르키를 보았다.

“보고 싶었어, 하르키.”

“저도 그랬어요, 덴.”

하르키가 눈웃음을 쳤다.

정재국의 어깨에 머리를 기댄 하르키가 말을 이었다.

“왜 연락도 안 했어요?”

“바빠서.”

“기다렸는데.”

정재국이 하르키의 반짝이는 눈을 보았다. 맑은 피부는 대리석처럼 반들거리고 있다.

시선을 받은 하르키가 탁자 밑으로 손을 뻗어 정재국의 손을 쥐었다. 말랑하고 따뜻한 손이다.

하르키는 이스탄불 출신으로 시장에서 카펫 사업을 하는 집안의 셋째 딸이다. 아버지 모밧은 2명의 부인과 9명의 자식을 낳고 5년 전에 세상을 떠났는데, 하르키는 두 번째 부인의 소생이라고 했다.

아버지 모밧이 죽기 전에 카펫 사업이 망했기 때문에 하르키는 대학을 중퇴하고 그리스 아테네로 가서 3년 동안 클럽 가수로 일했다고 했다.

이스탄불로 돌아온 것은 1년 전이었고 샤카 카페에 나온 것은 두 달 되었다는 것이다.

27세, 물론 산전수전 다 겪은 경험자다.

술잔을 내려놓은 정재국이 하르키를 보았다.

"여기서 한 달에 얼마를 벌고 있나?"

고개를 든 하르키가 똑바로 정재국을 보았다. 눈동자가 흔들리지 않는다.

"2,000불쯤 법니다."

하르키의 얼굴에 웃음이 떠올랐다.

"그중에서 500불쯤 가게에서 떼어가죠."

"1,500불이군."

"네, 덴."

"내가 왜 그걸 묻는지 짐작이 가나?"

"알아요, 덴."

하르키의 얼굴에서 웃음기가 사라졌다.

"저도 이렇게 웃음을 파는 것이 싫어요."

"마찬가지일 텐데."

"덴이 절 데려가면 갈게요."

"조건이 있겠지."

"무크란한테 선금으로 받은 잔금 5,500불을 지급해야 돼요."

"그런가?"

"여기 오면서 선금 1만 불을 받았거든요. 받아서 어머니께 드렸어요."

"……."

"동생을 3명이나 부양해야 되어서요. 우리는 큰엄마 식구하고도 사이가 좋거든요."

"조건을 말해라."

정색한 정재국이 지그시 하르키를 보았다.

"네가 날 좋아한다는 말은 안 믿는다. 너하고 나하고의 관계는 거래야. 네 조건을 말해."

둘은 낮게 주고받았기 때문에 앞쪽의 이칠성과 박상철은 파트너와 이야기하느라고 여념이 없다.

그때 하르키가 물었다.

"절 어떻게 하실 건데요?"

"팔아먹으려고."

순간 숨을 들이켰던 하르키가 눈을 흘겼다.

교태다. 고혹적인 모습이어서 정재국의 심장박동이 빨라졌다.

정재국이 말을 이었다.

"내가 저택을 임대했어. 그러니까 넌 저택에서 머물 수도 있어."

"좋아요."

하르키가 금세 고개를 끄덕였다.

"어머니 둘과 형제 6명이 살고 있는 우리 집은 돼지우리 같아요. 아버지 사업이 망하고 나서 방 3개짜리 흙집으로 옮겨 갔거든요. 저택으로 옮겨 갈게요."

"조건을 말해."

"내 선금 받은 잔금 5,500불을 갚고, 한 달에 1,000불만 주세요."

정재국과 눈을 마주친 하르키가 환하게 웃었다.

"지금까지는 돼지우리에서 가게로 출퇴근을 했으니까 밥값, 교통비도 절약될 테니까요. 1,000불이면 충분해요."

정재국이 고개를 끄덕였다. 하르키의 성품을 조금 알 수 있었기 때문이다.

정직한 것 같다. 그리고 욕심을 부리지 않는다.

그사이에 이칠성과 박상철도 파트너하고 협상을 벌였지만 무산되었다.

"얘는 남자가 있다고 하네요."

이칠성이 실망한 표정으로 말했다.

"2차를 나갈 수는 있지만 같이 살 수는 없다고 합니다."

"안됐다."

정재국이 혀를 찼다.

"약혼자 놔두고 여기다 하나 더 만들려고 했는데 말이다."

고개를 돌린 정재국이 박상철을 보았다.

"넌 어때?"

"말도 못 꺼냈습니다."

박상철이 한숨을 쉬었다.

"2차도 안 된답니다."

"그건 네 탓이지."

이맛살을 찌푸린 정재국이 박상철을 노려보았다.

"애들이 계급 보고 그런 거 같냐?"

"아닙니다."

"그럼, 내가 교육을 잘못 시킨 거냐?"

"아닙니다."

"너, 돈이 없어?"

"아니요."

술값, 팁, 2차까지 모두 정재국이 부담하기 때문이다.

쓴웃음을 지은 정재국이 말을 이었다. 지금까지 그들은 한국말을 했다.

"여자는 정보 수집과 위장용으로 필요해. 데리고 있는 것은 그다음이야."

"네, 영수증을 써 드리지요."

정재국한테 5,500불을 받은 무크란이 웃음 띤 얼굴로 말했다.

"저한테는 아까운 재산인데 사장님이 데려가신다니 기꺼이 보내드리겠습니다."

"그래도 내가 여기 자주 올 테니까."

정재국이 말을 이었다.

"내가 매상 올려주면 되겠지."

그때 듣고만 있던 이칠성이 한국말로 투덜거렸다.

"자식, 웃기고 있네. 지가 노예를 샀단 말인가? 기꺼이 보내드리겠다니? 건방진 자식."

무크란이 방을 나갔을 때 정재국이 이칠성에게 말했다.

"이곳은 정보 수집원 중의 하나야. 저 친구를 구워삶아 놔야 돼."
아우라반이 소개했지만 실행은 특명관팀의 임무다.

다음 날 오전, 경비원 타룬이 시내로 나가 하르키를 데려왔다.
하르키는 옷 가방 2개만 들고 있었는데, 청바지에 점퍼 차림이어서 전혀 다른 모습이 되어 있다. 머리도 뒤에서 묶었고, 운동화를 신고 있는 것이다.
하르키가 정재국을 보더니 활짝 웃었다.
"왕국 같아요, 덴."
"저 방을 써, 하르키."
정재국이 안쪽 방을 손으로 가리키면서 하녀장 타르차에게 말했다.
"타르차, 부인을 안내해 드리도록."
타르차는 40대로 아우라반과 같은 부족이다.
타르차의 안내를 받은 하르키가 안방으로 들어갔다.
"이제 집에 안주인이 자리 잡은 셈이군요."
이칠성이 말했기 때문에 정재국이 쓴웃음을 지었다.

아우라반이 찾아왔을 때는 오후 6시가 되어 갈 무렵이다.
"소문이 났습니다."
응접실에 앉은 아우라반이 정재국을 보았다.
"베이루트의 할라비가 이스탄불에 곧 온다는 것입니다."
"할라비가 누구요?"
"베이루트의 과격파 테러단 수괴지요. 할라비의 배경이 카리프입니다. 카리프를 만나러 온다는군요."

"……."

"할라비가 지난번에 경쟁 조직을 몰살하고 서부 베이루트 지역을 장악했지요. 그때 카리프가 보낸 용병들이 할라비를 도와줬다는 겁니다."

"……."

"이 소문은 베이루트에서 나온 겁니다."

"카리프를 만난다는 거요?"

"당연하지요. 보상금을 주려고 온다는 겁니다. 할라비의 반대 세력이 퍼뜨린 소문입니다."

"그렇군."

고개를 끄덕인 정재국이 물었다.

"카리프의 저택 약도는 구했습니까?"

"아직 구하지 못했습니다. 하지만 위치는 압니다."

아우라반이 말을 이었다.

"거대한 옛날 왕궁이어서 아시아 구역 사람들은 대부분 알고 있지요."

그때 응접실로 하르키가 나왔기 때문에 아우라반이 얼굴을 펴고 웃었다.

"오! 축하드립니다, 사장님."

정재국의 호칭은 사장이다.

하르키의 눈인사를 받은 아우라반이 고개를 끄덕이며 답례했다.

"반갑습니다, 부인."

아우라반이 시치미를 뚝 뗀 얼굴로 하르키에게 말했다.

"앞으로 잘 부탁합니다."

아우라반이 가져온 무기는 갈릴 기관총 3정, 드라구노프 저격총과 실탄이다.

지난번에 권총 3정도 가져왔기 때문에 셋의 무장은 어느 정도 갖춘 셈이다.

정재국도 권총 이외의 무기는 안쪽의 밀실에 보관해 놓고 문을 잠가 하인들이 출입하지 못하도록 했다.

그날 밤 9시 반, 아우라반과 함께 식사를 마친 정재국이 이칠성, 박상철까지 넷이 둘러앉았을 때 입을 열었다.

"내일 아시아 구역에 가서 카리프의 저택을 둘러보고 올 거요."

"제가 안내하지요."

바로 아우라반이 말하자 정재국이 고개를 저었다.

"아니, 대령은 아무래도 눈에 띌 테니까 우리가 따로 가겠소."

"그렇습니까? 그럼 약도는 알려드리지요."

아우라반이 말을 이었다.

"택시를 타고 가시는 것이 나을 겁니다. 그것이 자연스럽고요. 가끔 카리프의 왕궁 구경을 가는 관광객들이 있거든요."

"우리도 관광객 행세를 할 거요."

정재국이 이칠성과 박상철을 눈으로 가리켰다.

"우리 셋이 함께 택시를 탈 것이고 밖에서 외관을 살펴볼 겁니다."

긴장한 세 쌍의 시선이 모였을 때 정재국이 말을 이었다.

"궁궐 같은 저택이라니 오가는 사람도 많을 것 아닙니까? 그 사람들 사이에 끼어 들어가 볼 수도 있을 것 같은데."

그때 아우라반이 고개를 기울였다가 세웠다.

"저택 안에 300명이 넘는 사람이 삽니다. 그러니까 오가는 사람도 많겠지요. 연구해 보지요."

작전이 차츰 구체적으로 진행된다.

밤, 침대에서 정재국이 하르키의 어깨를 안고 말했다.

"하르키, 우리가 일 때문에 집을 비우게 되면 네가 하인들을 관리해라."

"네, 덴."

하르키가 정재국의 가슴에 얼굴을 묻고 대답했다.

"출장을 자주 가세요?"

"수입하려면 지방 출장도 다녀야 돼."

"그렇군요."

"내가 하녀장 타르차에게도 말해 놓을 테니까."

"알았습니다."

하르키가 꿈틀거리며 정재국의 몸에 빈틈없이 붙었다. 뜨거운 체온과 감촉이 느껴졌고 짙은 향내가 풍겨왔다.

저택을 임대하고 하인까지 고용했으니 집안 살림을 총괄할 안주인이 필요하다. 하녀장에게 맡길 수는 없는 것이다.

정재국이 하르키의 몸을 안았다.

장기전인 것이다. 일단 현장에 녹아서 융화되는 것이 필요하다.

다음 날 아침, 셋은 저택을 나와 보스포루스 대교 근처의 식당 앞까지 아우라반이 운전하는 승용차를 타고 갔다.

오전 10시 반이다.

"11시에 택시가 올 겁니다."

아우라반이 운전석에 앉아 말했다.

"카리프의 왕궁은 관광객이 많지는 않지만 가끔 들르는 곳이지요."

고개를 돌린 아우라반이 쓴웃음을 짓고 말했다.

"여행사 대리점을 통해 예약해놓았으니까 타고만 가면 됩니다."

고개를 끄덕인 정재국이 차에서 내렸다. 아우라반을 카리프의 저택까지 데려갈 수는 없는 것이다.

아우라반의 차가 떠났을 때 이칠성이 정재국에게 말했다.

"대장, 무기도 없이 돌아다니는 것이 불안합니다."

그들은 모두 비무장인 것이다.

"어쩔 수 없어."

정재국이 주위를 둘러보며 말했다.

"지금 체포된다면 무기 소지 혐의가 추가될 테니까. 작전 시작도 하기 전에 애매하게 걸릴 수는 없지."

그때 택시 한 대가 그들 앞에 멈춰 섰다.

"코노성 관광이오?"

반백의 수염이 무성한 택시 운전사가 소리쳐 물었다.

"타시오!"

셋은 잠자코 택시에 올랐다.

성 앞에서 셋은 헤어졌다. 제각기 좌우, 뒤쪽을 둘러보고 3시에 다시 만나기로 한 것이다.

오후 1시, 이곳까지 오는 데 2시간이나 걸렸다. 직선거리로 10킬로도 안 되었는데 차가 밀렸기 때문이다.

그러나 차가 밀린 덕분에 셋은 시내 구경을 질리도록 했다. 지리를 익혀서 헛시간을 보낸 것이 아니다.

정재국은 정문에서 얼쩡거리는 서양인 관광객 셋과 어울렸다. 여자 둘,

나이 든 남자 하나다. 그들은 거침없이 사진을 찍었는데 정재국은 따라다니기만 했다. 머릿속에 넣기만 한 것이다.

60대쯤의 서양인이 고개를 돌려 정재국을 보았다.

“어디서 오셨소?”

“미국입니다, 뉴욕.”

“미국인이시군.”

정재국의 위아래를 훑어본 사내가 손을 내밀었다.

“칼이오. 독일 프랑크푸르트에서 왔소.”

사내가 앞쪽에서 열심히 사진을 찍는 두 여자를 눈으로 가리켰다.

“내 아내와 딸이오.”

“그렇습니까? 이스탄불에 오신 지 얼마나 되셨습니까?”

“오늘로 10일째요. 저 앞쪽의 왕궁에 누가 사는지 아시오?”

“모릅니다.”

“카리프라고 이슬람 테러단의 총사령관이 살고 있지.”

“그렇습니까?”

“이스탄불 시민들은 다 알고 있는 사실이오.”

정재국이 고개를 끄덕였다.

“처음 듣습니다.”

그때 앞서가던 여자들이 멈춰 섰기 때문에 둘이 다가섰다.

“여기 미국인이야.”

칼이 소개하자 정재국이 여자들을 향해 고개를 숙였다.

“데니스입니다.”

“전 헤르나예요.”

20대의 여자가 인사했다.

"반가워요, 데니스."

중년 여자가 고개를 끄덕이더니 물었다.

"지금 어느 호텔에 묵고 계세요?"

"주택을 임대해서 거주하고 있습니다."

"그러시군요."

정재국은 앞쪽을 다 훑어보아서 이제는 옆쪽으로 발을 떼었다.

왕궁의 담장 밖에서만 둘러보았기 때문에 안은 보이지도 않는다. 담장이 높은 데다 높은 나무숲으로 가려져 있는 것이다. 담장 길이는 5킬로도 넘는다. 그래서 이칠성과 박상철까지 구역을 나누었다.

"같이 가요."

그때 뒤에서 부르는 소리가 들렸다. 칼의 딸 헤르나다.

멈춰 선 정재국에게 다가온 헤르나가 눈웃음을 쳤다. 금발에 파란 눈, 서양인치고는 자그마한 체구에 날씬한 몸매, 갸름한 얼굴형의 미인이다.

"아버지, 어머니는 저쪽에서 쉬시겠대요."

힐끗 뒤쪽을 눈으로 가리킨 헤르나가 발을 떼었다.

정재국의 옆에 바짝 붙어 서서 바람결에 상큼한 머리카락 향이 맡아졌다.

정문에서 좌측 담장을 따라 2킬로쯤 걸었지만 안은 아무것도 보이지 않았다.

담장 위에 50미터 간격으로 감시 카메라가 설치되었고 5미터쯤 높이의 담장 위에는 철조망까지 둘러쳐져 있다. 사다리를 걸친다고 해도 1미터 높이의 둥근 철조망을 넘어야만 한다.

사진 찍을 것도 없었기 때문에 터덜터덜 걷던 헤르나가 고개를 돌려 정재국을 보았다.

"결혼했어요?"

"아니, 당신은?"

"이혼했어요."

"그렇군요."

정재국이 헤르나를 보았다.

"당신은 표정이 밝아서 이혼했다는 말이 믿기지 않는데."

"말도 안 되는 소리."

헤르나가 이를 드러내고 웃었다.

"슬픈 얼굴로 일그러진 표정이면 이혼한 여자인가?"

"언제 돌아가는데?"

"여기서 몇 주 더 놀 거예요."

헤르나가 말을 이었다.

"시간이 많아요, 데니스."

후문 쪽으로 나갔더니 이칠성이 광장 구석의 벤치에 앉아 있다가 시선을 주었다. 옆에 헤르나가 붙어 있었기 때문에 다가오지 못한 것이다.

후문 앞은 1,000평쯤 넓이의 광장이다. 광장 복판에 분수대가 설치되어 있어서 관광객들이 모여 있다.

정재국이 후문이 보이는 좌측 끝의 벤치에 앉았다. 옆에 앉은 헤르나가 이곳저곳 사진을 찍으면서 말했다.

"여긴 두 번째 왔는데 토요일 밤에는 이 광장에서 축제가 열리더군요."

고개를 돌린 정재국이 헤르나를 보았다.

"무슨 축제인데요?"

“전통 축제예요. 춤을 추고 노래를 부르고 민속 의상을 입은 남녀가 연극을 해요. 지난주에 구경했는데 볼 만했어요.”

“구경꾼이 많았습니까?”

“이 광장이 꽉 찼어요.”

헤르나가 웃음 띤 얼굴로 정재국을 보았다.

“그리고 양쪽 벽 밑에서 남녀가 노골적으로 밀회를 하더군요. 밀회 장소가 되어 있었어요.”

“그렇군. 벽이 길어서 적당하겠네.”

고개를 끄덕인 정재국이 헤르나에게 물었다.

“어때요? 이번 토요일에 여기서 만나는 것이? 난 축제보다 밀회에 관심이 많은데.”

정재국의 시선을 받은 헤르나가 눈웃음을 쳤다.

돌아오는 차 안에서 정재국이 둘에게 한국어로 말했다.

“이번 토요일 저녁에 후문 광장에서 축제가 열려. 매주 토요일에 열리는 축제야.”

둘의 시선을 받은 정재국이 말을 이었다.

“안은 구경도 못 했지만 이번 토요일에 기회가 생길지 모르겠다.”

헤르나하고의 약속은 말하지 않았다.

“아우라반은 현재 혼자 살고 있습니다, 각하.”

부관 유세프가 말하자 살라피가 고개를 들었다.

“가족은 어디 갔나?”

“예, 독일입니다. 관광 비자를 갖고 출국했습니다.”

"……."

"부인과 세 자녀입니다. 큰아들이 독일에 유학을 가 있기 때문에 보려는 목적이라고 출국 사유에 적혔습니다."

"아우라반의 현재 동향은 어때?"

"가끔 외출을 하고 집 안에서 지냅니다."

"감시원은?"

"한 명입니다."

"늘려, 셋으로. 3부제로 24시간 감시하라고."

"예, 각하."

유세프가 돌아가자 살라피는 이맛살을 찌푸렸다.

정보국의 국장실 안이다. 오후 4시 반. 창밖으로 모스크의 둥근 첨탑이 보였다.

터키 국가정보국장 살라피는 현역 육군 대장으로 대통령 술라이만의 심복이다.

방금 유세프에게 지시한 감시 인력 보강은 정보국의 일상 업무에 들어간다. 예비역 영관장교는 정보국의 감시를 받는 것이다.

이윽고 살라피가 책상 위의 흰색 전화기를 들었다. 버튼을 누르자 곧 응답 소리가 났다.

"예, 각하."

"아우라반이 제 가족을 모두 독일로 보냈어. 그래서 감시 인력을 3명으로 늘렸는데……."

"예, 각하."

"그들 모르게 2명을 보내."

"예, 각하."

"지금 즉시 시작하도록."

전화기를 내려놓은 살라피가 의자에 등을 붙였다.

50대 중반의 살라피는 비대한 체격이다. 붉은 얼굴, 콧수염 끝에 작은 땀방울이 맺혀 있다.

방금 연락을 한 곳은 살라피가 직접 관리하는 비밀 기동단이다. 특별한 임무에 투입시키는 조직인 것이다.

윌슨과 해밀턴은 자주 만나는 편이지만 이번에는 3개월 만에 마주 보고 앉았다.

오후 8시 반 뉴욕 맨해튼의 클럽 '루즈벨트' 안, 이곳은 이름과는 달리 기업가들의 단골 클럽이다. 밀실에 둘이 자리 잡고 앉았을 때 윌슨이 먼저 물었다.

"해밀턴, 어때요?"

"뭐가?"

잔에 위스키를 따른 해밀턴이 윌슨을 보았다.

"내 회사는 잘돼. 리스타연합도 매출이 늘었어."

"데니스 정 말이오."

"누구?"

"미국 국적의 리스타연합 요원. 구체적으로 말하면 후세인의 특명관."

"누군지 모르겠는데?"

"해밀턴, 그러지 말고."

"그놈이 어쨌단 말야?"

"그놈이 이스탄불에서 노닥거리고 있는 이유가 뭐요?"

그때 술잔을 든 해밀턴이 한 모금에 술을 삼켰다. 그러고는 빈 잔에 술을 따르면서 말했다.

"왜 묻는 건데?"

"터키 정보국도 멍청이는 아냐, 해밀턴."

"은근히 터키 쪽에 터뜨리겠다는 분위기가 느껴지는군."

"그건 당신 스타일이지."

"윌슨, 넌 나하고 7년이나 같은 팀이었어. 너는 모르지만 넌 날 닮았어."

"반면교사란 말이 있어, 해밀턴. 난 당신을 닮지 않아."

"널 뒤집으면 돼. 네가 내 반대로 나간다면 말야."

"자, 들읍시다, 해밀턴."

윌슨이 정색하자 해밀턴이 들고 있던 술잔을 내려놓았다.

"어디까지 알고 있는 거야?"

"데니스 정이 이스탄불에 입국했고 인터내셔널호텔에서 한국 국적인 두 놈하고 만났다가 사라졌다는 것."

"……."

"출국은 하지 않고 거처를 옮긴 것 같은데, 임대 주택이나 친지의 저택으로."

"……."

"데니스 정 같은 거물이 움직이는 건 목표가 크다는 증거지. 후세인의 특명관이니까 말이오."

"……."

"이스탄불에 특명관의 타깃이 될 만한 거물은 셋. 술라이만 대통령, 살라피 정보국장, 그리고 카리프 알 바담이지."

윌슨의 얼굴에 웃음이 떠올랐다.

"해밀턴, 내가 셋 중에 누가 타깃인지 맞춰볼까요?"

그때 해밀턴이 똑바로 윌슨을 보았다.

"자, 사설은 그만두고 날 보자고 한 건 특명관을 도와주겠다는 뜻이지?"

"해밀턴, 오버하지 마."

이맛살을 찌푸린 윌슨이 해밀턴을 노려보았다.

"당신은 전부터 그런 버릇이 말썽이야."

"그래서 후버의 미움을 받았지. 제가 할 말을 가로채서 말하는 것만큼 미운 것이 없거든."

"카리프 암살이야?"

불쑥 윌슨이 묻자 해밀턴이 한숨을 쉬었다.

"도와주겠다고 결정한 모양이군."

"해밀턴, 우리는 끼지 않겠어."

"어떻게 도와줄 건데?"

정색한 해밀턴이 윌슨을 보았다.

"말해, 윌슨."

그러고는 덧붙였다.

"그래, 특명관의 독자적 작전이야, 이건."

"안은 들여다보지도 못했지만 담장 밖은 모두 개방되었어요."

저녁 식탁에 둘러앉았을 때 이칠성이 말했다.

"담장 안으로 들어가려면 사다리가 필수입니다. 그런데 안이 어떤 구조인지를 알아야 돼요."

식탁에는 넷이 둘러앉았다. 시중을 들던 하르키도 자리에 앉은 것이다. 그때 정재국이 둘을 둘러보았다.

"담장을 넘는 것보다 정식으로 들어가도록 하자."

"어떻게 말입니까?"

"식품 공급업자, 공사 인부, 하인들이 수없이 오가고 있더군."

"그들에게 끼어들자는 겁니까?"

"그것도 체크해 보자는 거야."

고개를 든 정재국이 말을 이었다.

"카리프가 밖으로 나오지 않으니까 지금은 그 방법이 최선이야."

정재국이 모하메드와 연락했을 때는 오후 2시 무렵이다. 가끔 상황보고를 해야만 한다. 이곳은 시내의 식당 안, 식당에서 전화를 한 것이다. 저택에서 하면 도청 위험이 있기 때문에 지나가다가 길가 식당에 들어가 연락을 한다. 정재국의 목소리를 들은 모하메드가 바로 말했다.

"오늘 오후 8시에 아시아 지역의 B지점에서 사람을 만나도록 해."

그렇게만 말하고 전화가 끊겼기 때문에 정재국이 몸을 일으켰다. 이 통화가 도청이 되었더라도 B지역이 어딘지, 통화자가 누구인지는 알 수 없을 것이다. 다만 이스탄불에서 바그다드로 통화했다는 사실은 밝혀지겠지, 모하메드도 비상라인을 이용했을 테니까.

오후 8시, 마크다 모스크 옆 주택가 골목에 위치한 물담배 가게 안, 정재국이 들어서자 안쪽에 앉아 있던 사내가 손을 들었다. 가게에는 물담배가 20개쯤 갖춰져 있었는데 그중 절반은 손님이 찼다. 가게 안은 연기로 자욱해서 몸이 움직이자 연기가 안개처럼 흔들렸다. 다가간 정재국이 사내의 옆자리에 앉았다. 다가온 종업원이 정재국의 물담배에 담배를 채워주고는 돌아갔다. 정재국이 파이프를 입에 댔을 때 옆쪽 사내가 고개를 돌렸다. 40대쯤의 터키인, 허술한 양복 차림에 콧수염만 길렀다. 사내가 입을 열었다.

"난 CIA 연락관 루트만입니다."

정재국의 시선을 받은 사내가 말했다.

"카리프에 대한 정보를 드리지요."

담배를 빨아들인 정재국이 연기를 길게 내뿜었다. 이 연기는 수증기가 낀 연기다. 루트만이 똑바로 정재국을 보았다.

"카리프는 1년에 서너 번만 외출합니다. 그래서 왕궁으로 사람들이 찾아오는 상황이지요."

"왕궁의 구조를 알아볼 수 있습니까?"

"위성사진을 가져왔습니다."

루트만이 옆에 놓인 가죽가방을 눈으로 가리켰다.

"왕궁의 구조도, 안의 경비 인력, 거주자까지 조사해놓았습니다."

"안으로 출입하는 사람들의 내역은?"

그때 루트만이 고개를 끄덕였다.

"우리가 조사해 드리지요."

정재국이 소리죽여 숨을 뱉었다. 시간 여유가 있었기는 하지만 막막했던 것이다. 정재국이 루트만에게 물었다.

"우리가 연락하려면 어떻게 합니까?"

"다른 협조자한테는 이야기하지 마시고."

루트만이 접힌 메모지를 주머니에서 꺼내 내밀었다.

"언제든 이 번호로 연락하시면 됩니다."

"이건 안으로 들어간다고 해도 카리프를 잡으려면 탱크가 필요하겠네요."

이칠성이 거침없이 말했다. 오후 10시 반, 그들은 거실 탁자 위에 루트만한테서 받은 위성사진, 내부 평면도, 경비병 배치 현황까지 펼쳐놓고 있다. 박상철이 고개를 흔들었다.

"엄청난 경호를 받고 있는데요. 기가 딱 질립니다."

"이것 봐라."

정재국이 위성사진 한 장을 집어 들었다. 사진에는 붉은색으로 동그라미를 여러 개 그려 놓았는데 카리프의 회의실, 응접실, 식당, 침실이다. 사진을 본 박상철의 두 눈이 번들거렸다.

"이건 제가 가지고 가서 연구해야겠습니다."

사진을 집은 박상철이 밝아진 얼굴로 말을 이었다.

"밖에서는 힘들겠어요. 안에서 해치워야 됩니다."

"CIA가 협조해준다고 했으니까 이젠 해볼 만해."

정재국이 말을 이었다.

"CIA가 우리를 돕고 있다는 사실은 우리만 알고 있도록."

아우라반한테도 말하지 말란 뜻이다.

다음 날 오전, 정재국과 하르키가 카리프의 왕궁 코만성 뒤쪽 광장 끝부분에 위치한 커피숍에 앉아 있다. 정재국이 하르키를 데려온 것이다. 한낮의 태양이 광장에 내리쬐고 있어서 관광객은 몇 명 되지 않는다.

"여긴 여러 번 왔어요."

커피 잔을 든 하르키가 들뜬 표정으로 정재국을 보았다.

"대학 다닐 때 이곳에서 공연도 했지요."

하르키가 눈으로 광장을 가리켰다.

"연극반 친구들하고요."

"안에는 들어가 보았어?"

하르키가 그런 인연이 있는 줄 몰랐기 때문에 정재국이 건성으로 물었다. 하르키가 고개를 흔들었다.

"우린 안 돼요. 하지만 저 왕궁 주인인 카리프가 전통극을 좋아하기 때문에 유명한 극단은 자주 초대를 받아요."

"그런가?"

"특히 전통 무용을 좋아해요."

"왕궁에 자주 들어가는 무용수가 있겠군."

"아디스의 팬이죠, 카리프가."

"아디스가 누구야?"

"유명한 무용수, 한 번 공연에 미화로 5만 불씩 받는다는 소문이 났죠."

하르키가 한숨을 쉬었다.

"나도 학교를 계속 다녔다면 아디스 정도는 안 되었더라도 극단 회원은 되었을 텐데."

"극단?"

"연예인들이 가입한 극단, 페르시아 극단이 유명하죠, 아디스가 소속된 극단."

"페르시아 극단."

정재국은 하르키를 데려온 것이 잘했다는 생각이 들었다. 샤카에서 데려온 것을 말한다.

"CIA가?"

후세인이 정색하고 모하메드를 보았다. 의외라는 표정이다.

"예, 각하."

모하메드가 말을 이었다.

"CIA에서 협조해주겠다고 합니다."

"그렇군."

후세인의 얼굴에 쓴웃음이 번졌다.

"CIA 입장에서도 카리프는 눈엣가시일 테니까."

"CIA에서 카리프를 치면 터키 정부하고 말썽이 날 테니까요."

"특명관이 원군을 얻었군."

"대군을 지원받은 셈이지요."

모하메드가 말을 이었다.

"지금쯤 만나고 있을 것입니다.

백미러를 본 아말이 아우라반에게 말했다.

"연대장님, 미행당하고 있습니다."

오후 5시 반, 차는 시내를 통과하는 중이다. 뒷자리에서는 보이지 않았기 때문에 아우라반이 물었다.

"언제부터냐?"

"저택 앞 골목에서부터 본 것 같습니다."

"확실해?"

"예, 두 대인 것 같습니다."

"두 대?"

아우라반이 긴장했다. 운전사 아말은 아우라반이 연대장 시절부터 데리고 다니던 운전병이다. 눈치가 빠르고 충직해서 퇴역한 후에도 팀이 되었다. 아우라반이 말했다.

"앞쪽 사거리에서 우회전해."

"예, 대령님."

"꺾어졌을 때 나는 바로 내려서 숨을 테니까 넌 날 태운 것처럼 그대로 가."

"예, 시내 한 바퀴 돌고 저택으로 돌아가겠습니다."

아우라반은 의자에 등을 붙였다. 선팅이 되어 있어서 뒷좌석은 보이지 않는다. 그러나 2대가 미행을 하고 있다면 정보국이 주요 감시 대상으로 찍어 놓았다는 증거다.

오후 5시가 되었을 때 이스탄불 시청 근처의 '압살람' 카페로 페슈와트가 들어섰다. '압살람' 카페는 고급 식당으로 정치인, 연예인의 단골 카페다. 회원제는 아니지만 가격이 비싸서 일반인들은 얼씬도 하지 못하는 곳이다. 페슈와트는 곧 안쪽에서 이쪽으로 손을 흔드는 바이란을 보았다. 바이란은 짙은 화장을 한 여자와 나란히 앉아 있었는데 바로 아디스다. 바이란이 일어나 페슈와트를 맞는다.

"제가 페슈와트 회장님 연락을 받고 다른 약속은 다 취소했습니다."

바이란이 살찐 얼굴을 펴고 웃었다. 앞으로 다가온 바이란이 페슈와트의 양쪽 뺨을 붙여 인사를 하고는 그때서야 일어선 아디스를 눈으로 가리켰다.

"아디스를 오랜만에 보시지요?"

"그렇군."

페슈와트는 아디스가 내민 손을 잡았다. 아디스의 셋째 손가락에 3캐럿쯤 되는 다이아 반지가 끼워져 있다.

"아디스, 더 아름다워졌어."

감동한 표정으로 페슈와트가 말하자 아디스가 눈웃음을 쳤다.

"많이 늙었죠?"

"당신은 나이를 거꾸로 먹는 것 같아."

마지못한 듯이 아디스의 손을 놓은 페슈와트는 장신으로 날씬한 몸매에 딱 맞는 양복 차림이다. 잘 다듬어진 콧수염이 어울리는 호남형 용모에 머리는 반백이다. 54세의 페슈와트는 선박회사를 운영하는 재벌로 대통령 술라이만의 후원자 중 하나다. 자리에 앉았을 때 바이란이 지그시 시선을 주었다.

"페슈와트 회장님, 사업은 잘되시지요?"

"뭐, 그저 그렇지."

의자에 등을 붙인 페슈와트가 말을 이었다.

"내가 요즘 시간이 좀 남아서 그래."

"우리가 고마운 일이지요."

"페르시아 극단은 잘 운영되나?"

"죽겠습니다."

기다렸다는 듯이 바이란이 말을 이었다. 바이란은 페르시아 극단의 대표다. 옆에 앉은 아디스는 페르시아 극단의 대표 무용수로 42세, 10년쯤 전, 한창 잘 나갈 때 페슈와트의 애인 노릇을 한 과거가 있는 것이다. 고개를 든 페슈와트가 바이란을 보았다.

"공연 스케줄은 어때?"

"글쎄, 그것이……."

상체를 반듯이 세운 바이란이 말을 이었다.

"공연이 많다면 우리가 이렇게 어렵지 않을 겁니다. 공연이 전보다 절반 이상이나 줄었어요."

바이란이 두 손을 흔들면서 페슈와트를 보았다.

"단원 월급도 두 달째 지급하지 못하고 있는 실정입니다……."

그때 페슈와트가 고개를 돌려 아디스를 보았다.

"아디스, 넌 아직도 인기 있잖아? 반년쯤 전에도 대통령궁에서 공연한 기사를 보았어."

"다음 달에도 공연해요."

아디스가 한숨을 쉬었다.

"하지만 그 공연비만으로 극단 운영비를 감당할 수 없죠."

페슈와트가 고개를 끄덕였다. 공연비의 10퍼센트쯤은 아디스의 몫이 될 것이지만 그것으로 생활이 될 리가 없다. 더구나 '페르시아 극단'의 공연은 1년에 2, 3번으로 격감한 상황인 것이다. 그때 페슈와트가 말했다.

"그렇다면 앞으로의 공연 계획과 페르시아 극단의 운영 관계 서류를 가져와 봐, 내가 도와줄 수 있는가 검토할 테니까."

"아이구, 고맙습니다."

반색을 한 바이란이 자리에서 일어나더니 페슈와트에게 다가가 양쪽 뺨을 비볐다. 아디스도 상기된 얼굴로 페슈와트를 보았다.

"고마워요, 회장님."

"천만에."

페슈와트가 자리에서 일어나 지그시 아디스를 보았다.

"다시 만나서 반갑군, 아디스."

"바로 연락드리지요."

바이란이 상기된 얼굴로 말했는데 숨까지 헐떡이고 있다.

"아디스가 연락드릴 겁니다."

아디스를 내세우는 것은 페슈와트와의 사이를 알기 때문이다. 아디스는 페슈와트뿐만 아니라 지금도 바이란의 정부이고 공연이 끝날 때마다 카리프의 침대로 간다. 그리고 대통령 술라이만도 술좌석에서 자주 아디스를 부르는 것이다. 그래서 별명이 '터키의 창녀'다.

이틀 후, 오전 11시가 되었을 때 이스탄불 서북쪽의 상가 지역 골목 안 카페로 정재국이 들어섰다. 카페 안쪽에서 출입구를 바라보고 앉아 있던 루트만이 맥주병을 들어 보였다. 카페 안은 혼잡했고 담배 연기가 가득 차 있었는데 정재국이 자리에 앉기도 전에 종업원이 다가와 주문을 받아 갔다. 앞쪽에 앉은 정재국에게 루트만이 말했다.

"페슈와트가 작업을 성사시켰어요. 올해 2백만 불을 지원해주기로 하고 극단원을 구조 조정하기로 합의한 겁니다. 페슈와트는 이 작전의 내막은 모릅니다."

루트만의 얼굴에 쓴웃음이 번졌다.

"페슈와트는 우리한테 약점을 잡혀 있지만 대통령한테 매년 5백만 불쯤 뜯기고 있어요. 그에게도 이 정권은 기생충이지요."

정재국이 고개를 끄덕였다.

"제가 2백만 불 내지요."

그리고 페슈와트가 보낸 극단의 관리부장이 되는 것이다. 그때 루트만이 눈을 가늘게 뜨고 정재국을 보았다.

"대위, 어떻게 이런 계획을 세웠습니까? 모두 놀라고 있습니다."

"난 대위 아냐, 루트만 씨."

"압니다, 강등당하고 퇴역했다는 것도."

루트만이 이를 드러내고 웃었다.

토요일 오후 8시 반, 코만성 후문 앞 광장에는 구경꾼들로 뒤덮여 있다. 축제가 열린 것이다. 광장 복판에 무대가 설치되었고 북과 타악기의 연주에 맞춰 무용수들이 춤을 추고 있다. 무용수는 셋, 배꼽을 드러낸 의상이지만 얼굴은 눈만 내놓고 가렸다. 현란한 발동작에 날씬한 몸매의 미녀다. 군중들이 박수를 치면서 환호한다. 점점 광장의 열기가 달아오르고 있다. 정재국이 고개를 돌려 옆에 앉은 헤르나를 보았다.

"헤르나, 지난번에는 몇 시에 이 축제가 끝났지요?"

"12시쯤 되었을 거예요"

헤르나가 웃음 띤 얼굴로 말을 이었다.

"연극할 때가 재미있어요."

"이곳 소음이 왕궁 안까지 울릴 텐데 왕궁에 사는 사람들도 구경 나오겠군."

"그럴지도 모르죠."

고개를 끄덕인 정재국이 헤르나를 보았다. 헤르나는 정재국의 데이트 신청을 기다렸다는 듯이 받았고 오늘 첫 데이트다. 반팔 티셔츠에 반바지 차림의 헤르나는 샌들을 신은 다리 하나를 꼬아 앉아서 날씬한 허벅지가 드러났다. 그때 정재국이 헤르나의 손을 잡고 일어섰다.

"헤르나, 우리 담장 길을 걸읍시다."

"공연 안 보고요?"

"난 담장 길 산책이 목적이야."

그러자 헤르나가 활짝 웃었다.

"미국인답군요, 덴."

"저까짓 공연보다 난 당신한테 관심이 많아, 헤르나."

그러자 헤르나가 정재국의 팔을 끼었다.

"여행 다니면서 당신이 처음 만난 남자예요, 덴."

"고맙군, 헤르나."

"저쪽이 좋아요, 덴."

팔짱을 낀 정재국을 끌면서 헤르나가 말을 이었다.

"담장이 구부러진 구석인데 아늑하고 좋아요."

"누가 차지했겠지. 비워 놓았겠어?"

"모르시는 말씀."

헤르나가 몸을 딱 붙이면서 눈웃음을 쳤다.

"장사꾼들이 그대로 놔둘 것 같아요? 그때 보니까 자리를 팔았어요. 좋은 자리는 50리라던가?"

"알아보았어?"

"나한테 제의를 하더라니까?"

"갓댐."

둘은 좌측 담장을 따라 걸어 들어갔다. 과연 담장 밑 요지에는 남녀가 뒤엉켜 있었고 드문드문 장사꾼으로 보이는 사내들이 얼쩡거리고 있다.

"분위기가 좋군."

담장 밑의 자리는 벤치였는데 앞쪽이 나무 화단으로 막혀서 밀회하기에 딱 좋았다. 가로등이 있었지만 벤치 쪽은 꺼져 있다. 일부러 등을 깨뜨린 것 같다.

"이쪽은 20리라라고 하더군요."

헤르나가 정재국의 팔을 두 손으로 감아 안으면서 말했다. 목소리가 은근했고 정재국을 바라보는 눈이 번들거렸다.

"헤르나, 가고 싶어?"

"응."

대번에 대답한 헤르나가 이를 드러내고 웃었다.

"멋있잖아? 호텔방보다 더 스릴 있고."

안쪽의 50리라짜리 요지는 헤르나의 추측대로 비어 있었다. 자릿값을 내고 안쪽 벤치로 들어가 앉은 헤르나가 정재국을 보았다.

"덴, 어때요?"

"좋군."

정재국이 감탄했다. 완벽한 밀회 장소다. 앞은 사람 가슴께에 닿는 화단의 꽃에 가려서 밖이 보이지 않는다. 벤치 뒤쪽은 담장이었는데 이곳은 통행로가 없다. 옆쪽으로 30미터쯤 거리에 벤치가 있지만 그쪽도 화단으로 가려져 있다. 그때 헤르나가 정재국의 어깨를 끌어당겼다. 적극적이다. 먼저 정재국의 입에 입을 맞추더니 손을 뻗어 허리띠를 풀기 시작했다.

밤 11시 반, 저택으로 돌아온 정재국이 기다리고 있던 이칠성, 박상철에게 말했다.

"서쪽 담장의 12번 벤치에서 왕궁의 부속동이 가장 가까운 곳이야."

둘의 시선을 받은 정재국이 쓴웃음을 지었다.

"내가 12번 벤치에서 데이트를 했어."

오늘 정재국이 헤르나를 만난 것은 안쪽 건물과 바깥쪽과의 간격을 알려는 의도다. 왕궁의 구조를 알게 된 터라 오늘 밤 실제로 바깥쪽과 맞춰보려고 갔던 것이다. 12번 벤치는 왕궁에서 밖으로의 탈출로다. 고개를 든 정재국이 말을 이었다.

"12번 벤치가 왕궁의 부속건물 C에서 50미터 거리야. 담장 높이는 5미터, 위에 둥근 철조망이 있어서 담요나 판자로 덮어야 돼."

정재국이 손으로 왕궁 평면도의 담장 밖 12번 벤치를 짚었다. 정재국과 헤르나가 사랑을 나눈 장소다.

"이곳에서 사다리와 판자를 갖고 대기하고 있어야 돼."

이칠성과 박상철이 고개를 끄덕였다. 밖에서 안으로 사다리를 넘겨줘야 할 것이다. 정재국이 말을 이었다.

"내가 칠성이하고 둘이 안으로 들어가고 상철이가 12번 벤치에서 기다린다."

"제가요?"

박상철이 비명처럼 묻더니 고개를 흔들었다.

"전 싫습니다."

"명령이야."

가볍게 말한 정재국이 '씩' 웃고 나서 박상철을 보았다.

"군기가 빠졌군."

"대장님, 그것이……."

"입 닥치고 있어."

정재국이 지도를 내려다보면서 말을 이었다.

"칠성이는 모레 나하고 바이란을 만나러 가자."

이칠성이 고개를 끄덕였다. 바이란은 페르시아 극단 대표인 것이다.

"여기."

루트만이 페슈와트의 무릎 위에 쪽지를 놓았다.

"2백만 불이오."

페슈와트가 잠자코 쪽지만 보았고 루트만이 말을 이었다.

"그걸 페르시아 극단에 주시지요."

"알겠습니다."

쪽지를 집어 주머니에 넣은 페슈와트가 쓴웃음을 지었다.

"루트만 씨, 내 입장이 난처하게 되는 건 아니지요?"

"당신은 전혀 손해 볼 일이 없습니다."

루트만이 다시 주머니에서 쪽지를 꺼내 페슈와트에게 내밀었다.

"이거."

"뭡니까?"

"두 명의 이름이오."

루트만이 말을 이었다.

"둘 다 미국인이오. 일본계 미국인이지."

"이 둘을 극단에 취업시키라는 말이죠?"

"관리부죠."

"알았습니다. 받아들이도록 하지요."

고개를 끄덕인 페슈와트가 차 밖으로 나갔다. 이곳은 이스탄불 외곽의 상가 주차장 안, 깊은 밤이어서 어둠에 덮인 주차장 안에는 차가 2대뿐이다. 페슈와트가 탄 벤츠가 주차장을 빠져나갔을 때 루트만이 차에 시동을 걸었다.

하르키의 허리를 감아 안은 정재국이 귀에 대고 물었다.

"하르키, 넌 하고 싶은 일이 뭐냐?"

"무용수, 가수는 이미 포기했어요."

하르키가 바로 말했다.

"의류가게를 할 거예요."

"옷 가게?"

"시장 근처에서."

정재국의 가슴에 볼을 붙인 하르키가 눈을 가늘게 떴다.

"동생들 셋을 종업원으로 고용하면 돼요."

"그렇군."

"넷을 데려올 수도 있어요."

정재국은 잠자코 부드러운 하르키의 허리를 당겨 안았다.

카리프가 웃음 띤 얼굴로 할라비를 보았다. 밤 12시 반, 둘은 왕궁의 귀빈실 소파에 마주 앉아 있다.

"할라비, 바쁘지 않으면 여기서 더 쉬고 가지."

"바쁩니다."

할라비가 말을 이었다.

"수습할 일이 많아서요."

이번에 할라비는 카리프에게 사례하려고 온 것이다. 카리프가 목소리를 낮췄다.

"시간이 나면 내가 베이루트를 한번 들를 거야."

"환영합니다."

"비밀 방문이니까 당신만 알고 있도록."

"당연하지요. 그런데 언제쯤 오실 예정입니까?"

"다음 달쯤에."

카리프가 의자에 등을 붙였다.

"내가 한번 움직이면 여러 곳에서 신경을 쓰고 있어서 말야."

"CIA입니까?"

"후세인이 오래전부터 나를 노리고 있어."

할라비의 시선을 받은 카리프가 목소리를 낮췄다.

"그놈이 내가 배후에 있다는 것을 알고 있거든."

"당연히 알겠지요."

할라비의 얼굴에 쓴웃음이 번졌다. 이라크 국경 지역의 반군에 할라비도 무기 지원을 한 것이다. 물론 반군 지원의 총책은 카리프였다. 카리프가 말을 이었다.

"CIA가 움직인다는 정보는 없지만 후세인은 가만있을 놈이 아냐."

"후세인이 특명관을 운용하고 있다던데요, 들으셨습니까?"

할라비는 40대 중반으로 전사(戰士)다. 20세 때부터 20년이 넘도록 전쟁을 치러온 전문가다. 카리프의 검은 눈동자가 번들거렸다.

"들었어. 그 특명관 놈이 아시아계 용병 출신이라는 것도."

"이란이 여러 번 당했다는군요."

"사우드가 그놈한테 죽었지."

"소문은 들었는데 사실이군요."

"확실해."

잠깐 방 안에 정적이 덮였다. 카리프와 사우드는 호형호제하는 사이였던 것이다. 사우드 알 살람은 이란혁명수비대의 특공대 부사령관이었다. 그때 카리프가 자리에서 일어서며 말했다.

"떠나기 전에 파티나 한번 하지."

'페르시아 극단'은 이스탄불 중심부에 위치한 오마르 거리의 끝 쪽에 위치하고 있다. 500명은 수용할 수 있는 관람석과 사무실을 갖춘 3층 건물이지만 오래된 건물이다. 교회 건물을 개조한 것이어서 안쪽 무대의 벽 위에는 아직도 십자가가 붙어 있다. 정재국과 이칠성이 2층 대표실로 들어섰을 때는 오전 11시다. 대표실에는 바이란과 아디스가 기다리고 있었는데 아디스는 바이란의 정부 겸 극단의 실질적인 주주나 마찬가지였기 때문이다. 정재국과 이칠성은 말쑥한 양복 차림으로 둘 다 콧수염, 턱수염을 길렀다. 피부도 까무잡잡해서 아랍계로도 보인다. 둘의 인사를 받은 바이란이 손을 내밀었다.

"어서 오시오."

"데니스 정입니다."

악수를 나눈 둘은 자리에 앉았다. 아디스는 시선만 준 채 고개를 끄덕여 인사했다. 이미 페슈와트로부터 이야기를 다 들은 터라 바이란이 먼저 정재국에게 물었다.

"어제 페슈와트 회장님이 당신들의 이력서를 보내주셨소. 업무관리 전문이더군."

"그렇습니다."

어깨를 편 정재국이 바이란을 보았다. 모두 위조된 것이지만 확인해도 정확하게 들어맞을 것이다. 모두 CIA가 만들어 주었기 때문이다.

"페슈와트 해운의 싱가포르 지점에서 근무하다가 이번에 지시를 받았습니다."

"그렇군."

이력서를 본 바이란이 말을 이었다.

"우리 극단 자금 운용 상황이야 단순하니까 별로 어렵지 않을 거야."

"알고 있습니다, 대표님."

정재국의 얼굴에 웃음이 떠올랐다.

"저는 그저 장식용입니다, 대표님."

"무슨 말인가?"

"저도 직장생활을 10년 가깝게 해서 제가 어떤 역할인지 압니다."

"그래?"

바이란의 눈이 가늘게 떠졌다. 호기심이 가득 찬 표정이다.

"말해보지, 데니스."

아디스의 눈도 반짝였다. 의자에 등을 붙이고는 정재국을 응시하고 있다. 정재국이 말을 이었다.

"이번에 극단에 지원한 자금은 페슈와트 재단에서 지급했기 때문이죠."

"알고 있어."

"재단 자금이 출연됐으니까 그 경비 내역이 재단 사무국에 제출되어야 합니다."

"들었어."

"그래서 저희들이 파견된 셈인데요."

어깨를 편 정재국이 바이란과 아디스를 번갈아 보았다.

"저한테 신경 쓰지 않으셔도 됩니다. '재단 사무국'과 주주들한테 보이기 위한 장식용이니까요."

"마음에 드는군."

마침내 바이란의 얼굴에 웃음이 떠올랐다. 페슈와트한테서 이야기는 들었지만 이제 홀가분해진 것이다. 2백만 불은 받았어도 그 사용 내역을 주주들한테 보고해야 된다는 페슈와트의 말에 조금 찜찜했던 바이란이다. 페슈와트는 '형식적'이라고만 말했는데 파견된 당사자가 '장식용'이라고 직접 표현했다. 그때 바이란의 시선이 이칠성에게로 옮겨졌다.

"운전 경력이 10년이군."

그러고는 끝이다. 이칠성은 운전사로 '덤'으로 고용되었다. 2백만 불 지원을 받은 상황에 운전사 하나쯤은 문제도 아니다.

"내일부터 출근하지."

이력서를 치우면서 바이란이 말했다.

극단을 나왔을 때 정재국이 이칠성에게 말했다.

"내일 출근해서 일주일만 근무하면 돼."

옆에 붙어 선 이칠성에게 말을 잇는다.

"일주일 후에 공연이야."

이칠성이 고개만 끄덕였다. 페슈와트는 '페르시아 극단'의 공연 스케줄을 입수한 것이다. '페르시아 극단'은 일주일 후에 카리프의 왕궁에서 공연할 계획이다.

"하르키, 난 내일 떠난다."

그날 밤 하르키를 가슴에 안은 정재국이 말했다. 밤 12시 반쯤 되었다. 놀란 듯 하르키가 숨을 죽이더니 고개를 들었다. 방의 불을 켜 놓았기 때문에 하르키의 눈동자가 반짝이고 있다. 정재국이 하르키의 허리를 당겨 안은 채 말을 이었다.

"이곳에서의 일이 내일 끝날 거야."

"……."

"내일 이 집 안도 정리가 돼. 하인들도 내보낼 거야."

"……."

"하르키, 넌 여기 온 지 며칠이지?"

"열흘."

하르키의 목소리는 가라앉아 있다. 얼굴을 다시 정재국의 가슴에 붙인 하르키가 말을 이었다.

"행복했어요, 덴."

"네 덕분에 우리도 안정된 상태에서 일할 수 있었어."

"열흘간이었지만 꿈꾸던 귀족 생활을 했어요, 덴."

하르키의 숨결이 가슴을 타고 지나갔다.

"그럼 미국으로 돌아가는 건가요?"

"응."

"이스탄불에는 다시 오겠죠?"

"오겠지."

정재국이 하르키의 벗은 상반신을 힘주어 안았다.

"하르키, 탁자 위의 가방에 10만 달러가 들어있어."

정재국이 하르키의 귀에 입술을 붙였다.

"그것으로 네 동생들하고 같이 옷가게를 차려라."

"……."

"다음에 내가 그 옷가게로 널 찾아가면 되겠지."

정재국의 눈앞에 배영미의 얼굴이 떠올랐다가 지워졌다. 같은 상황, 같은 분위기다. 어느덧 배영미를 잊고 있었지만 죄책감이 일어나지 않는다. 지금까지 작전 중에 수십 명의 생명을 살상했지만 그것에 대한 죄책감이 일어나지 않는 것과 비슷하다. 배영미, 하르키 등을 이용한 것은 아니다. '작전 중' 또는 '휴가 중'의 대상이었고 그 대가는 다 지불했다. 그것으로 잊고 끝내자.

사흘 후, 페르시아 극단 사무실에서 관리부장 정재국에게 극단 대표 바이란이 말했다.

"나흘 후에 코만성 공연인데 경비 계산을 했더니 6만 리라가 나왔어."

6만 리라면 3만2천 불이다. 정재국이 고개를 끄덕였다.

"알겠습니다. 자금 준비를 하지요."

"건별로 지급해주겠나?"

"아닙니다. 나중에 영수증이나 갖다 주시지요."

정재국이 정색하고 바이란을 보았다.

"하수스 부장한테 일괄 지급하면 되겠지요?"

"아, 그러는 게 편리하지."

바이란이 고개를 끄덕였다. 하수스는 구매부장으로 바이란의 동생이다. 지금까지 하수스는 바이란과 짜고 공금을 횡령해온 것이다. 지금까지 극단에서 구매하는 자재 대금의 절반 정도는 가짜 계약서를 작성해서 횡령하고 바이란과 나눠 먹었다. 그런데 자금을 관리하게 된 관리부장이 대금을 일괄 지급하겠다니, 바이란의 눈에는 정재국이 천사처럼 보였다. 그때 정재국이 물었다.

"대표님, 이번 공연 때 저도 코만성에 가면 안 됩니까? 말로만 듣던 왕궁 구경을 하고 싶은데요."

"아, 그래."

바이란이 정재국의 말이 끝나기도 전에 대답했다. 어깨를 편 바이란이 엄숙한 표정을 지었다.

"거긴 장관도 함부로 못 들어가는 곳이야. 하지만 우리 극단은 예외지. 자네는 조연출로 참가해."

"감사합니다. 덕분에 코만성 구경을 하게 되었습니다."

"코만성 안으로 들어갈 수 있는 극단은 터키에서 3개뿐이야."

바이란이 으스대었다.

"내 덕분인 줄 알라고."

"장비를 실을 트럭은 2대 준비해야겠군요."

정재국이 말을 이었다.

"서둘러 준비하겠습니다."

"자네는 큰 회사에서 근무한 관록이 보이는군."

고개를 끄덕이면서 바이란이 칭찬했다.

"내일까지 경비 지급해주게."

"잠깐만."

뒤에서 부르는 소리에 아우라반이 고개를 돌렸다. 사내 둘이 다가오고 있다. 엠파타호텔 후문 앞이다. 후문 건너편 주차장에 주차시킨 차로 다가가던 중이었다. 오후 1시 반, 거리는 한산하다.

"무슨 일이야?"

다가선 사내 둘은 30대쯤으로 양복 차림이다. 아우라반은 사내 뒤쪽의 길가에 주차된 검정색 승용차를 보았다.

"잠깐 같이 가시지요."

사내 하나가 주머니에서 신분증을 꺼내 보이면서 말했다. 힐끗 신분증을 본 아우라반은 붉은 줄이 3개 빗금으로 그려져 있는 것을 보았다. 아우라반의 눈썹이 모아졌다. '터키국가정보국원' 신분증이다. 사내들이 바짝 다가섰다.

"가서 이야기 하십시다."

사내 하나가 손을 뻗쳐 아우라반의 팔목을 쥐었다. 아우라반은 숨을 들이켰다. 3초쯤 되는 순간에 아우라반의 머릿속에 수많은 생각이 떠올랐다가 지워졌다. '국가정보국'은 반역 테러범만 직접 체포를 하는 것이다. 그 외에는 경찰, 군감찰대가 맡는다. '국가정보국'이 나섰다는 것은 그 '혐의'를 받고 있다는 의미다. 올 것이 왔다, 그것도 빨리. 아우라반은 군 출신이다. 더구나 순발력이 절대적으로 필요한 특전대였다. 다음 순간 주머니에서 브라우닝을 꺼낸 아우라반이 팔을 잡은 사내의 가슴에 대고 쏘았다.

"퍽!"

소음기를 끼지 않았지만 가슴을 찌르면서 발사했기 때문에 소리가 그렇게 났다. 아우라반은 사내가 쓰러지기도 전에 총구를 돌려 옆쪽 사내를 쏘았다.

"타앙!"

이번에는 요란한 총성이 울렸다. 얼굴 한복판에 구멍이 뚫린 사내가 뒤로 벌떡 넘어졌을 때 그 뒤쪽 승용차의 문이 열렸다. 앞뒤 쪽 문이 동시에 열린 것이다. 밖으로 뛰쳐나온 두 사내 중 뒤쪽 사내가 권총을 쥐었다. 앞쪽 사내는 내리면서 재킷 안쪽에 손을 쑤셔 넣고 있다. 그때 아우라반이 손을 쭉 뻗고 브라우닝을 쏘았다.

"탕. 탕. 탕."

세 발이 발사되었다. 먼저 뒤쪽 사내가 가슴과 목에 총탄을 맞고 주저앉았고 앞쪽 사내는 다리에 맞고 몸을 구부렸다. 아우라반이 다시 쏘았다.

"탕. 탕. 탕."

앞쪽 사내의 머리에서 피가 튀었다. 그때 차 뒤쪽에서 사내의 머리통과 어깨 부분만 드러나더니 총성이 울렸다.

"탕. 탕. 탕."

그 순간 아우라반은 가슴에 충격을 받고 두 걸음이나 뒤로 물러섰다. 그러나 총을 겨누고 쏘았다.

"탕. 탕. 탕."

두 발이 빗나갔고 한 발이 사내의 어깨에 맞았다.

"탕. 탕."

다시 사내가 쏜 총탄 한 발이 아우라반의 배에 맞았다.

"탕. 탕. 철컥."

방아쇠를 당겼지만 노리쇠가 쇳소리를 냈다. 두 발 다 빗나갔다. 그때 아우라반의 뒤에서 사내 하나가 몸통을 끌어안았다. 그러자 입에서 울컥 피가 뿜어졌다. 아우라반은 아직 잡히지 않은 팔을 굽혀 브라우닝을 제 턱 밑에 붙였다. 노리쇠가 헛방을 쳤지만 탄창에 14발이 들었고 이제 1발이 남았다. 그것이 불발이었기 때문에 다시 격발시킨다. 아우라반이 다시 방아쇠를 당겼다.

"탕!"

이번에는 제대로 발사되었다. 총탄이 턱 밑에서 머리 위를 뚫고 나갔다.

아우라반의 사건은 보도되지 않았다. '국가정보국'에서 언론을 통제했기 때문이다. 그러나 오후 4시 반, 정재국이 루트만의 연락을 받는다. 사무실로 전화가 온 것이다.

"잠깐 극단 뒤쪽 골목으로 나오시지요."

뜬금없이 그렇게만 말하고 통화가 끊겼지만 루트만이다. 장부를 덮은 정재국이 사무실을 나가다가 복도에서 이칠성을 만났다. 이칠성은 극단 트럭의 운전사로 고용되어서 노는 시간이 많다. 극단에 장치 운반용 고물 트럭이 2대 있었지만 경비를 절약하려고 운전사는 고용하지 않고 있었기 때문이다. 고개만 끄덕여 보인 정재국이 후문으로 나왔을 때 길 건너편에 주차된 검정색 승용차를 보았다. 승용차로 다가가자 뒤쪽 창문이 손톱만큼 열리더니 손가락 하나가 뒤쪽을 가리켰다. 반대편에서 타라는 신호다. 차를 돌아 뒷문으로 들어섰을 때 안쪽에 앉아 있던 루트만이 말했다. 차 안은 선팅이 되어서 밖에서는 보이지 않는다.

"아우라반이 죽었습니다."

정재국의 시선을 받은 루트만이 말을 이었다.

"언론에는 보도되지 않았지만 체포하려는 '국가정보국' 요원들을 사살하고 자살한 것 같습니다."

"……."

"체포되면 자백하지 않을 수 없다는 것을 잘 알고 있거든요."

"……."

"'국가정보국'이 어디까지 알고 있는지 모르지만 급해졌습니다."

정재국이 고개만 끄덕였다. 누가 빠르냐에 승부가 달려있다.

"카리프, 후세인은 미국 입장에서 봐도 죽어도 마땅한 놈이야. 아니, 죽으면 시원해할 놈이라고."

수화구에서 술라이만의 목소리가 울렸다.

"겉으로는 이란을 견제시키려고 내색하지 않지만 후세인을 누가 죽인다면 절을 해주고 싶을 거네."

"지난번 호마칸족이 소탕되면서 국경지대에서 우리가 후세인하고 직접 부딪치게 되었습니다."

오늘은 술라이만이 카리프에게 연락을 한 것이다. 카리프가 외출을 하지 않기 때문에 둘은 자주 전화 연락을 한다. 그때 술라이만이 말했다.

"정보국장 보고를 들었는데 아우라반이 CIA 놈들하고 자주 접촉했어."

"아우라반 말입니까? 특공대 대령으로 예편한 놈 말이지요?"

"그래, 그놈이 CIA 첩자야."

술라이만이 말을 이었다.

"그래서 오늘 정보국에서 그놈을 체포해서 심문하려고 했더니 총을 쏴서 셋을 죽이고 자살했어."

"……."

"무슨 음모를 꾸미고 있는 것 같네."

"누가 말씀입니까?"

"누군 누구야? 적대세력이지."

카리프가 숨을 골랐다. 적대세력이란 CIA도 포함되지만 후세인일 것이다. 그때 카리프가 말했다.

"감사합니다, 각하."

"무슨 말이야? 자네하고 나는 일심동체야. 우리는 힘을 합쳐서 국난에 대비해야 한다고."

"당연하지요."

"우리도 대비하겠지만 자네도 긴장하고 있어야 돼."

"제가 앞장을 서지요."

카리프가 단호하게 말했다.

"저한테 맡기시지요. 우리 터키는 아무도 건드리지 못합니다."

"사흘 후야."

정재국이 가라앉은 목소리로 말했다.

"정신 똑바로 차려."

그때 이칠성이 어깨를 늘어뜨리면서 대답했다.

"긴장하면 오히려 명중률이 떨어집니다. 어깨에 힘을 풀고 쏴야 합니다."

"이 자식이."

눈을 흘긴 정재국이 고개를 돌려 박상철을 보았다.

"너, 사다리하고 덮개 준비했지?"

"사다리는 준비했습니다."

박상철이 말을 이었다.

"5미터짜리인데 철조망 위를 덮어씌울 카펫은 밑에 방수포를 붙인 천막이 어울립니다. 내일 시장에서 사오지요."

고개를 끄덕인 정재국이 다시 이칠성에게 말했다.

"무기는 권총 2정, 기관총 2정이면 돼. 많이 가져갈 필요 없어."

"수류탄도 5발만 넣겠습니다."

"소음기는 필요 없어."

"탄창은 5개씩."

"좋아."

고개를 끄덕인 정재국이 길게 숨을 뱉었다. 이곳은 아시아 지역의 주택가 안, 이제 30평형 규모의 단층 저택에서 셋이 살고 있다. 앞에 마당이 있기는 하지만 맨땅이다. 밤 10시 반이다. 그때 자리에서 일어선 박상철이 말했다.

"저녁 준비를 하지요."

몸을 돌린 박상철이 주방으로 나가면서 혼잣말을 했다.

"귀족이 되었다가 거지가 된 것 같군요."

"야, 사흘만 참아라."

이칠성이 박상철의 등에 대고 말했다.

"일 끝내고 왕자처럼 놀자."

"아우라반의 부하 하나가 '국가정보국' 요원에게 체포되었습니다."

정보원 하심이 말하자 루트만이 호흡을 골랐다. 오후 11시 반, 보스포루스 다리 근처의 카페 안, 자욱한 담배 연기 속이라 바로 앞자리에 앉은 하심의 얼굴이 잘 보이지 않는다. 소음까지 심해서 하심이 상반신을 굽힌 채 말을 이었다.

"아우라반하고 같이 다니던 부하라 내막을 알고 있을 겁니다."

루트만이 고개만 끄덕였다. 예상은 했다.

"데니스, 당신 결혼했어요?"

아디스가 묻자 정재국이 고개를 들었다. 사무실 안, 오전 11시, 이틀 후로 다가온 공연 준비로 극단 분위기는 활기에 차 있다. 아래층 무대에서는 연극 리허설이 진행되고 있다.

"아니, 안 했습니다."

"여자 친구는?"

"많죠."

정재국이 똑바로 아디스를 보았다.

"왜 물으십니까?"

"없으면 소개시켜 주려고."

앞쪽 소파에 앉은 아디스가 눈웃음을 쳤다. 한쪽 다리를 꼬고 앉아서 스커트 사이로 빠져나온 허벅지가 다 드러났다. 42세였지만 탄력이 느껴지는 다리다. 정재국이 쓴웃음만 지었을 때 아디스가 말을 이었다.

"어때? 내 보조 무용수 중에서 잘 빠진 애가 있는데 걔도 애인이 없어."

"정말입니까?"

정재국이 눈을 크게 뜨더니 입 안에 고인 침까지 삼켰다.

"누구 말입니까?"

"차석 보조 유레카야. 알아?"

"모릅니다. 내가 온 지 며칠 안 되었지 않습니까?"

"유레카는 데니스를 여러 번 봤다던데. 검은 머리가 길고 눈이 예쁜 애."

"대부분이 머리 길고 예쁘던데……."

그러자 아디스가 웃었다.

"난 어때? 예뻐?"

정재국이 숨을 들이켰다. 사무실 안에는 둘뿐이다. 다시 입 안의 침을 삼킨 정재국이 아디스를 보았다.

"최고지요."

"무슨 말이야?"

"당신처럼 날씬하고 아름다운 여자는 처음 보았습니다."

"흐흐."

손바닥으로 입을 가린 아디스가 짧게 웃었다.

"그래? 정말이야?"

"당신 같은 애인이 있다면 내가 사흘만 살아도 좋습니다."

"흐흐흐."

아디스가 웃고 나서 지그시 정재국을 보았다.

"농담도 잘하는군, 데니스."

"진심입니다."

아디스가 다리를 풀고 자리에서 일어서며 말했다.

"시간 나면 연락할게."

"미국인이었습니다."

아말이 헐떡이며 말했다. 눈동자가 흐려져 있고 반쯤 벌어진 입 끝에서 침이 흘러내리는 중이다.

"미국인?"

다가선 카르탄이 망치 끝으로 아말의 턱을 쳐올렸다. 아말의 머리가 치켜 올라갔다. '국가정보국'의 안가 안, 오전 11시 반, 한낮인데도 방 안에는 불을 밝혔고 후덥지근한 공기 속에 피비린내가 맡아졌다. 방 안에는 다섯 명이 둘러 서 있었는데 지금 11시간째 아말을 고문하는 중이다. 아말은 아우라반의 운전사 겸 경호원이었던 것이다. 카르탄이 망치를 쥔 채 다시 물었다.

"미국 놈이란 말이지? 자, 천천히, 인상착의부터 말해."

"예, 키가 컸습니다. 수염이 났고……."

아말의 두 눈이 감겼다가 겨우 떼어졌다. 이제 입 끝에서 피가 흘러내린다. 의자에 묶인 두 손의 손가락이 모두 망치로 부서져 있다. 손톱을 다 뽑고 나서 부숴기 때문에 이건 손이 아니다.

"그놈이 뭐 하러 왔다는 거야?"

"모릅니다."

아말이 억양 없는 목소리로 말했다. 11시간 만에 아우라반이 미국인과 접촉했다고 털어놓은 것이다. 그러다가 다시 모른다고 한다. 카르탄의 얼굴에 쓴웃음이 번졌다.

"이놈 물을 좀 먹여라."

카르탄이 뒤에 선 부하들에게 지시했다.

"손에 썩지 않게 알코올도 뿌려주고."

한 걸음 뒤로 물러선 카르탄이 말을 이었다.

"하지만 잠을 재우진 마."

고문 전문가인 카르탄은 시간만 있으면 누구든, 단 한 명도 빠짐없이 다 자백을 받아낸다는 자부심을 갖고 있다. 고문을 당해내는 인간은 없는 것이다.

4장
불타는 코만 왕국

"데니스 정은 페슈와트 해운의 싱가포르 지점 관리부 하급 매니저였어. 싱가포르에서 5년을 근무했더군."

바이란이 커피 잔을 들면서 말했다.

"내가 누구냐? 이래봬도 페르시아 극단을 25년째 운영해온 사람이야. 어설픈 가짜 신분쯤은 가려낼 수 있다고."

"확인했어요?"

놀란 표정으로 아디스가 묻자 바이란이 고개를 끄덕였다.

"싱가포르의 지인한테 부탁했어. 이력서 받은 지 12시간 만에 확인을 했다고."

"그렇군요, 결혼은?"

"미혼."

한 모금 커피를 삼킨 바이란이 말을 이었다.

"운전사로 온 놈은 방콕 페슈와트 해운지사에서 근무하던 놈이야. 두 놈이 유급휴가 중이었는데 이번에 임시로 우리한테 파견된 셈이지."

"곧 돌아가겠군요."

"페슈와트가 주주들한테 보이려고 파견한 흉내를 낸 거야. 신경 써줘서 고맙긴 해."

"페슈와트가 우릴 살려 주었어요, 바이란."

"경비에서 남긴 돈은 절반씩 나눠줄 테니까 걱정 말고 기다려."

바이란이 정색하고 말하자 아디스는 웃기만 했다.

"데니스?"

전화기를 귀에 붙였을 때 수화구에서 여자 목소리가 울렸다.

"예, 난데요."

정재국의 시선이 벽시계로 옮겨졌다. 오후 5시 50분, 퇴근 시간 10분 전이다. 그때 여자가 말했다.

"나, 아디스야."

아디스와는 첫 전화통화다.

"아, 아디스 님, 웬일입니까?"

"오늘 저녁에 시간 있어요?"

"예, 있습니다."

"그럼 나하고 술 한잔해요."

"좋습니다."

정재국의 얼굴에 웃음이 떠올랐다. 예상은 했다.

오후 8시 반, 정재국이 '슈크' 카페에 들어서자 매니저가 다가와 물었다.

"찾으시는 분 있습니까?"

"아디스."

"아."

정색한 매니저가 몸을 돌리면서 말했다.

"따라오시지요."

매니저가 안내한 곳은 카페 안쪽의 밀실이다. 복도를 10미터쯤 들어간 맨 끝 방으로 홀에서는 보이지도 않는다. 방 안으로 들어서자 술잔을 들고 있던 아디스가 환하게 웃으면서 맞았다.

"어서 와, 기다리고 있었어."

아디스는 가슴이 절반쯤이나 보이는 재킷을 입었다. 풍만한 가슴이 밖으로 터져 나올 것 같다. 앞쪽 자리에 앉았더니 아디스가 손으로 옆자리를 두드렸다.

"옆에 앉아, 덴."

아디스의 두 눈이 번들거렸다. 밀실 안, 방음 장치까지 되어 있어서 밖으로 소음은 딱 끊겼다. 옆에 앉은 정재국의 잔에 술잔을 놓으면서 아디스가 웃었다.

"덴, 겁내지 마."

둘이 엉키기까지는 채 30분도 걸리지 않았다. 풍만한 몸을 기대어 오면서 손으로 정재국의 허벅지를 쓸어 올리는 데는 견딜 재간이 없다. 아니, 그것을 거부하면 의심받게 될 테니 당연한 일이다. 둘은 소파 위에서 엉켰다. 놀랄 일은 아디스가 팬티도 입지 않고 있었다는 것이다. 아디스는 마음껏 신음을 뱉었는데 방에 방음 장치가 되어 있다는 것을 알기 때문일 것이다. 그리고 이 방을 자주 이용한 것 같다. 정재국도 마음 놓고 몰두했다. '현실에 최선을 다하자.' 이것은 군(軍) 작전에도 응용된다.

1시간쯤이 지난 후에 아디스가 머리까지 차분하게 매만진 후에 상기된 얼굴로 정재국을 보았다. 눈빛이 가득 호의에 덮여 있다. 공기 순환이 안 된 방 안은 후덥지근했고 비린 분비물 냄새로 덮여 있다.

"덴, 나, 죽을 뻔했어."

어깨를 늘어뜨린 아디스가 한숨까지 쉬었다.

"덴, 당신 대단해."

"나도 당신 같은 몸은 처음이오."

할 수 없이 정재국도 화답했지만 절반은 맞는 말이다. 아디스의 몸은 오묘했다. 아무리 퍼내도 샘물이 솟아 나오는 신비의 샘 같았다. 그래서 정재국도 빨려들어 간 것이다. 그때 아디스가 정재국의 어깨를 감싸 안고 입을 맞췄다. 따스한 숨결에서 살구 냄새가 맡아졌다.

"덴."

"예, 마담."

"내 집 알려줄 테니까 내 집으로 와. 앞으로는 말야."

"그래도 됩니까?"

"내 집에는 아무도 올 수 없어."

아디스가 손을 뻗쳐 정재국의 사타구니를 쓸었다. 눈이 다시 번들거리고 있다.

"바이란하고도 밖에서 만나. 나하고 바이란에 대한 소문 들었지?"

"모릅니다."

대답은 그렇게 했지만 극단에 들어오기 전부터 알고 있었다. 하지만 집에 끌어들이지 않았다는 말은 처음 듣는다. 그때 아디스가 물었다.

"덴, 내 의상비는 대표 결재 없어도 지급되는 거 알고 있지?"

"압니다."

"모레 코만성 공연에 입을 의상비가 필요해. 내일 지급할 수 있지?"

"지급해 드려야죠."

"50만 리라야."

정재국이 숨을 멈췄다. 10만 불이다. 이년이 금으로 된 무용복을 입을 예정인가? 이제야 아디스가 이곳으로 유인하여 몸까지 내놓은 이유를 알겠다. 아디스의 시선을 받은 정재국이 빙그레 웃었다.

"물론 대표 모르게 지급해야겠지요?"

"그건 덴의 권한이지, 대표가 지급 내역을 보자고 할 수도 없을 테니까."

아디스가 정재국의 사타구니를 힘주어 쥐었다.

"덴, 오늘 밤 우리 집에 갈까?"

정재국이 고개를 끄덕였다.

"좋습니다. 공연 끝나고 집에 가지요."

아디스의 허리를 당겨 안은 정재국이 말을 이었다.

"오늘은 여기서 끝냅시다."

"덴은 슈퍼맨이야."

아디스가 다시 치마를 끌어 올리면서 헐떡였다.

"아닙니다. 동양인입니다."

아말이 흐린 눈으로 더듬더듬 말했다.

"뭐? 동양인?"

놀란 카르탄이 바짝 다가섰다. 두 눈을 부릅뜨고 있다.

"그게 무슨 말이냐? 미국인이라면서?"

고함치듯 물었을 때 아말의 눈동자에 조금 초점이 잡혀졌다. 카르탄의 외침에 정신이 조금 든 것 같다. 다시 고문이 시작되어 이제는 아말의 발톱 7개가 빠져나갔다. 방 안에는 피비린내가 진동했고 후덥지근했다. 카르탄이 다시 소리쳤다.

"자세히 말해! 어떤 동양인이냐!"

그때 아말이 입술을 달싹이면서 겨우 말했다.

"귀를, 귀를 좀 가까이."

카르탄이 와락 아말에게 얼굴을 붙였다. 그러고는 얼굴을 비틀어 아말의 입에 귀 쪽을 붙였다. 그때 아말의 입이 열렸다. 그러고는 더 크게 벌어졌다. 다음 순간 아말이 쩍 벌린 입으로 카르탄의 볼을 물었다. 뒤쪽에 선 마코는 숨을 들이켰다. 아말의 입 안에 카르탄의 볼이 다 들어갔다.

"으아악!"

놀란 카르탄이 두 손으로 아말의 어깨를 밀었지만 떼어지지 않았다. 그때서야 뒤쪽 부하들이 달려들어 아말의 머리를 밀었지만 요지부동이다.

"아아아악!"

카르탄의 비명이 방 안을 가득 메웠다.

"떼어내!"

마코가 주먹으로 아말의 머리를 내려쳤지만 오히려 더 악물려졌다. 그때 부하 하나가 아말의 머리를 쇠뭉치로 내려쳤고 아말의 머리를 젖혔는데 입 안에 가득 카르탄의 얼굴 살이 물려 있다. 피비린내가 풍기면서 카르탄의 끔찍한 모습이 드러났다. 카르탄의 얼굴 반쪽이 뜯겨 나간 것이다. 아말의 입에는 주먹만 한 고깃덩이가 물려 있었는데 눈의 흰자위가 위로 솟아서 흰자위로 뒤덮였다. 아말은 이제 머리가 부서지고 기도가 막혀서 숨이 끊어진 상태다.

"아아아악!"

볼을 두 손으로 감싼 카르탄이 다시 비명을 질렀다. 온갖 잔인한 고문을 눈도 깜박이지 않고 해치우던 카르탄이다. 그런데 지금 얼굴 한쪽이 떼어졌다고 세상이 떠나갈 것처럼 지랄발광을 하고 있다.

"아우라반이 접촉한 사내 중에는 동양인이 없다고 합니다."

부관의 보고를 받은 살라피가 이맛살을 모았다.

"그것뿐이냐?"

"예, 각하."

부관이 시선을 내렸다.

"지금 카르탄은 볼의 한쪽이 뜯겨 나가서 수술 중입니다."

"병신 같은 놈."

고문을 하던 상대에게 물려서 얼굴이 뜯겨 나간 고문자는 듣도 보도 못했다. 살라피가 벌레를 보는 것처럼 부관을 노려보았다.

"카르탄 그놈을 파면시켜. 정보국의 수치다."

"예, 각하."

살라피가 어깨를 부풀렸다가 내렸다. 아우라반이 만난 동양인은 누구란 말인가? 심상치 않다는 생각이 들었지만 대통령 술라이만한테 보고할 내용이 없다, 아우라반의 부하를 잡아 고문하다가 담당자가 볼이 떨어져 나갔고 부하는 머리통이 부서져서 죽었으니까. 그것이 알려진다면 살라피까지 무능하다는 평가를 받게 될 것이다.

공연 날 아침, '페르시아 극단'의 아래층 극장에 공연 참가 인원의 마지막 오리엔테이션이 열렸다. 지금까지 수백 번 공연을 해온 터라 정재국이 보기에도 일사불란한 움직임이다.

총지휘는 극단대표 바이란. 이번에 극단이 펼칠 레퍼토리는 극단의 간

판스타인 아디스의 전통 무용이 핵심이었기 때문에 3시간 공연 중 마지막 30분으로 배정되었다. 참가 단원은 모두 52명, 연출, 설치, 기계, 전기, 보조 등의 인원 37명. 정재국은 조연출로 임명되어 연출가 옆에 서 있는 역할이고 이칠성은 트럭 운전사다.

오리엔테이션이 끝났을 때는 오후 12시 반, 이제 4시에 출발할 때까지 휴식이다. 그런데 선발대는 1시 반에 출발해서 코만성으로 가 미리 준비를 해놓아야 한다. 공연은 8시 반에 시작되는 것이다.

정재국은 연출가 비샵과 함께 선발대에 끼게 되었는데 비샵은 50대 중반으로 전문가다. 며칠 페르시아 극단을 겪은 정재국은 비샵이야말로 진정한 예술가이며 전문가라고 느꼈다. 극단대표인 바이란은 교활한 장사꾼일 뿐이며 극단의 얼굴인 아디스는 간판을 팔아먹는 창녀다. 아디스의 무용을 보지 않은 터라 어제 옷값으로 50만 리라를 슬쩍 건네준 후에 그 생각이 더 깊어졌다.

정재국은 비샵과 함께 승용차에 타고 코만성으로 출발했다. 페르시아 극단 로고가 붙은 극단 전용의 낡은 승용차다. 극단대표 바이란은 벤츠를 제 개인용으로만 타고 다녔고 아디스는 롤스로이스다. 영국의 팬인 대기업 회장한테서 선물을 받았다고 했다.

"이봐, 덴, 아디스의 공연은 처음 보는 건가?"

차 안에서 비샵이 물었다. 오후 1시 40분, 차는 코만성을 향해 달려가고 있다. 길이 막혔지만 앞으로 나가기는 한다. 1시간쯤 걸린다고 했다.

"예, 리허설도 안 하던데 괜찮습니까?"

"아디스의 무용은 이미 몸에 배었으니까 안 해도 돼. 믿을 만해."

비샵이 반백의 콧수염을 밀어 올리며 웃었다.

"카리프는 아디스의 춤 따위는 관심도 없으니까."

"그럼 뭐를 좋아합니까, 연극?"

"아냐."

핸들을 잡은 비샵이 앞쪽을 향한 채 짧게 말했다.

"몸."

"그렇군요."

"지난번에도 아디스가 춤출 때는 손님하고 이야기하느라고 보지도 않더군."

"그렇군요."

"아마 오늘 밤에는 아디스가 카리프의 별관에서 자고 갈 거야."

비샵이 고개를 돌려 정재국을 보았다. 얼굴에 쓴웃음이 떠올라 있다.

"이런 공연은 자네가 연출을 해도 돼."

코만성 정문에서의 검사는 철저했다. 신분확인에다 차 밑바닥, 가방까지 조사했다. 비샵의 뒤를 따르는 차에는 소품을 실은 극단 트럭이 따르고 있었는데 아디스의 전통 무용 소품이 실려 있다. 정문의 경비원 셋은 트럭 위에까지 올라와 물품을 검사했는데 건성이다. 차에서 내린 비샵과 정재국이 검사를 기다리면서 담배를 피웠다. 담배를 피우던 정재국의 시선이 트럭 운전석에서 내려 서 있는 이칠성에게로 옮겨졌다. 이칠성이 트럭을 운전하고 따라온 것이다. 정재국이 시선을 돌렸을 때 경비가 소리쳤다.

"오케이! 들어가시오!"

코만 왕궁의 정원은 축구장 3개를 합친 것만큼 컸다. 그 뒤쪽에 황금색 원형 탑 밑으로 흰색 대리석 3층 본관이 서 있다. 웅장한 건물이다. 넓이가 1백 미터도 넘었고 좌우에 2층 별관이 독수리 날개처럼 펼쳐져 있다. 비샵이 본관의 왼쪽으로 다가가면서 말했다.

"내가 네 번째 이곳에 오지만 항상 봐도 엄청난 규모야."

비샵이 한숨을 쉬었다.

"카리프는 저기서 왕처럼 살고 있다네."

비샵도 카리프의 정체를 알고 있는 것이다. 아니, 터키인치고 모르는 사람이 있겠는가? 이윽고 차가 본관 왼쪽의 입구에서 멈췄다.

"대장, 지금 꺼내는 것이 낫지 않을까요? 불안해서 그럽니다."

이칠성이 힐끗 가방에 시선을 주고 나서 물었다. 검정 바탕에 아디스의 전신사진이 프린트 된 가죽 가방이다. 그 가방이 4개나 되었는데 아디스의 소품이 들어 있는 것이다. 경비병들은 다른 소품 가방은 안을 기웃거렸지만 아디스 가방은 손도 대지 않았다. 아디스와 카리프와의 사이를 아는 데다 가방을 열었다가 뭐가 분실되었다고 한다면 온전하지 못할 것이었다. 정재국이 고개를 저었다.

"시작하기 직전까지 놔둬."

이곳은 공연장이 될 대연회장이다. 연회장 입구 쪽에 칸막이를 치고 소품을 들여놓았는데 그 옆쪽에는 탈의실, 분장실로 구분해 놓았다. 비샵의 지휘로 구획 정리를 하는 중이다. 오후 3시 반, 곧 나머지 장비가 4시 반쯤 도착할 것이고 출연진은 6시까지 올 것이었다. 오늘의 주인공 아디스의 분장실은 제일 안쪽에 만들어졌고 소품 가방 4개는 구석에 쌓여 있다. 정재국이 다시 가방에다 시선을 주고 나서 말을 이었다.

"아디스가 소품 가방을 열기 전까지 기다리기로 하자."

가방 안에는 무기가 들어 있는 것이다. 아디스의 소품과 함께 갈릴 기관총 2정, 탄창 6개, 브라우닝 2정과 탄창 6개, 수류탄 6개가 포함되었다.

오후 4시, 카리프는 보좌관 알리가 건네주는 전화기를 받아들었다. 지금 국가정보국장 살라피의 전화를 받는 것이다. 전화기를 귀에 붙인 카리프가 대답했다.

"아, 국장, 무슨 일이오?"

카리프에게 살라피는 입술과 같은 존재다. 그러나 살라피는 카리프에게 한참 격이 낮은 인간이다. 아무리 일이 우선이라고 해도 그렇다. 그래서 먼저 살라피에게 연락을 한 적이 없다. 정보는 대통령 술라이만이 살라피의 보고를 받고 카리프에게 전달해 주었다. 그런데 오늘은 살라피가 직접 연락을 해왔다. 그때 살라피가 말했다.

"각하, CIA가 지원한 행동대가 이스탄불에 잠입했습니다."

"행동대라니?"

"예, 특수대 출신의 아우라반 대령이 뒤를 봐주었는데 체포되기 직전에 자살했습니다."

살라피가 말을 이었다.

"아우라반의 부하를 잡아 심문했는데 그놈들이 동양인이라는 것을 밝혀냈습니다. 미국계 동양인이죠."

"그놈들의 목적은?"

"테러인 것 같습니다."

카리프가 이맛살만 찌푸렸고 살라피가 말을 이었다.

"그래서 각하께 미리 말씀을 드리는 것입니다."

"알겠소, 국장. 내가 오늘은 바쁘니까 내일 다시 이야기합시다."

카리프가 앞에 선 알리에게 전화기를 돌려주면서 말했다.

“수상한 동양인 놈들 배후에 CIA가 있는 것 같다는군.”

알리는 듣기만 했고 카리프가 말을 이었다.

“그놈들 뒤를 봐주던 아우라반이 잡히기 전에 자살을 했다는 거야, 부하 놈도.”

“비밀을 지키려는 것이지요. 꺼림칙한데 제가 내일 살라피 국장을 만나고 오겠습니다.”

알리가 말을 이었다.

“오늘은 공연이나 즐기시지요.”

공연 1시간 전, 탈의실에서 저녁 식사로 샌드위치를 먹으면서 아디스가 정재국에게 말했다.

“덴, 내 공연을 안 보았으니까 무대 뒤쪽에서 보는 것이 나아.”

아디스가 웃음 띤 얼굴로 정재국을 보았다.

“거기는 관람석에서도 보이지 않을 테니까.”

“감사합니다, 아디스.”

“덴, 우리 사이에 무슨…….”

눈을 흘긴 아디스가 말을 이었다.

“무대 뒤로는 아무도 들어갈 수 없으니까 내 옷을 갖고 같이 가면 되겠다.”

“그러지요.”

“비샵이 본다고 해도 뭐라고 안 할 거야.”

아디스가 정재국이 내민 콜라를 들고 병째로 세 모금을 마시더니 내려놓았다.

“덴, 오늘 밤은 나 여기서 자고 갈 거야.”

"아니, 왜요?"

다 알면서 정재국이 눈을 크게 떴더니 아디스가 웃었다.

"바보, 카리프가 그걸 바라고 극단을 끌어들인 거야."

"아아."

아디스의 정직한 성품에 조금 감동한 정재국이 고개를 끄덕였다.

"알겠습니다, 아디스."

"그래도 날 만나주는 거지?"

"당연하죠."

정재국의 시선이 옆쪽에 놓인 소품 가방을 스치고 지나갔다. 무기가 든 가방이다.

비샵이 다가온 정재국에게 말했다.

"덴, 자네는 아디스 비서처럼 노는군."

"아디스가 자꾸 부르는 걸 어떻게 합니까?"

"젠장."

쓴웃음을 지은 비샵이 정재국의 아래위를 훑어보았다.

"아디스의 색탐은 끝이 없군. 이봐, 조심하라구."

"아이구, 유혹해준다면 고맙죠."

"자네가 자금을 운용하고 있기 때문이야."

"난 결재만 나면 지급합니다."

정재국이 한 걸음 비샵에게 다가섰다.

"아디스가 무대 뒤에서 기다리라고 하는군요."

"그러든지."

시큰둥한 표정을 지은 비샵이 말했다.

"거기, 카리프 좌석하고 20미터쯤 거리니까 머리만 내밀지 마."

8시 30분에 극단의 공연이 시작되었다. 구경꾼은 카리프 가족, 친지들, 외국에서 초대한 사람들까지 1백여 명 정도. 경호원은 공연장 밖에 서너 명뿐이고 안에는 보이지 않는다. 이곳은 카리프의 안방이나 마찬가지다. 안방 안까지 경호원이 들어오면 불편한 것이다. 첫 공연은 가수들의 노래다. 다시 아디스의 분장실로 들어선 정재국에게 아디스가 물었다.

"왜 그렇게 불안한 기색이야?"

"불안하다니?"

정재국이 쓴웃음을 지은 얼굴로 아디스를 보았다.

"내가 그렇게 보입니까?"

"왔다 갔다 하면서 가만있지를 못하고 있잖아. 가서 노래나 듣지그래."

"여기서 당신을 보는 것이 나은 것 같은데."

"지금 '보는' 것이라고 했어?"

"그래요."

정재국의 얼굴에 웃음이 떠올랐다.

"당신은 보는 것만으로도 남자를 뜨겁게 만드는 마력이 있어."

"내가 근래에 들은 칭찬 중 가장 마음에 드네."

이를 드러내고 웃은 아디스가 눈으로 뒤쪽 커튼을 가리켰다. 문 역할을 하는 커튼이다.

"덴, 커튼을 닫고 날 안아도 돼."

"무슨 말입니까?"

"여긴 아무도 들어오지 않아. 그러니까 걱정 말라고."

"다음에 합시다."

"아직 카리프는 나오지 않았지?"

아디스가 화제를 돌렸다. 그렇다. 공연이 시작되었어도 주인 격인 카리프는 나타나지 않은 것이다. 대신 손님, 친지들이 자리를 채우고 있다. 극단대표 바이란도 손님들 사이에 앉아 가수들의 노래를 듣는다. 정재국이 고개를 끄덕였다.

"아직 나오지 않았어요."

"내가 무용을 시작하기 20분쯤 전에 나올 거야. 항상 그래."

아디스가 얼굴을 펴고 웃었다.

"앞으로 한 시간쯤 남았어."

정재국이 고개를 끄덕였다. 누구한테 물어볼 수도 없었는데 지금 의문이 풀렸다.

관객 뒤쪽으로 나온 정재국의 옆으로 이칠성이 다가와 섰다. 지금 앞쪽 무대에서는 전통 복장 차림의 가수 셋이 노래를 부르는 중이다. 뒤쪽 악사들이 타악기와 현악기를 교묘하게 배합시켜 반주를 맞추고 있다.

"대장, 카리프가 나오지 않았습니다."

낮게 말하는 이칠성의 얼굴이 굳어 있다.

"어떻게 된 겁니까?"

"30분쯤 후에 시작될 연극이 절정에 오를 때쯤 등장한다는 거다."

"그렇습니까?"

"그때부터 아디스의 무용이 끝날 때까지 지켜본다는 거야."

"젠장."

"카리프가 앉아 있는 시간은 한 시간가량이야."

"시간이 있군요."

"넌 담장 근처로 돌아가 있어."

"무슨 말입니까?"

놀란 이칠성이 고개를 돌려 정재국을 보았다.

"담장으로 가라니요?"

"여긴 나 혼자 맡겠다."

"그렇게 못 합니다."

어깨를 부풀린 이칠성이 말을 이었다.

"혼자 영웅 되려고 하지 마십쇼."

본래의 계획은 이곳에서 둘이 행동하기로 한 것이다. 정재국이 카리프를 쏘면 뒤쪽에서 이칠성이 갈릴을 난사하여 탈출로의 앞장을 선다. 총성을 듣고 경비병들이 벌떼처럼 달려들 것이기 때문이다. 이곳 공연장에서 12번 벤치가 있는 담장까지의 거리는 1백 미터 정도. 도중에 정원이 있지만 50 내지 60미터는 은폐할 곳도 없는 공간이다. 그때 정재국이 눈을 치켜떴다.

"여긴 나한테 맡기고 담장 밑에서 엄호하란 말이다, 이 새꺄."

"못 합니다."

"그게 최선이다."

정재국이 몸을 돌리면서 말했다.

"카리프를 쏘고 나서 네놈이 눈에 띈다면 네놈부터 죽이겠다."

연극이 시작되면서 공연장의 열기가 점점 뜨거워졌다. 페르시아 공주와 왕자가 주인공으로 노래와 춤이 섞인 전통극이다. 관중은 2백여 명으로 늘어났다. 처음에는 보이지 않던 경비원들도 여섯 명이 되었다. 그러나 뒤쪽에 둘씩 둘러서 있다. 관중석을 보고 다시 아디스의 탈의실로 돌아왔더니 연출자 비샵이 와 있었다. 아디스와 각본을 들고 상의하던 비샵이 정재국에게 말했다.

"30분 후에 무용이 시작되네."

자리에서 일어선 비샵이 정재국에게 한쪽 눈을 감았다가 떴다. 물론 아디스 모르게 한 것이다. 비샵이 분장실을 나갔을 때 아디스가 눈으로 옷 가방을 가리켰다. 분장실 안에는 분장사 둘이 아디스를 분장시키고 있다.

"덴, 아래쪽 가방에서 내 보석상자 좀 꺼내줘."

정재국이 옷 가방 아래쪽의 가방을 꺼내 뚜껑을 열었다. 보석 가방을 꺼낸 정재국이 아디스 앞에 내려놓고는 큰 가방을 구석에 놓았다. 총이 든 가방이어서 무겁다. 아디스가 보석함을 열면서 말을 이었다.

"지금쯤 카리프가 나올 거야, 덴."

공연이 시작된 지 2시간이 되어가고 있는 것이다. 아디스의 얼굴에도 긴장감이 덮여 있다. 정재국이 손목시계를 보았다. 오후 10시 반이다.

페르시아 공주 차림을 한 아디스가 분장실을 나갔을 때는 그로부터 20분쯤 후다. 분장실에 혼자 남은 정재국이 곧 가방을 열고 무기를 꺼냈다. 이곳은 아디스의 방이었기 때문에 들어오는 사람은 없다. 정재국은 브라우닝부터 꺼내 탄창을 끼웠다. 14발들이 탄창이다. 실탄이 들어 있는 권총 탄창 2개를 꺼내 주머니에 넣고 브라우닝은 허리띠에 찔러 넣었다. 곧 갈릴 기관총을 꺼내 탄창을 끼웠을 때 밖에서 인기척이 났다. 긴장한 정재국이 몸을 세우자 이칠성의 목소리가 들렸다.

"접니다."

"들어와."

그 순간 이칠성이 커튼을 젖히고 들어섰다. 앞쪽에 놓인 가방을 보더니 이칠성이 두말 않고 다가가 무기를 꺼내 쥐었다. 권총을 허리춤에 감췄고 갈릴 기관총은 총신이 1미터 가깝게 되지만 개머리판을 접으면 짧아진다. 50발들이 탄창, 수류탄은 각각 3발씩 나눠 쥐었다.

"대장, 그럼 저는……."

이칠성이 기관총을 헐렁하게 걸친 재킷 밑에 붙여서 숨기고 정재국을 보았다. 겉에서 보면 표시나지 않는다. 정재국도 마찬가지다. 극단의 남자 고용원처럼 양복 재킷 밑에 갈릴을 끼고 있다. 이칠성이 숨을 들이켜고 나서 말했다.

"대장, 조심하십쇼."

"알았어, 빨리 가."

정재국이 쓴웃음을 짓고 말했다.

"총소리가 나면 시작된 줄 알아라."

연극이 끝나자 관중들이 박수를 쳤다. 20분쯤 전에 공연장에 도착한 카리프도 웃음 띤 얼굴로 박수를 쳤다.

"훌륭해."

박수를 치면서 카리프가 옆에 앉은 바이란에게 말했다.

"여러 번 보았지만 여주인공이 잘해."

"이름이 하마리드입니다."

"지난번보다 더 아름다워졌군."

"예, 각하, 지금 스물여섯입니다."

"좋은 시기야."

둘은 머리를 맞대고 수군거리는 중이다. 그때 막이 열리면서 오늘의 주인공 아디스가 나타났다. 관중들이 박수를 치고 환호성을 질렀다. 카리프도 허리를 펴고는 박수를 친다. 카리프의 두 눈이 번들거렸고 얼굴이 밝아졌다. 아디스가 눈이 부시도록 아름다웠기 때문이다. 순식간에 하마리드를 잊은 카리프가 아디스를 응시했다. 무대 위의 아디스와의 거리는 5미터 정도. 이곳은 관중석의 맨 앞좌석이었기 때문에 아디스의 숨소리까지 들릴 정도다. 숨만 깊게 들이켜면 살 냄새까지 맡아질 것 같다. 그때 타악기가 울리기 시작했다. 전주곡이다. 관중들은 기대에 찬 시선으로 아디스를 보았다. 모두 홀린 듯한 표정이다.

장막 뒤에서 카리프와의 거리는 18미터 정도. 20미터도 채 안 된다. 정재국이 장막의 커튼 틈으로 앞쪽 관중석을 보았다. 장치가 어지럽게 설치된 이쪽 장막 뒤에는 정재국 하나뿐이다. 장막 좌우에서 무대 위로 통하는 출구가 있는 것이다. 타악기의 연주가 격렬해지기 시작했다. 허리만 흔들던 아디스가 마침내 두 손을 활짝 펴면서 춤을 추기 시작했다. 아디스는 맨발이었고 가운 같은 실크 겉옷을 걸쳤지만 젖가슴의 젖꼭지에다 하반신은 통째로 다 드러났다. 나뭇잎만 한 팬티를 걸치고 있을 뿐이다. 이제 관중들은 숨소리도 내지 않는다. 타악기의 소리만 울리고 있다. 카리프의 입이 반쯤 벌어져 있다. 눈동자의 초점도 멀어져 있다. 그때 정재국이 재킷 안에 끼고 있던 갈릴을 꺼내 개머리판을 폈다. 탄창까지 끼워져 있는 터라 정재국이 커튼 틈으로 총구를 1센티만 내놓았다. 주름진 커튼이어서 총구는 주름 속에 묻혔다. 가늠자 위로 카리프의 상반신이 놓여졌다. 삼각대도 장치할 수 있지만 이 거리에서는 10발 10중이다. 갈릴(Galil)의 최대 사정은 600미터, 이 가늠자는 300미터용이다. 50발 탄창, 조준기 위에 놓인 카리프를 응시한 정재국이 숨을 들이켰다. 카리프는 입을 반쯤 벌린 상태. 총구 바로 앞에서 아디스가 춤을 추고 있다. 커튼의 벌려진 틈은 2센티 정도. 악사들은 바로 좌측 앞이어서 거리가 2미터밖에 되지 않는다. 이윽고 정재국이 방아쇠를 당겼다.

"타타타탕!"

요란한 총성, 연발사격으로 4발이 발사되었다. 그 순간 카리프가 몸을 뒤로 젖혔다. 가슴과 배에 4발이 다 맞았다.

"타탕!"

다시 2발. 이번에는 얼굴에 두 발이 다 맞았다. 총구를 커튼 사이에서 뺀 정재국이 몸을 돌려 무대 뒤를 나왔다. 나오는 동안 갈릴의 개머리판을 접고 재킷 안의 겨드랑이에 넣었다. 밖으로 나온 정재국이 그때서야 관중석의 비명과 외침을 들었다. 음악이 뚝 그쳐 있었기 때문에 외침은 더 크게 울렸다. 그때 분장실 쪽에서 설치 요원이 뛰어왔다.

"무슨 일이야?"

사내가 소리쳐 묻는다.

"모르겠는데?"

정재국도 소리쳐 물었다.

"총소리가 났어!"

냅다 소리친 정재국의 옆으로 사내가 뛰어 지나갔다. 정재국은 분장실을 돌아 밖으로 나왔다. 그때 입구 계단 밑에서 기다리던 이칠성이 힐끗 정재국을 보더니 앞장서서 걷기 시작했다. 밖은 어둡다. 비명과 외침이 건물 안에서 울렸지만 밖은 아직 평온했다. 그때 경비원 둘이 이쪽으로 달려오면서 소리쳐 물었다.

"무슨 일이야?"

"모르겠어!"

정재국이 따라서 소리쳤다.

"우리는 겁나서 나오는 길이야!"

투덜거린 경비병이 스쳐 지나갔을 때 정재국과 이칠성이 걸음을 빨리 하다가 곧 어둠 속으로 내달리기 시작했다. 40미터쯤의 거리를 내달려 12번 벤치 앞 담장에 닿았을 때 이칠성이 소리쳤다.

"사다리!"

한국말이다. 그때 밖에서 안으로 알루미늄 사다리가 떨어져 내려왔다. 이칠성이 사다리를 펴는 동안 정재국이 앞쪽을 경계했다. 이제 어둠 속에서 경비병들이 쏟아져 나오고 있다. 외침이 이곳저곳에서 울렸지만 이쪽을 향하지는 않았다.

"됐습니다!"

사다리를 편 이칠성이 소리쳤다. 고개를 돌린 정재국은 사다리 위쪽 철조망에 검정색 방수포가 덮여 있는 것을 보았다. 밖에서 박상철이 던져 덮은 것이다.

"너 먼저 가!"

정재국이 소리치자 주춤했던 이칠성이 재빠르게 사다리를 올랐다. 사다리 계단은 10개, 순식간에 7, 8개를 올랐던 이칠성이 갈릴을 떨어뜨렸다. 이칠성이 주춤했을 때 정재국이 갈릴을 집어 들고 소리쳤다.

"내가 가져간다. 그냥 가!"

이칠성이 몸을 세우더니 방수포 위를 굴러 밖으로 떨어졌다. 이제는 정재국 차례다. 손에 2개의 갈릴을 쥔 정재국이 사다리를 오른다. 5개를 올랐을 때 뒤에서 외침 소리가 났다. 이쪽을 향해서 소리친 것이다. 정재국은 뒤도 돌아보지 않고 계단을 올랐다. 9개를 올랐을 때 총성이 울렸다.

"타타타탕!"

총탄이 담장에 맞아 튀었고 다음 순간 정재국이 갈릴을 밖으로 내던지면서 방수포 위로 몸을 굴렸다.

"타타타탕!"

다시 총성이 울렸다. 몸을 굴려 5미터 아래로 떨어졌지만 기다리고 있던 박상철과 이칠성이 받아주었다.

"가자!"

소리친 정재국이 먼저 달리다가 어깨에 통증을 느꼈다. 총탄에 맞은 것이다. 그러나 내색하지 않고 달렸다. 뒤쪽 광장에는 아직 축제가 열리고 있을 것이다.

"카리프가 사살되었습니다!"

밤 11시 20분, 사건이 일어난 지 30분도 안 되었다. 모하메드가 보고하자 후세인이 고개를 들었다. 지하 벙커 안, 요즘은 평시(平時)였지만 후세인은 중요한 결단을 내릴 때, 또는 생각할 일이 있을 때는 이곳을 찾는다. 이번에도 이곳에 들어온 지 사흘째다. 후세인의 눈동자가 번들거리고 있었기 때문에 모하메드가 소리치듯 말을 이었다.

"각하, 조금 전 코만성의 연회에 참석했던 시리아의 국방장관 야셉이 아사드한테 보고하는 내용을 들었습니다."

"그렇다면 특명관이……."

"예, 각하!"

숨을 고른 모하메드가 소리치듯 말을 이었다.

"페르시아 극단을 왕궁 안으로 불러들여 공연을 시키다가 총에 맞아 죽었다는 것입니다."

"……."

"괴한은 극단 단원으로 위장하고 잠입했다가 카리프를 사살하고 나서 담을 넘어 도주했다는 것입니다."

"……."

"특명관입니다!"

"으음."

마침내 후세인이 천천히 고개를 끄덕였다. 두 눈이 물기에 젖어 번들거리고 있다.

"기어코 해냈군, 그놈이."

같은 시간, 뉴욕은 오후 3시 반이다. 후버는 브루클린의 이태리 식당 '칸쵸'에서 상원외교분과 위원장 맨스필드와 점심을 먹다가 서둘러 다가오는 윌슨을 보더니 이맛살을 찌푸렸다. 그때 윌슨을 본 맨스필드가 웃음 띤 얼굴로 말했다.

"차기 CIA 부장이 여기까지 오다니, 급한 일 같은데."

맨스필드는 73세로 후버와 친구 사이다. 다가선 윌슨이 눈인사를 하고 나서 말했다.

"아닙니다, 의원님. 지나가다가 부장님이 이곳에 계신다고 해서 잠깐……."

"호메이니 암살이 성공했나?"

"아이구, 그러지 마십시오, 의원님."

그때 후버가 자리에서 일어서며 말했다.

"이봐, 나 먼저 나가겠네. 디저트는 자네가 다 먹어."

"계산하고 가."

맨스필드가 손가락을 흔들어 보이면서 말했다.

"뭐냐?"

복도를 걸어 식당 현관으로 나오면서 후버가 묻자 윌슨이 바짝 다가섰다.

"이스탄불의 카리프가 암살당했습니다."

"갓댐."

대뜸 욕설을 뱉고 난 후버가 얼굴을 펴고 웃었다.

"대단한데, 그놈."

"예, 카리프는 몸에 6발을 맞고 현장에서 즉사했습니다. 증인이 1백 명도 넘습니다."

"선 오브 비치."

"그놈들은 무사히 빠져나왔다고 합니다."

"마더퍼커."

후버가 이렇게까지 욕을 하는 건 처음이었기 때문에 윌슨이 황당한 표정을 지었다. 후버의 캐디락이 앞에 멈춰 섰기 때문에 둘은 뒷자리에 나란히 탔다. 후버가 물었다.

"한 놈만 죽였어?"

"예, 현장에 시리아 장관, 요르단 장관, 이집트 장성 등 손님이 여러 명 있었기 때문에 지금쯤 소문이 중동 전 지역으로 퍼져 나갔을 것입니다."

"갓댐."

"술라이만이 펄펄 뛸 것입니다."

"그 자식, 비겁하게 카리프를 내세워서 중동의 중재자 시늉을 하고 나대더니 속이 시원하다."

그러더니 눈동자의 초점을 잡고 윌슨을 보았다.

"윌슨, 그 자식한테 우리 일도 몇 개 맡기는 것이 어떠냐? 그 특명관한테 말이다."

윌슨이 시선만 주었기 때문에 후버가 혀를 찼다.

"넌 부장이 되려면 멀었다. 좀 유머를 써보도록 해봐."

윌슨이 숨만 쉬었고 다시 후버가 말을 잇는다.

"뭐? 내가 한 말이 무슨 유머냐고? 넌 생각이 그렇게 뒤틀린 것이 문제다. 도무지 여유가 없어."

윌슨은 기어코 대답하지 않았다. 지금은 후버의 컨디션이 최상급이기 때문에 저 혼자 떠들게 놔둬도 되는 것이다.

이광에게는 안학태가 다음 날 아침에 보고했다. 리스타랜드의 바닷가 별장. 이광이 좋아하는 테라스에서다.

"특명관이 어젯밤에 카리프를 사살했습니다. 카리프의 왕궁 안에서 사살하고 도주했습니다."

이광이 바다를 향한 채 인삼차를 삼켰고 안학태가 말을 이었다.

"후세인 대통령의 심복이 되었습니다."

"목숨을 바쳐서 심복이 된 것이지."

"용병이 아닌 것은 확실합니다."

안학태가 웃음 띤 얼굴로 옆에 앉은 이광을 보았다. 이광도 잠자코 머리를 끄덕인다.

어깨를 관통한 총탄은 뒷부분에 지름 3센티 정도의 살점을 떼어갔기 때문에 정재국은 3시간에 걸친 수술을 받았다. 루트만이 의사 둘을 불러와서 수술을 한 것이다.

이곳은 이스탄불 북서쪽의 외진 골짜기, 3백 미터만 북쪽으로 나가면 흑해가 나오는 곳이다. 보스포루스 해협의 반대쪽은 흑해로 통한다. 수술을 마쳤을 때는 오후 3시 반, 사건이 일어난 지 15시간도 더 지난 후다. 벽돌 저택이었지만 2층으로 방이 8개에 사우나까지 딸린 고급 별장이다. 이 별장을 지은 터키 관리는 부정축재를 한 것이 발각되어 교도소에 들어가 있다고 했다.

"데니스, 이곳에서 며칠 쉬는 것이 낫겠는데요. 상처가 아물면 흑해를 통해 빠져나갑시다."

루트만이 누워 있는 정재국에게 말했다.

"지금 이스탄불은 난리가 났어. 술라이만 대통령이 전국에 비상통금을 시키고 출국자를 통제하는 중이오."

당연한 일이다. 음 소거를 시켰지만 방 안의 TV에서도 계속해서 사건 보도를 하는 중이다. 범인인 정재국과 이칠성의 얼굴도 화면에 비치고 있다. 그러나 정재국 등이 페슈와트 해운의 직원이며 페슈와트의 추천으로 극단에 들어왔다는 말은 없다. 루트만이 입만 벙긋대는 TV 해설자를 보면서 말을 이었다.

"정보국이 페슈와트의 추천으로 당신들이 채용된 것을 알았지만 덮어놓았습니다. 페슈와트를 잡아넣으면 엄청난 파장이 일어날 테니까요."

페슈와트는 대통령 술라이만의 후원자이며 친구인 것이다. 페슈와트가 CIA의 부탁으로 정재국과 이칠성을 극단에 취업시켰지만 카리프의 암살에 협조했다고 볼 수는 없기 때문이다. 정재국이 붕대로 싸맨 어깨를 기울이며 쓴웃음을 지었다.

"당분간 이곳에서 흑해나 바라보고 지내야겠군."

그날 저녁 식사를 끝냈을 때 정재국이 이칠성과 박상철을 응접실로 불렀다. 저택에는 식구가 여섯 명이다. 정재국 일행 셋, 그리고 보커트, 말피, 하이칸이다. 나머지 셋은 본래 이 저택의 관리인으로 루트만의 정보원들이다. 저택이 CIA의 안가였기 때문이다. 루트만이 의사들과 함께 돌아갔기 때문에 저택에는 여섯이 남았다.

"의사 말로는 최소한 2주가 지나야 활동할 수 있다고 했어. 그래서 나는 당분간 이곳에 머물다가 떠날 건데."

정재국이 둘을 번갈아 보았다.

"너희들은 떠나라. 내 병간할 필요도 없고 난 혼자 있어도 염려할 것 없다."

"그러실 줄 알았습니다."

이칠성이 쓴웃음을 짓고 나서 외면했다.

"처음엔 우리 생각해서 그러시는 줄 알았는데 그게 아니더군요."

"무슨 말야?"

정재국이 묻자 이칠성이 똑바로 시선을 주었다.

"부하들을 무시하는 겁니다."

어깨를 부풀린 이칠성이 말을 이었다.

"말씀드릴까요?"

"말해봐."

"솔직히 전투건 작전이건 또 체력적인 면까지 제가 대장보다 딸릴 건 없다는 생각이 듭니다."

"그래서?"

"그런데 우리가 필요 없는 놈들처럼 옆에서 받쳐주지 않으면 제대로 일을 못 하는 놈들 취급하시는군요."

"그런가?"

"지금도 그렇습니다. 우리들한테 여기서 먼저 가라는 것도 난 됐으니까 너희들한테 부담 덜 주겠다는 것으로 안 들립니다."

"……."

"대장만 혼자 용감한 거 아닙니다."

"개새끼."

침대에 천천히 상반신을 눕히면서 정재국이 투덜거렸다.

"그 새끼 말 길게 하는군."

그러고는 정재국이 손을 흔들어 나가라는 시늉을 했다.

"내일부터 낚시를 하면서 시간을 보내야 될 거다. 아마 사흘만 지나면 몸이 배배 꼬일 테니까 각오하도록."

그러나 이칠성이 낚싯대를 구하기도 전에 분위기가 급변했다. 이틀 후, 의사와 함께 온 루트만이 치료가 끝나기를 기다렸다가 둘이 남았을 때 말했다.

"데니스, 이곳도 곧 경찰이 수색해올 것 같은데, 여기서 떠나야 될 것 같소."

정재국이 시선만 주었고 루트만이 말을 이었다.

"경찰과 군의 합동 작전이오. 이곳도 수색 리스트에 들어있더군. 아무래도 오늘 밤에는 떠나야 될 것 같소."

"떠납시다."

정재국이 고개를 끄덕였다.

"신세를 입었습니다."

"아니, 내 일은 여기까지지요."

루트만이 손목시계를 보면서 말을 이었다.

"오후 4시에 압둘라 씨가 올 겁니다."

"압둘라?"

"예, 우리가 이라크 측에 연락했더니 압둘라 씨를 이곳으로 보낸답니다. 우리 정보원하고 같이 이곳에 올 겁니다."

루트만이 말을 이었다.

"압둘라 씨한테 당신을 인계하고 우리는 빠지는 거요."

"덕분에 일 끝냈습니다."

"천만에요."

루트만이 정재국의 성한 쪽 손을 쥐더니 가볍게 흔들었다.

과연 4시 정각에 루트만의 정보원이 사내 하나와 함께 별장으로 들어섰다. 별장은 바위산 골짜기에 파묻히듯이 세워져서 주변 민가와는 5백여 미터나 떨어져 있는 데다 소통도 하지 않는다. 별장까지는 국도에서 1킬로쯤 산길을 타야 하기 때문에 안전한 편이었다. 국도 입구 쪽 바위틈과 산길 중간 중간에 CCTV가 설치되어 있어서 감시가 되는 것이다.

압둘라는 40대 중반쯤으로 보였는데 말쑥한 양복 차림에 콧수염만 길렀다. 키가 컸고 건장한 체격이다. 정재국을 본 압둘라가 정중히 고개를 숙이더니 다가와 양쪽 볼에 조심스럽게 입술을 붙였다가 떼었다. 정재국은 일어나 압둘라의 인사를 받는다.

"압둘라입니다. 대사관 일을 하고 있습니다."

이칠성과 박상철과도 인사를 나눈 압둘라가 말했다. 방에는 루트만까지 다섯이 둘러앉았다. 압둘라가 말을 이었다.

"제가 배를 준비했습니다. 오후 8시에 이곳에서 2킬로쯤 떨어진 바닷가에서 30톤급 어선을 타고 불가리아로 갈 계획입니다."

"불가리아?"

"예, 이곳에서 120킬로쯤 흑해를 북상해서 불가리아의 바닷가에 내릴 겁니다."

고개를 끄덕인 정재국이 쓴웃음을 지었다.

"좋습니다, 갑시다."

압둘라는 모하메드가 지휘하는 경호실 소속 정보원인 것이다. 정재국이 고개를 돌려 이칠성과 박상철을 보았다.

"낚시 못 하게 되었구나. 준비해."

한국말이다.

산길 2킬로는 다른 때 같으면 30분도 안 걸리는 거리였지만 정재국은 한쪽 팔을 목에 감고 천천히 걸어야만 했다. 그래서 바닷가까지 한 시간 반이 걸렸다. 밤 8시 반, 계획보다 30분이 늦었다. 30톤급 어선은 낡았고 선장은 60대쯤의 사내였다. 바위투성이의 바닷가에 겨우 정박하고 있던 선장이 그들을 보더니 반색을 했다. 배에 오르는 정재국을 부축한 루트만이 말했다.

"데니스, 잘 가시오. 만나서 반가웠소."

"잊지 않겠습니다."

배에 오른 정재국이 성한 손으로 루트만과 악수를 했다. 이곳까지 따라온 보커트와도 인사를 한 정재국이 배의 난간에 등을 붙이고 앉았다. 이윽고 이칠성, 박상철까지 탑승하자 어선이 해변을 떠났다. 주위는 이미 짙은 어둠에 덮여 있어서 수평선도 보이지 않는다. 탑승객은 압둘라와 정재국 일행 셋, 선장과 선원, 기관장 하나까지 일곱 명이다.

"이제는 불가리아군."

선미 쪽에 서 있던 박상철이 혼잣소리처럼 말했다. 박상철은 '가방' 당번으로 손에 무겁게 보이는 트렁크를 쥐고 있다. 트렁크에는 무기가 들어 있는 것이다. 만일의 경우에 대비하여 각각 브라우닝은 허리춤에 찔러 놓았다. 정재국도 마찬가지다. 어선은 일단 영해를 벗어나려고 흑해 중심으로 속력을 내어 가고 있다. 바다는 잔잔했지만 습기에 덮여 있다. 별이 보이지 않는 것이 비가 내릴 것 같다.

"조타실에 가봐."

정재국이 말하자 이칠성이 몸을 돌렸다. 그때 압둘라가 다가와 정재국 옆에 섰다.

"저는 경호실 소속 중령입니다."

압둘라가 말을 이었다.

"불가리아는 잘 압니다."

"어디로 갈 예정이오?"

"내륙의 바고수나라는 마을로 잠입해서 머물 계획입니다."

고개를 끄덕인 정재국이 주위를 둘러보았다. 습기는 더 짙어졌고 조금씩 바람이 불기 시작했다. 파도가 아직 올라가지 않았지만 어선은 더 속력을 내고 있다. 어느덧 터키 쪽 해안은 보이지 않는다.

2시간쯤 달렸을 때 파도가 높아지기 시작했다. 바람결에 습기가 묻어나더니 곧 피부에 물기가 덮였다. 선장이 고개를 돌려 압둘라를 보았다.

"곧 폭풍이 올 겁니다."

압둘라가 창밖을 둘러보며 말을 이었다.

"곧 공해가 나올 테니까 선수를 돌려 북상할 거요."

배가 조금씩 흔들리기 시작했다. 압둘라가 고개를 돌려 정재국에게 말했다.

"특명관님, 안쪽 선실로 들어가시지요."

"아니, 됐어요."

정재국이 배가 흔들렸기 때문에 성한 손으로 조타실의 난간을 움켜쥐었다. 그때 선장이 고개를 들고 창밖을 보았다.

"경비선이오."

"경비선?"

놀란 압둘라가 선장이 가리키는 창밖을 보았다. 불빛 하나가 반짝이고 있다. 선장이 당황한 표정으로 압둘라에게 말했다.

"이곳은 아직 터키 영해요. 검문할 거요."

정재국이 몸을 돌려 조타실을 나가면서 압둘라에게 말했다.

"압둘라, 우린 준비하겠소."

당황한 압둘라가 건성으로 대답했다.

"예, 알겠습니다."

압둘라는 정재국이 무엇을 준비하는지 모르는 것 같다.

경비정은 다가오면서 마이크로 소리쳤다.

"정지! 정지! 검문이다!"

"젠장."

정재국이 손에 쥔 갈릴을 치켜들면서 투덜거렸다.

"터키를 막 벗어나려는데 결국 총격전을 하게 되었군."

"잘되었습니다."

이칠성이 두 손으로 갈릴을 움켜쥐고 말했다. 어둠 속에서 이칠성의 두 눈이 번들거리고 있다. 이제 빗방울이 떨어지고 있다. 바람이 세지면서 파도도 높아졌다. 다가오는 경비선은 50톤급으로 선수에는 20밀리 기관포를 장착했고 불을 환하게 밝히고 있다. 거리는 1백 미터 정도에서 점점 다가온다. 이미 이쪽 어선은 정지된 상태다. 정재국이 갑판 위로 나온 경비선의 병사를 보았다. 6명. 기관포 사수와 장교 하나, 소총을 쥔 병사 넷. 병사들은 AK-47을 쥐고 있었는데 느슨한 태도다. 그저 들고만 있을 뿐이다. 장교는 손에 마이크만 들었다.

"검문하겠다!"

마이크가 터키어로 소리쳤지만 정재국도 알아들을 수 있다. 그때 정재국이 말했다.

"상철이가 기관총 사수, 그 옆의 병사 둘을 맡아라."

어느덧 경비선과의 거리는 40미터가 되었다. 경비선의 이 층 조타실에 둘이 있다. 선장과 조타병일 것이다.

"칠성이가 장교와 그 옆에 있는 둘을 쏴."

정재국이 손에 쥔 갈릴을 내려놓고 브라우닝을 빼 들었다. 갈릴은 한 손으로 쥐기가 불편했기 때문이다. 이쪽이 기다리고 있었기 때문에 경비선은 여유 있게 배 측면을 붙이려고 옆으로 다가왔다. 셋은 지금 어선의 반대편에 엎드려 있다. 그때 조타실에 있던 압둘라가 고개를 돌려 이쪽을 보았다.

"중령, 나한테 맡겨!"

정재국이 낮게 말하자 압둘라가 얼른 고개를 돌렸다. 오히려 선장이 침착하게 경비선을 바라보고 있다. 기관장은 배 아래 쪽 선창에 있었기 때문에 잠깐 머리만 내밀었다가 나타나지 않는다. 정재국이 몸을 굽힌 채 낮게 말했다.

"배가 붙었을 때까지 기다려!"

그때 이칠성이 말했다.

"배가 붙자마자 쏘고 건너가겠습니다."

"난 여기서 조타실을 맡을 테니까."

정재국이 말을 이었다.

"수류탄 들고 가. 다 없애고 격침시켜라."

"배를 붙여!"

장교가 소리치자 갈고리로 어선을 당긴 병사들이 곧 널빤지를 내려놓았다. 바짝 붙게 되자 경비선의 선고가 높았기 때문이다. 그래서 이쪽에서 기관총 사수가 보이지 않았다. 그때 장교가 앞장서서 널빤지를 내려왔다. 장교 뒤에는 병사 세 명이 따른다. 그때다.

"타타타타타타."

어둠 속에 기관총 발사음이 울리더니 장교와 병사들이 쓰러졌다. 박상철이 먼저 쏜 것이다. 장교와 병사 둘은 어선 안으로 굴러 떨어졌지만 하나는 바다 속으로 미끄러졌다. 그때 이칠성이 널빤지 위로 올라가 경비선으로 달려 들어갔다.

"타타타타타타."

경비선에서 총성이 울렸고 그때 박상철이 달려 들어갔다. 그 뒤에 선 정재국이 어선 앞쪽으로 나와 경비선 조타실을 보았다. 보인다. 정재국이 한 손으로 브라우닝을 들고 조타실의 유리창을 겨누었다. 거리는 10미터 정도.

"탕탕탕탕탕."

5발이 연속으로 발사되었고 유리창에 흰 총탄 구멍이 뚫렸다.

"타타타타타."

경비선에서 다시 총성이 울렸다.

"꽝!"

박상철이 던져 넣은 수류탄이 경비선의 아래쪽 선창에서 폭발했다. 이미 경비선의 병사들은 다 제압된 후다.

"꽝!"

이번에는 이칠성이 던진 수류탄이 기관실에서 폭발했고 이어서 불길이 솟았다. 배가 기울어졌기 때문에 둘은 어선으로 뛰어내려 오면서 다시 남은 수류탄을 던졌다.

"꽈꽝!"

불길이 솟더니 경비선이 옆으로 기울어졌다. 어선 선장이 급히 배를 옆쪽으로 돌렸을 때 경비선 안에서 다시 폭발음이 울리면서 선미가 위로 솟았다. 어선에서 정재국이 잠자코 경비선을 보았다.

바다는 짙은 어둠 속에 잠겨 있다. 불길이 솟은 경비선이 30초도 안 되어서 물속으로 잠기더니 불덩이가 바다 위에 잠깐 떠 있다가 그것도 꺼졌다.

"속력을 내!"

압둘라가 선장에게 소리쳤다. 어선이 기우뚱거리며 속력을 내었을 때 빗발이 뿌리기 시작했다.

"대장, 안으로 들어가시지요."

어깨의 붕대가 비에 젖고 있었기 때문에 이칠성이 소리치듯 말했다. 파도가 높아져서 어선은 기우뚱거리며 나가고 있다. 정재국이 압둘라와 함께 조타실로 들어섰다.

"다섯 시간쯤 걸립니다."

압둘라가 손바닥으로 얼굴의 빗물을 닦으면서 말했다. 정재국을 쳐다

보는 눈동자가 흔들렸다. 경이를 품고 있는 표정이다. 정재국이 고개만 끄덕였을 때 박상철이 들어섰다. 손에는 아직도 갈릴 기관총을 쥐고 있다.

"부대장이 경비를 서겠답니다."

밖에서 이칠성이 경비를 선다는 말이다. 박상철이 한국어로 말을 이었다.

"폭풍이 가라앉을 때까지 경비선의 흔적을 찾지 못하겠지요?"

"그렇겠지만 수색은 더 철저해지겠지."

고개를 돌린 정재국이 압둘라에게 물었다.

"어선은 터키로 돌아갈 거요?"

"예. 하지만 선장과 선원은 믿을 만합니다. 우리 이라크 출신이거든요."

압둘라가 선장을 눈으로 가리켰다.

"기관장은 선장 아들입니다. 이 배도 우리가 사준 겁니다."

그때 선장이 입을 열었다.

"불가리아에 도착한 후에 사건이 잠잠해질 때까지 항구에 박혀 있을 겁니다. 항구에 터키 어선이 수백 척씩 와 있으니까 끼어 있으면 됩니다."

선장은 정재국의 우려를 아는 것이다.

오전 4시 10분, 어선이 불가리아의 작은 어항 수르트에 도착했다. 작은 어항이지만 크고 작은 어선이 수십 척 정박하고 있었는데 아직 깊은 밤이다. 어항 끝 쪽 부둣가에 정박했을 때 정재국이 선장과 아들에게 인사를 하고 상륙했다.

어둠에 덮인 부두는 인적도 없다. 압둘라가 앞장을 섰고 셋은 뒤를 따른다. 200미터쯤 걸어 도로에 나왔을 때 길가에 주차된 승합차가 보였다. 불을 끄고 있어서 바윗덩이 같다. 그들이 다가가자 사내 하나가 승합차 앞쪽에서 나타났다.

"도미니크?"

압둘라가 묻자 사내가 다가오면서 말했다.

"예. 압둘라 씨?"

이라크 정보원이다. 일행이 승합차에 오르자 도미니크가 차를 발진시켰다. 이제 불가리아다.

오전 9시쯤 되었을 때 승합차는 불가리아 내륙의 산골짜기에 위치한 작은 마을에 도착했다. 승합차는 마을을 지나쳐 개울가의 벽돌집 마당으로 들어섰다.

낡은 벽돌집 현관에서 기다리던 노부부가 그들을 맞았다. 이곳은 흑해에서 200킬로쯤 떨어진 내륙의 산골짜기다. 도미니크가 압둘라에게 말했다.

"내 부모입니다."

도미니크의 부모인 것이다. 영어를 모르는 두 부부와 인사를 마친 일행은 응접실로 안내되었다. 낡았어도 넓고 깨끗하게 정돈된 응접실이다. 단층집이지만 집은 넓었기 때문에 방이 6개나 되었다. 도미니크가 정재국에게 말했다.

"우리 부모는 뒤쪽 별채로 옮기셨습니다. 그러니까 이곳 본채를 사용하시지요."

고개를 끄덕인 정재국이 도미니크를 보았다.

"당분간 부탁드립니다. 보상은 해 드리지요."

"아닙니다. 천만에요. 저는……."

그때 정재국이 주머니에서 달러 뭉치를 꺼내 도미니크에게 내밀었다.

1만 불이다.

"일단 이것으로 숙박비를 드리지요."

놀란 도미니크가 숨을 들이켰다. 거금이다. 1만 불이면 이 저택을 2채 정도 구입할 수 있는 것이다. 도미니크가 손을 내밀지도 않았기 때문에 압둘라가 말했다.

"도미니크, 받아."

"예, 알겠습니다."

30대 중반쯤의 도미니크는 불가리아인으로 이라크 정보원이다. 두 손으로 지폐를 받은 도미니크가 정재국에게 머리를 숙였다. 얼굴에 기쁨과 당황함이 뒤섞여 있다. 그로서는 거금도 처음 만진다.

열흘이 지났다.

그동안 정재국은 시간만 되면 위쪽 개울가로 산책을 나가면서 몸 관리를 했다. 다친 어깨의 상처는 빠르게 아물었고 이제는 목에 매었던 붕대도 풀었다.

오후 3시 무렵, 위쪽 4킬로 지점까지 산책을 나갔던 정재국이 개울가에 앉아 있는 여자를 보았다. 여자 옆에는 서너 살쯤 되어 보이는 아이가 놀고 있었는데 여자는 아직 뒷모습만 보인다.

흰 재킷, 검정색 치마, 머리에는 흰 스카프를 썼다.

정재국이 10미터쯤의 거리로 다가갔을 때 여자가 고개를 돌렸다. 시선이 마주친 순간 놀란 여자가 자리에서 일어섰다.

큰 키, 날씬한 몸매, 허리는 잘록해서 두 손으로 움켜쥘 수 있을 것 같다.

개울가에는 그들 셋뿐이다. 개울 건너 산기슭에는 그림자가 덮였고 개울을 흐르는 물소리가 낮게 울릴 뿐 주위는 조용하다. 아이도 고개를 돌려 정재국을 보았다. 여자와 정재국의 시선이 마주쳤다. 그 순간 정재국이 숨을 들이켰다. 흰 얼굴, 반월형 눈썹이 선명했고 검정 눈동자가 반짝이고 있다. 화장하지 않은 얼굴인데도 붉은 입술은 윤기가 난다. 갸름한 얼굴형의 균형 잡힌 이목구비다.

"누구세요?"

여자가 불가리아어로 물었을 때 정재국이 영어로 대답했다.

"영어 할 줄 알아요?"

"네, 조금."

여자가 호기심에 찬 표정으로 정재국을 보았다.

"여긴 왜 왔어요?"

"관광, 위쪽 온천에 온 거죠."

마을 위쪽에 온천으로 유명한 관광지가 있는 것이다. 고개를 끄덕인 여자가 다시 옆에서 자갈을 쌓는 아이를 내려다보다가 정재국에게 물었다.

"동양에서 오셨어요?"

"예, 일본."

일본 관광객이 유럽에 가장 많이 돌아다니고 있다. 여자 옆쪽 바위 위에 앉은 정재국이 다시 물었다.

"이 근처에 삽니까?"

"네, 위쪽 골짜기에 살아요."

"아이가 예쁘네."

아이를 내려다본 정재국이 다시 물었다.

"아이 아빠는 뭘 합니까?"

"죽었어요."

여자가 고개를 들고 정재국을 보았다. 맑은 눈이다.

"유감입니다."

정재국이 말을 이었다.

"아이가 아직 어린데 안됐어요."

"병으로 오래 앓다가 죽었어요, 2년이나. 더 오래 앓지 않아서 다행이죠."

여자가 손가락 두 개를 펼쳐 보였다.

"아이를 돌볼 시간도 없었지요."

"그렇군요."

정재국이 아이의 옷깃을 세워주는 여자의 흰 손가락을 보았다. 한낮의 햇살이 개울가의 자갈 위에 쏟아지고 있다. 그때 정재국이 말했다.

"난 덴이오. 당신 이름은?"

"마리야."

"마리야. 당신처럼 예쁜 이름이군요."

"고마워요."

여자의 볼이 조금 붉어졌다.

"마리야, 아이하고 둘이 삽니까?"

"아니, 어머니와 같이."

마리야가 손으로 오른쪽 골짜기를 가리켰다.

"저쪽 골짜기에 우리 집이 있어요."

그쪽도 외딴 집인 것 같다.

"골짜기에 살고 있는 마리야는 제가 잘 알지요."

저녁 식사 시간에 정재국의 말을 들은 도미니크가 말했다.

"남편 유라가 1년 전에 암으로 죽었습니다. 유라는 마을의 초등학교 교사였지요. 마리아하고 함께 말입니다."

"그렇군."

"마리아가 미인이니까 작년에 유라가 죽은 후로 남자들의 구혼을 여러 번 받았지만 거절하고 어머니하고 셋이 삽니다."

그때 듣기만 하던 압둘라가 물었다.

"도미니크, 너도 그중 하나였나?"

"제 여자는 지금 소피아에 있습니다."

쓴웃음을 지은 도미니크가 말을 이었다.

"내년에 결혼할 예정이지요."

도미니크의 직업은 목수, 마을 안에 공방이 있어서 매일 출퇴근을 한다. 그리고 이곳에서 아버지 말리크와 양 500여 마리를 키우고 있는 것이다.

고개를 끄덕인 압둘라가 정재국을 보았다.

"안심하셔도 되겠습니다."

응접실에서 나온 박상철이 이칠성에게 말했다. 이야기를 듣고 나서 나온 것이다.

"보스는 여자 운이 좋은 것 같아요. 그렇지 않습니까?"

박상철의 시선을 받은 이칠성이 쓴웃음을 지었다.

"그러니까 말이다."

"왜 우리는 기회가 많았는데도 그 여자를 만나지 못했을까요?"

"운이 없었겠지."

"대장의 운이 좋다는 말이지요?"

"얀마, 부러우면 너도 맨날 돌아댕겨봐, 여자 만날지 모르니까."

"그래야겠는데."

박상철과 이칠성은 한국에서의 인연들을 이미 잊은 것 같다.

다음 날 오후에 정재국은 마리야를 또 만났다. 우연히 만난 것이 아니다. 어제 다시 만나기로 약속했기 때문이다.

오후 3시 반, 오전부터 박상철은 물론이고 이칠성까지 위쪽 개울가를 훑고 다녔지만 당연히 허탕을 치고 돌아온 후다.

오늘도 마리야는 딸 모나와 함께 왔는데 정재국이 가져온 초콜릿을 받더니 활짝 웃었다. 예쁜 아이다.

자갈 위에 앉아 초콜릿을 까먹는 모나를 보면서 정재국이 말했다.

"마리야, 난 도미니크 집에서 묵고 있어요. 도미니크 알지요?"

"알아요."

마리야의 두 눈이 반짝였다.

"그렇군요."

"도미니크가 나한테 운이 좋다고 하던데, 당신을 만난 것이 말이오."

지어낸 말이지만 마리야의 두 눈이 초승달처럼 굽혀졌다.

"마리야, 난 한 달쯤 이곳에 더 묵을 거요. 그동안 자주 만났으면 좋겠어."

"그래요, 덴."

마리야가 고개를 끄덕였다.

"내가 이 근처 경치 좋은 곳을 소개시켜 드릴게요."

"고맙소, 마리야."

"그런데 여긴 쉬러 오신 건가요?"

"어깨를 다쳐서."

정재국이 이제는 팔을 들기가 조금 거북할 뿐인 왼쪽 어깨를 흔들어 보였다. 총에 맞았다고 할 수는 없다.

마리야가 스커트 밑의 두 다리를 쭉 뻗으면서 물었다.

“덴, 당신 직업은 뭐죠?”

“무역회사 직원이오.”

미리 준비를 한 정재국이 바로 말했다.

“전자제품을 생산하는 회사에서 일하지요. 지금은 어깨를 다쳐서 동료들하고 휴가 중입니다.”

“아아.”

“조용하고 공기 좋은 곳을 찾다 보니까 이곳까지 온 겁니다.”

“내일 저 안쪽 산으로 가요. 내가 안내해 드릴게요.”

마리야가 개울 건너편의 산줄기를 가리켰다.

“5킬로쯤 가면 산속에 그림 같은 골짜기와 개울이 펼쳐져요.”

“그럼 내일 아침에 출발합시다.”

“내가 도시락 싸 올게요.”

“안내비는 드리겠소.”

“아니.”

마리야가 정색하고 고개를 저었다.

“그럼 안 갈래요.”

“좋아요, 마리야.”

정재국이 두 손을 펴 보였다.

“그럼 선물만 받기로 합시다.”

“개울 건너편의 산줄기를 타고 들어가면 절경이 있소?”

저녁때 정재국이 도미니크에게 물었다.

"마리야가 5킬로쯤 들어가면 절경이 나온다던데."

"있지요."

도미니크가 고개를 끄덕였다.

둘은 마당에 내놓은 나무 의자에 앉아 있었는데 방금 안에서 저녁을 먹고 난 참이다.

"예. 절경입니다. 하지만 초원이 적고 길이 험해서 양 떼가 들어가지 않는 곳이지요."

"내일 마리야하고 거기 가기로 했소."

"그렇습니까?"

도미니크의 얼굴에 웃음이 떠올랐다.

"놀랍군요. 마리야가 같이 가자고 했다니. 그것은 선생님께 호감을 느꼈다는 표시거든요."

"그런가? 안내비를 내겠다는데 펄쩍 뛰더군."

"이곳 여자들은 수줍음이 많고 내성적이지만 호감을 느낀 남자들한테는 적극적이지요."

도미니크가 목소리를 낮췄다.

"선생님이 구애하셔도 될 겁니다."

"이런!"

옆으로 박상철이 다가왔기 때문에 정재국은 입을 다물었다.

다음 날 오전 9시 무렵이다.

정재국이 배낭을 메고 개울가에 닿았을 때 기다리고 있던 마리야가 밝게 웃었다.

오늘 마리아는 진 재킷과 바지 차림에 운동화를 신었다. 배낭을 메고 모자를 눌러쓴 모습이 전혀 다른 분위기다. 바지가 몸에 딱 붙어서 날씬한 하체와 풍만한 엉덩이가 드러났다.

"마리아, 오늘은 다른 분위기네?"

정재국이 감탄한 표정으로 말하자 마리아가 이를 드러내고 웃었다.

"남편이 죽고 나서 처음 산에 가는 거죠."

마리아가 앞장을 섰다.

맑은 날씨다. 공기는 맑았고 날씨는 서늘해서 산길 걷는 데는 적당했다.

개울 폭이 좁은 곳에서 개울을 건넌 둘은 곧 산골짜기로 들어섰다.

양쪽에 산줄기가 길게 뻗어 있었기 때문에 골짜기를 따라 올라가는 것이다. 그러나 길이 없는 골짜기다.

마리아는 익숙하게 바위를 넘고 나무둥치를 돌아 골짜기를 올라가기 시작했다.

산새 두 마리가 그들 앞을 스치고 지나갔다.

그들이 걷는 옆쪽 바위 사이로 작은 개울이 흐르고 있다.

한 시간쯤 골짜기를 타고 올랐을 때 마리아가 상기된 얼굴로 뒤를 보았다.

"좀 쉴까요?"

"그럽시다."

정재국은 본격적으로 운동을 하는 셈이다. 총을 맞은 후로 처음으로 전신 운동을 하는 것이다.

정재국이 얼굴에 흐르는 땀을 수건으로 닦으면서 바위 위에 앉았다. 밝은 햇살에 하늘에는 구름 몇 점뿐이었지만 이곳은 골짜기다. 나무 그늘이 짙어서 시원했다.

앞에 앉은 마리야가 정재국에게 물었다.

"어깨는 괜찮아요?"

"좋아요, 마리야."

어깨를 흔들어 보인 정재국이 눈을 가늘게 뜨고 마리야를 보았다.

"마리야, 몇 살이죠?"

"스물여섯."

"난 서른하난데. 마리야는 결혼이 빨랐던 것 같네."

"그런가요? 일본은 여자가 몇 살에 결혼하는데요?"

"스물대여섯쯤."

"덴은 결혼했어요?"

"아직."

"그 나이에 정상인가요?"

"보통이지."

"직장이 어딘데요?"

"미국."

거짓말하기가 싫어진 정재국이 말머리를 돌렸다.

"마리야, 계속 이곳에서 살 계획이오?"

"네. 소피아에서 대학을 나왔지만 도시 생활은 싫어요."

"결혼도 이곳에서 할 작정?"

"인연이 되면."

마리야의 얼굴에서 웃음이 떠올랐다.

"남자는 이곳에만 있는 게 아니니까요."

앞으로 갈수록 골짜기는 경사가 심해지면서 좌우의 숲도 짙어졌다. 그러나 짙은 숲 냄새가 폐를 씻어내는 것 같았기 때문에 정재국은 계속해서 심호흡을 했다.

땀을 비 오듯 흘렸지만 정신은 더 맑아졌다.

두 시간을 더 올라갔을 때 골짜기가 넓어졌다. 바위투성이의 지형이었지만 숨이 막힐 것처럼 아름답다. 앞쪽 절벽 위에서 폭포가 떨어지고 있다.

"여기서 점심 먹어요."

등반 대장 노릇을 한 마리야가 개울가의 평평한 바위 위를 가리키며 말했다.

이곳은 하늘이 탁 트여서 햇살이 쏟아지고 있는데도 서늘하다.

마리야가 바위 위에 모포를 깔고 준비해 온 점심을 늘어놓았다.

구운 닭고기, 삶은 양고기, 빵, 샐러드에 디저트용 케이크, 우유와 치즈, 거기에다 포도주도 놓여졌다.

탄성을 뱉은 정재국이 입맛을 다셨다.

"마리야, 이건 최고의 점심이오."

"넨, 손 씻고 와요."

"그렇군."

활짝 웃은 정재국이 개울에서 손과 얼굴까지 씻고 올라왔다.

지금까지 골짜기를 올라오면서 한 사람도 만나지 못했다. 마치 무인 지대를 걷는 것 같다.

정재국은 마리야가 건네주는 닭다리를 받았다. 닭 두 마리를 튀겨온 것이다.

"맛있군."

닭다리를 먹은 정재국이 감탄했다.

"마리야, 이건 어떻게 튀긴 거요?"

"어머니가 요리해 주신 거죠."

마리야가 웃음 띤 얼굴로 말을 이었다.

"난 아직도 어머니한테 요리를 배우고 있어요."

"어머니는 건강하시고요?"

"네, 58세인데 건강해요."

고개를 든 마리야가 정재국을 보았다.

"덴은?"

"두 분 다 돌아가셨죠."

행불된 아버지란 인간도 죽은 것으로 했다.

"저런! 안됐어요."

"천만에."

정재국이 빵을 집는 마리야의 가늘고 긴 손가락을 보았다.

고개를 든 정재국이 마리야에게 물었다.

"마리야, 앞으로의 계획은?"

"모나가 다섯 살이 되었을 때 마을의 학교로 돌아가 아이들을 가르칠 거예요."

"그렇군."

"좋아하는 여자 있어요?"

양고기를 먹던 정재국이 마리야를 보았다.

"있었죠. 지금도 있고."

"어디 있는데요?"

"먼 곳에."

"자주 만나요?"

"가끔."

"왜 같이 여행 오지 않았어요?"

"동료들하고 같이 왔기 때문에."

고개를 끄덕인 마리야가 정재국 앞에 케이크를 놓았다.

"덴, 난 당신이 좋아요."

놀란 정재국의 시선을 받은 마리야가 입술 끝을 올리며 웃었다. 그러나 두 볼이 조금 상기되어 있다.

정재국이 얼굴을 펴고 웃었다.

"마리야, 당신은 사랑스러워."

"고마워요, 덴."

케이크를 한 입 씹어서 삼킨 정재국이 입을 벌리고 감탄했다. 달고 상큼한 데다 초콜릿 향이 풍겨온다.

"맛있네."

혼잣소리로 말한 정재국이 손을 뻗어 마리야의 어깨를 움켜쥐었다. 왼쪽 팔은 아직 힘을 쓸 수 없었기 때문에 그냥 늘어뜨리고만 있다.

순간 마리야가 긴장한 듯 눈을 크게 떴지만 움직이지 않는다.

정재국이 어깨를 당기자 마리야는 스르르 몸을 기울였다. 정재국의 가슴에 몸을 붙인 마리야가 고개를 들었다. 정재국이 고개를 숙여 마리야의 입술에 키스했다.

마리야가 정재국의 목을 두 팔로 감아 안았다. 그러고는 입을 열어 정재국의 입을 맞는다.

정재국도 마리야의 달콤한 타액을 마시면서 혀를 빨았다.

절벽에서 떨어지는 폭포 소리가 둘의 가쁜 숨소리를 덮었다.

한낮, 햇살이 둘의 몸을 빈틈없이 쪼이고 있다.

점심 그릇을 옆으로 밀쳤기 때문에 빵은 바위 밑으로 떨어졌고 케이크는 뭉개졌다.

모포가 비틀려져 있었지만 둘은 빈틈없이 엉켜 있다.

마리야는 알몸이다. 희고 투명한 전신이 환한 햇볕에 다 드러나 있다.

아직도 가쁜 숨을 뱉으면서 정재국의 가슴에 얼굴을 붙인 마리야가 어깨의 상처를 조심스럽게 손가락으로 쓸어 보고 있다.

상기된 얼굴이 환해져 있는 것은 만족감 때문일 것이다.

"어떻게 다쳤어요?"

마리야가 다리 한쪽으로 정재국의 하반신을 감으면서 물었다.

마리야는 키가 175가 넘었고 다리가 길다. 군살이 없는 긴 다리에는 윤기가 흐른다.

정재국이 마리야의 어깨를 당겨 안았다.

"총에 맞았어."

사실대로 말할 수밖에, 총구멍이었으니까. 못에 찔렸다고 할 수는 없다.

마리야가 눈을 크게 떴다.

"응? 어디서?"

"전쟁터에서."

정재국이 마리야의 볼에 입술을 붙였다.

"전쟁터 옆을 지나다가."

그렇게 말할 수밖에.

그때 마리야가 손을 뻗어 정재국의 몸을 잡았다.

도미니크의 말마따나 이곳 여자는 적극적이다. 좋아하는 남자 앞에서는 망설이지 않는다.

"덴, 행복해요."

마리야가 더운 숨을 정재국의 가슴에 뱉으면서 말했다.

"시간이 이대로 정지되었으면 좋겠어. 이렇게 둘이 안은 채로."

정재국이 오른팔로 마리야의 어깨를 힘주어 안았다.

그때 마리야가 몸을 일으키더니 정재국을 눕혔다. 그러고는 몸을 굽혀 정재국의 입술에 키스했다.

"자기는 그냥 누워 있어."

돌아오는 발길은 가벼웠다. 이번에도 앞장을 선 마리야는 낮게 노래를 불렀고 가끔 멈춰 섰다가 따라오는 정재국에게 입술을 내밀었다. 키스를 해달라는 표시다.

마리야의 분위기에 끌린 정재국도 앞장서 가는 마리야의 어깨를 잡고 멈춰 세우고는 키스를 했다. 그러다가 개울가의 평평한 바위가 나왔을 때 마리야가 먼저 올라가더니 배낭을 벗었다. 그러고는 모포를 꺼내어 바위 위에 펼치는 것이었다.

멈춰 선 정재국을 올려다본 마리야가 눈웃음을 치더니 신발을 벗는다. 그다음에는 바지를, 그러고 나서 팬티까지.

정재국은 고개를 들어 하늘을 보았다. 나뭇가지 사이로 아직도 태양이 환하게 비치고 있다. 개울물 흐르는 소리가 들린다.

그때 마리야가 손을 뻗어 정재국의 바지 혁대를 풀었다.

벽돌집 아지트로 돌아왔을 때는 해가 저물어 갈 무렵인 오후 5시 반경이다.

"대장, 기다렸습니다."

이칠성이 이맛살을 찌푸리고 정재국을 보았다.

"오늘은 무기도 갖고 가시지 않아서요."

"괜찮았어."

"대장."

한숨을 쉰 이칠성이 말을 이었다.

"다음에는 제가 따라가겠습니다."

"미친놈."

"어디 가신 겁니까?"

"왼쪽 산골짜기. 8킬로쯤 들어갔을 거야."

둘은 마당가의 나무 의자에 앉아 있다.

안쪽 주방에서 고기 굽는 냄새가 풍겨왔다. 도미니크의 어머니가 저녁 식사를 준비하고 있는 것이다.

정재국이 손으로 어둠이 덮여가는 산기슭 쪽을 가리켰다.

"너희들한테도 보여주고 싶었어. 절경이다. 그런 경치를 본 적이 없어."

"둘이 가셨단 말이죠?"

"그래."

"사람은 만나지 못했습니까?"

"없어. 하루 종일 산속을 걸었지만 한 명도 만나지 못했어."

그때 한숨을 쉰 이칠성이 정재국의 어깨를 보았다.

"어깨는 이제 좀 낫습니까?"

"들어올리기가 좀 힘들어. 빨리 회복되는 중이다."

그러더니 정재국이 이칠성을 보았다.

"너도 이곳 마을을 피하고 근처 도시로 바람이나 쐬고 오지 그러냐?"

"대장이 미안해서 그러시는 거죠?"

"내가 미안해서 그런다고?"

어깨를 부풀렸다가 내린 정재국이 이칠성을 노려보았다.

"내가 그런 것까지 신경을 써야 되겠냐? 네놈들 질투하는 꼴을 보기 싫어서 그런다."

자리에서 일어선 이칠성이 정재국을 흘겨보았다. 그러다 안 간다고 자리에 앉는다.

다음 날 아침. 도미니크의 승합차로 이칠성과 박상철이 이곳에서 30킬로쯤 떨어진 소도시, 니테르 마을로 '원정'을 갔다.

그곳에 관광호텔과 클럽, 사우나까지 있다는 것이다.

정재국은 압둘라까지 딸려 보냈는데, 분위기가 좋으면 1박을 하고 와도 좋다고 허락했다.

이칠성은 정재국이 걱정된다는 시늉을 했지만 곧 압둘라와 함께 떠났다.

무기는 모두 이곳에 놓고 가도록 정재국이 지시했기 때문에 모두 맨손이다. 그래서 벽돌집에는 정재국 혼자 남았다.

5장
마리야의 불가리아

개울가에서 기다리던 마리야가 정재국을 보더니 달려왔다. 그 뒤를 모나가 아장대며 따라온다. 달려온 마리야가 정재국의 목을 두 팔로 안더니 입을 맞췄다. 마리야의 입에서 살구향이 맡아졌다.

겨우 마리야를 몸에서 떼어낸 정재국이 그때도 아장거리며 다가오는 모나를 번쩍 안아 들었다. 왼팔에 조금 통증이 왔지만 견딜 만했다.

모나가 깔깔대며 웃는다.

그때 마리야가 말했다.

"텐, 가요. 어머니가 점심 준비를 다 해놓았어."

마리야가 정재국의 손을 잡았다. 다른 손에는 모나의 손을 쥐고 마리야가 발을 떼었다.

마리야의 집에서 점심을 먹기로 한 것이다.

마리야의 집도 통나무 벽에 지붕은 흙벽돌로 얹었는데 단층 저택이었지만 넓었다.

마당이 넓었고 옆쪽의 양 우리에는 양 떼가 가득 차 있다.

정재국이 현관으로 들어서자 마리야의 어머니가 웃음 띤 얼굴로 맞았다.

"어서 와요."

마리야의 어머니도 영어를 쓴다.

"마리야 이야기를 듣고 보고 싶었어."

"덴입니다."

정재국이 고개를 숙여 인사를 했다.

50대 후반이라고 들었지만 큰 키에 마리야처럼 미인이다.

"난 니콜이야. 나도 10년 전에 남편을 잃어서 마리야처럼 과부라고."

주방으로 들어가 등을 보인 채 니콜이 밝은 목소리로 말했다.

"마리야가 남편 죽고 나서 처음 만난 남자야, 덴은."

"그렇습니까?"

정재국을 향해 마리야가 소리 없이 웃어 보였다.

음료수를 가져온 마리야가 정재국의 앞에 놓더니 니콜의 옆으로 다가가 거들기 시작했다.

주방 식탁에는 이미 삶은 양 다리가 놓여 있는데, 샐러드는 산더미처럼 쌓여 있다.

고기 굽는 냄새가 집 안을 가득 메웠고, 모나는 이쪽저쪽을 기웃거린다.

정재국은 소파에 앉아 니콜과 마리야의 옆모습을, 그리고 가끔 모나를 보면서 앉아 있다.

아무 생각도 일어나지 않는다.

"언제 돌아간다고?"

마리야 어머니, 니콜이 점심을 먹다가 물었다.

식탁에는 모나까지 넷이 둘러앉아 있다.

정재국이 고개를 들었다.

"앞으로 열흘쯤 후에 돌아갈 겁니다."

"미국으로?"

"아니오. 일 때문에 바그다드에 머물 것 같습니다."

마침내 정재국이 바그다드를 말해 버렸다.

그때 마리야의 눈빛이 강해졌다. 니콜도 고개를 끄덕이며 웃었다.

"바그다드는 가깝지. 흑해를 건너 터키를 지나면 이라크 아냐?"

"그렇죠."

"자주 들를 수도 있겠네."

"그렇습니다."

정재국이 웃음 띤 얼굴로 니콜을 보았다.

그러나 가슴은 착잡했다. 언제 다시 이곳 불가리아의 산골 마을 바고수나에 돌아올 수 있을 것인가?

그 순간 정재국이 이곳저곳에 뿌리고 다녔던 자신의 흔적을 떠올렸다. 잊어가고 있었던 흔적, 제대로 표현하면 '일회용 도구' 같았던 여자들을 말한다.

그때 마리야가 말했다.

"엄마, 그만."

마리야가 웃음 띤 얼굴로 정재국을 보았다.

"덴, 엄마가 자기를 좋아하는 것 같아."

"고맙지."

정재국이 양갈비를 집으면서 말을 이었다.

"나도 엄마가 좋다."

빈말은 아니다. 그러나 바고수나를 떠나면 잊게 되겠지, 지금까지 그래 왔던 것처럼.

식사를 마친 정재국이 니콜에게 인사를 하고 집을 나왔다. 마리야가 서둘러 따라 나온다. 손에 배낭을 들었다.

"우리 골짜기로 가."

정재국의 손을 잡은 마리야가 개울 쪽으로 끌었다.

오후 4시가 되어 가고 있다.

이곳은 마을에서 500미터나 떨어진 지역이어서 인적이 없다.

둘은 개울을 건너 산기슭의 나무 그늘로 들어섰다. 아늑한 분위기다.

마리야가 배낭에서 모포를 꺼내더니 낙엽이 쌓인 평지 위에 깔았다. 그러고는 상기된 얼굴로 정재국을 올려다보았다.

그늘진 곳이었지만 날씨는 포근하다.

마리야의 두 눈이 반짝였고 볼을 두 손으로 감싼 정재국이 무릎을 꿇으면서 입을 맞췄다.

바람이 나뭇가지를 스치고 지나면서 파도 소리를 냈다.

나흘 후, 점심을 마치고 마당에 나온 정재국과 압둘라는 저택으로 달려오는 승합차를 보았다.

도미니크의 차다.

마당에 멈춘 차에서 내린 도미니크가 둘에게 다가왔다.

둘 앞에 선 도미니크의 눈동자가 흔들렸다.

"우리 집에 외국인 손님들이 있다는 소문이 났습니다. 내 공방에 온 손님이 말해주었습니다."

둘은 쳐다만 보았고 도미니크가 말을 이었다.

"마을에 경찰서가 있는데 그 소문을 들으면 검문을 오겠지요. 이곳에 외국인이 머문 경우가 없거든요."

"어디서 소문이 났을까?"

압둘라가 고개를 기울였을 때 정재국이 어깨를 치켰다.

"떠나지."

"예, 알겠습니다."

고개를 끄덕인 압둘라가 자리에서 일어섰다.

떠날 때가 된 것이다.

도미니크의 집에 머문 지 15일째가 되는 날이다.

오후 4시 반, 마당에서 채소밭을 가꾸던 마리야가 대문 앞의 기척에 고개를 들었다.

나무판자로 허벅지까지만 닿도록 만든 울타리라서 밖에 서 있는 사람이 다 보인다. 정재국이다.

벌떡 일어선 마리야가 대문으로 달려갔다.

니콜은 집 안에 있어서 보이지 않는다.

"웬일이야?"

어제도 지난번 올라갔던 폭포 밑까지 '소풍'을 다녀왔기 때문에 오늘은 쉬는 중이었다.

마리야가 정재국의 팔을 끼고 마당으로 들어왔다.

"보고 싶어서 왔어?"

이제 마리야는 자연스럽다. 영어에 반말, 존댓말 구분이 모호하지만 그렇게 들리는 것이다.

정재국이 잠자코 마리야의 손을 쥐었다. 마당의 벤치에 나란히 앉았을 때 정재국이 말했다.

"나, 오늘 저녁에 떠나게 되었어."

놀란 마리야가 숨을 들이켰고, 정재국이 말을 이었다.

"마리야, 더 있고 싶지만 안 되겠다."

"갈 때가 되면 가야지."

마리야가 고개를 끄덕였다.

"덴, 연락이나 해줘."

"그러지."

정재국이 힐끗 집 안에 시선을 주었다.

"어머니한테 인사를 해야겠는데."

"덴."

마리야가 정재국의 손을 쥐더니 일어섰다. 그러고는 대문 쪽으로 끌고 나가면서 낮게 말했다.

"덴, 엄마한테 말하면 이야기가 길어질 거야."

"아니, 그래도……."

마리야가 정재국의 손을 힘주어 끌었다.

둘은 대문을 나와 개울 쪽으로 다가갔다.

마리야가 말을 잇는다.

"언제 올 거냐? 어디로 가느냐? 회사가 어디에 있느냐? 등등 물어볼 것이고 나중에는 나를 어떻게 생각하느냐고 할 거야."

"마리야, 기다려."

나무 그늘에서 멈춰 선 정재국이 마리야의 허리를 감아 안았다.

"돌아올게."

"약속하지 마."

마리야가 정재국의 가슴에 얼굴을 묻었다.

"난 덴을 가슴에만 담고 있을게."

정재국이 마리야의 부드럽고 향기 나는 볼에 입술을 붙였다.

"마리야, 사랑한다."

머리끝이 쭈볏거리는 느낌이 들었지만 양심의 가책은 없다.

정재국이 가슴에서 묵직한 종이봉투를 꺼내 마리야의 손에 쥐어 주었다.

"마리야, 받아."

"뭔데?"

"달러야."

"달러?"

"풀어봐."

마리야가 봉투를 풀자 1만 불 뭉치 3개가 드러났다.

숨을 들이켠 마리야가 정재국을 보았다. 이 돈이면 평생을 먹고 산다.

"이게 뭐야?"

"마리야, 네 남편이 주는 것이라고 생각해. 그러니까 이건 당연한 거야."

정재국이 다시 마리야의 허리를 당겨 안았다, 마리야가 쥔 돈 봉투와 함께.

무의식중에 남편이라는 말이 나왔다. 정재국이 말을 이었다.

"그 돈으로 필요한 데 써, 여유 있게 살라는 말이야. 그래서 내가 멀리서 걱정하지 않도록 해줘."

"……."

"마리야, 사랑한다."

마침내 사랑한다는 말까지 나왔다. 갑자기 눈이 뜨거워진 정재국이 마리야의 머리끝에 턱을 붙이고 나서 길게 숨을 뱉었다.

지금까지 수십 명의 여자와 헤어졌지만 지금이 가장 어려운 것 같다.

그때 마리야가 정재국의 바지 혁대를 풀기 시작했다, 선 채로.

오후 6시 50분.

어두워지기 시작한 바고수나 마을 아래쪽의 도로로 나온 승합차가 속력을 냈다.

인적이 드문 도로를 달려가는 승합차의 옆쪽 유리창이 열리더니 정재국의 얼굴이 드러났다.

모하메드의 보고를 받은 후세인이 지시했다.

"특명관을 이곳으로 불러라. 내가 만나야겠다."

"예, 각하."

"불가리아에 얼마나 숨어 있었나?"

"15일쯤 되었습니다."

이곳은 대통령궁의 후세인 집무실 안.

오늘도 집무실에는 카심 국방장관까지 셋이 둘러앉아 있다.

모하메드가 말을 이었다.

"어깨의 총상도 거의 회복되었다고 합니다."

"팀원이 이제 셋인가?"

"예, 다섯이었다가 하나는 중상을 입고 지금도 치료 중이고, 하나는 전사해서 셋입니다."

후세인이 고개를 끄덕였다.

지금 정재국은 압둘라와 함께 흑해에서 배를 타고 아르메니아 쪽으로 동진하는 중이다.

모하메드가 말을 이었다.

"아르메니아에 공작원을 대기시켜 놓았습니다, 각하."

당사자인 정재국은 물론 정보원 겸 안내역인 압둘라까지 모르고 있었지만 터키 국가정보국은 주변국에 정재국 일당의 체포를 위해 수백 명의 정보원을 파견했기 때문이다.

불가리아도 마찬가지로 경찰과 보안국에 압력과 청탁을 병행해서 수색이 강화되는 상황이었다. 그런 상황에서 도미니크의 집에 외국인들이 있다는 소문을 들었으니 검문 1순위가 될 것은 당연했다.

그때 카심이 말했다.

"이번 터키 작전은 CIA의 도움이 컸습니다. 어떤 방법으로라도 인사를 하는 것이 낫겠습니다."

후세인의 얼굴에 쓴웃음이 떠올랐다.

"어떤 방법이 낫겠나?"

"예, 찾아보겠습니다."

카심과 모하메드의 시선이 마주쳤다.

이번에 CIA가 도와주지 않았다면 정재국이 카리프에게 접근할 수도 없었을 것이다.

이번 배는 화물선이다. 1,500톤급의 불가리아 화물선은 양고기 500톤, 밀 600톤을 싣고 아르메니아로 가는 중이다.

정재국 일행은 압둘라와 함께 선원 행색으로 탑승했는데, 밀항자 신분이 되었다.

선장한테 1인당 500불씩을 내고 밀항자가 된 것이다. 그래서 넷의 숙소는 선원실 옆의 귀빈실이다. 식사도 특별 메뉴로 내놓는다.

화물선 노베라호는 내일 밤에 아르메니아의 바투미항에 도착할 것이었다.

오후 10시 반, 선실로 갑판장이 들어섰다, 40대쯤으로 체격이 컸고 눈빛이 날카로운 사내.

선실에는 압둘라와 정재국 둘이 남아 있었는데 갑판장이 대뜸 말했다. 갑판장이 밀항 책임자다.

"요즘은 분위기가 험악해서 공해상에서도 불심검문을 해요. 그러다가 걸리면 우리뿐만 아니라 선주까지 당하게 되는데."

갑판장이 불량스러운 눈으로 둘을 번갈아 보았다.

"혹시 화물 중에 검문에 걸릴 물건은 없지요? 있다면 바다에 버리는 것이 나을 거요, 물론 당신들도 밀입국자지만."

그때 압둘라가 물었다.

"경비선이 검문을 합니까?"

"경비선도 있지만 헬기가 자주 와요."

갑판장이 말을 이었다.

"터키 해군이나 해안경비대, 요즘은 국가정보국 헬기가 자주 다니는데, 우리도 이번 15일 사이에 두 번이나 헬기 검문을 받았거든."

"우린 검문에 걸릴 화물은 없어."

정재국이 고개를 저었다.

"걱정 안 해도 돼요."

"당신들 자체가 검문에 걸릴 화물이지, 밀항자니까."

쓴웃음을 지은 갑판장이 둘을 번갈아 보았다.

"그래서 하는 말이오."

"그럼 당신 말대로 우리가 바다에 뛰어내려야 된단 말이오?"

정재국이 묻자 갑판장이 불량스러운 눈으로 지그시 쳐다만 보았다.

그때 압둘라가 웃음 띤 얼굴로 물었다.

"갑판장, 선장 지시를 받고 온 거요?"

"그렇소."

"우리한테 바라는 게 뭐요?"

"우리의 위험 부담이 크단 말입니다. 그래서 그 대가를 받아야겠다는 거요."

"그 대가가 뭐요?"

"1인당 1,000불씩 더 내시오."

"그럼 검문이 있어도 우리를 보호해 준다는 거요?"

"당연하지."

"어떻게 보호하는데?"

"배를 수색해도 발각되지 않는 장소에 숨겨줄 수가 있소."

그때 정재국이 갑판장을 보았다.

"만일 우리가 그 제의를 거부한다면?"

"할 수 없지."

어깨를 들었다가 내린 갑판장이 말을 이었다.

"그땐 잡혀가는 거지."

"당신들도 당하게 된다면서? 그럼 같이 망하는 건가?"

"우리도 망하는 건 맞아."

갑판장이 눈을 치켜뜨고 정재국을 보았다.

"할 수 없지, 당하는 수밖에."

그때 정재국이 고개를 끄덕였다.

“좋아. 1,000불씩 더 내지. 약속은 틀림없이 지키겠지?”

“당연히.”

갑판장의 얼굴에 웃음이 떠올랐다.

“조타실에서 기다리지.”

“20분 후에 갈 테니까 기다려.”

정재국도 웃음 띤 얼굴로 대답했다.

20분 후에 조타실로 들어선 정재국과 이칠성을 본 선장이 숨을 들이켜다가 사레가 들려 기침을 다섯 번이나 했다.

선장이 기침을 하는 사이에 조타실에 모여 있던 갑판장, 항해사, 기관장, 조타수 넷은 누가 시키지도 않았지만 두 손을 번쩍 들었다.

정재국과 이칠성이 갈릴 기관총을 겨누고 있었기 때문이다.

조타실 밖에는 박상철이, 그 아래쪽 계단에는 압둘라가 지키고 있다.

둘은 각각 기관총과 권총으로 무장한 상태다.

화물선 노베라호에는 선원이 12명인데 지금 조타실에 간부 선원이 다 모여 있는 셈이다. 정재국 일행에게서 더 받아낸 돈을 분배하려고 모인 것이다.

선장의 기침이 그쳤을 때 정재국이 기관총 총구를 선장의 목에 붙이면서 말했다.

“지금부터 이 배는 내가 접수한다.”

그때 이칠성이 갈릴의 개머리판으로 갑판장의 얼굴을 후려쳤다. 개머리판에 입을 맞아 이가 7, 8개 부서진 갑판장이 벌떡 넘어지자 이칠성이 발길로 차 일으켜 세웠다.

정재국이 말을 이었다.

"그대로 항진. 너희들은 이곳에서 화장실도 갈 수 없다. 나가고 싶은 놈은 죽여서 바다에 던질 거다."

만 하루 동안 참아야 될 것이다.

그때 이칠성이 하나씩 불러내어 갖고 온 나일론 끈과 테이프로 묶기 시작했다.

선장과 조타수 둘은 빼놓았는데 배 운항에 필요했기 때문이다.

경비대나 정보국의 경비선이나 헬기는 오지 않았다. 그렇지만 바투미항이 보일 때까지 정재국은 긴장을 풀지 않았다. 만 하루가 지난 밤 9시 반, 바투미항이 5킬로 거리로 다가왔을 때 정재국이 이칠성에게 말했다.

"준비해라."

이칠성이 조타실을 나갔을 때 압둘라가 정재국에게 물었다.

"어떻게 하실 겁니까?"

"다 죽일 수는 없지 않아?"

"그럼 살려준단 말입니까?"

목소리를 낮춘 압둘라가 말을 이었다.

"위험합니다. 저놈들이 아르메니아 당국에 고발을 할 가능성이 있습니다."

"그럴 수 있을까?"

정재국이 압둘라를 보았다. 화물선의 국적은 불가리아다. 선장과 고급 선원 대부분이 불가리아인이다. 어깨를 늘어뜨린 압둘라가 정재국을 보았다.

"입을 막을 수는 없거든요."

고개를 끄덕인 정재국이 몸을 돌렸다. 선장과 조타수가 불안한 표정으로 정재국을 보았다. 갑판장은 얼굴이 퉁퉁 부어 있었는데 두 눈이 번들거리고 있다. 갑판장과 항해사, 기관장은 지금도 손이 묶인 상황이다.

"너희들 내가 떠난 후에 당국에 고발할 거냐?"

"아니요."

먼저 선장이 고개를 저으면서 말했다.

"아르메니아 당국에 고발하면 우리만 당합니다."

그때 묶여 있던 항해사가 소리치듯 말했다.

"더구나 우리가 돈을 받고 밀항시켰지 않습니까?"

항해사도 정재국과 압둘라의 분위기를 알아챈 것이다. 정재국이 브라우닝을 선장에게 겨눴다.

"쉽게 생각하지 마, 선장."

"예, 잘못했습니다."

선장이 고개를 숙였다. 앞쪽에 바투미항의 불빛이 보인다. 선장의 얼굴이 땀으로 번들거렸다.

"살려주십시오."

"네 욕심이 네 명을 단축시킨 거야."

그때 예인선이 다가왔기 때문에 선장이 무전기를 잡고 통신을 했다. 이제 곧 상륙이다.

부두에는 안내원이 기다리고 있었다. 일행 넷이 계단을 내려왔을 때 작업복 차림의 사내가 다가왔다.

"필립입니다."

사내가 먼저 정재국에게 인사를 했다. 정재국의 존재를 아는 것이다.

정재국이 고개만 끄덕이자 필립이 손으로 어둠 속을 가리켰다.

"차가 저쪽에 있습니다."

부두는 인적이 끊겨 을씨년스러웠다. 넷이 서둘러 어둠 속을 걸어 부두 끝에 주차된 승합차로 다가갔다. 승합차에 오르면서 정재국이 힐끗 노베라호를 보았다. 조타실의 불은 켜져 있었지만 사람 그림자는 보이지 않는다. 밤 10시 반이다.

이번에는 10시간쯤 달렸다. 중간에 기름을 넣으려고 한 번 쉬었을 뿐 승합차는 쉬지 않고 달린 것이다. 안내원 필립은 직접 운전을 했고 넷은 뒤쪽 자리에서 계속 자다가 깨다가 했다.

"앞쪽 휴게소에서 쉬겠습니다."

필립이 소리쳤을 때는 오전 9시가 되어 갈 무렵이다. 국경까지는 60킬로 정도 남았으니 한 시간이면 도착한다. 휴게소에는 차가 3대 주차되어 있었는데 그중 한 대가 국경경비대 표시가 되어 있다. 필립이 경비대 차량 옆에 승합차를 멈추더니 차에서 내렸다. 그때 압둘라가 정재국에게 말했다.

"국경경비대원 하나를 매수해 놓았습니다. 그자 안내를 받아서 국경을 넘는 것이지요."

정재국이 고개를 끄덕였을 때 곧 필립이 국경경비대원 제복을 입은 사내 하나와 승합차 안으로 들어왔다. 둘이 운전석과 옆자리에 앉더니 뒤쪽으로 몸을 돌렸다.

"안토노프가 여러분을 모시고 갈 겁니다."

그러자 40대쯤의 경비원이 입을 열었다.

"여기서 쉬셨다가 오후 5시쯤 출발하십시다. 국경에서 5킬로쯤 떨어진 루신다 마을까지 간 다음에 거기서부터 산을 타고 국경을 넘는 것입니다."

경비원이 말을 이었다.

"국경을 넘는 데 2시간쯤 걸리겠지요. 산을 2개만 넘으면 이라크령입니다."

"부탁하겠소."

대답은 압둘라가 했다. 이곳에도 이라크 동조자가 많은 것이다. 모두 이해에 얽혀 있어서 서로 돕고 산다. 안토노프는 이번 일로 상당한 보수를 받게 될 것이다.

휴게소에서 쉰 후에 정재국 일행은 안토노프의 경비대 차를 타고 국경으로 달렸고 필립과는 헤어졌다. 한 시간쯤 달려 국경 5킬로 지점에서 안토노프는 차를 길가에 세우더니 옆에 탄 압둘라에게 말했다.

"여기서부터 걷습니다."

산길이어서 오가는 차량도 없는 한적한 곳이다. 안토노프가 손으로 앞쪽 산을 가리켰다.

"저 산을 넘고 골짜기를 따라 올라가면 국경이 나오지요. 그곳은 경비초소도 없습니다."

뒷자리에 앉은 정재국이 고개를 끄덕였다. 이곳의 국경선은 지도상에만 줄을 쳐놓았을 뿐이다.

정재국 일행이 바그다드에 도착했을 때는 다음 날 오전 8시 경이다. 이번에는 이라크 국경 마을에서 모하메드가 보낸 헬기를 타고 날아온 것이다. 호텔에서 옷을 갈아입은 정재국이 후세인과 상면했을 때는 오전 11시 무렵, 빰을 세 번이나 문지른 후에 정재국이 낮게 말했다.

"리."

그때 후세인이 고개를 끄덕이며 낮게 대답했기 때문에 뒤쪽에 선 카심, 모하메드도 못 들었다.

"광."

진짜 후세인이다.

인사를 마친 후세인과 정재국이 소파에 앉았다. 동석자는 카심과 모하메드. 정재국을 맞을 때는 이렇게 핵심 지도자 셋만 모이는 경우가 많다. 정보국장도 부르지 않는다. 이라크 정부의 실세 1, 2, 3위만 모이는 것이다. 후세인이 웃음 띤 얼굴로 정재국을 보았다.

"살아서 돌아온 것을 보니까 기쁘다."

"감사합니다."

"카리프를 네 손으로 쏘았다면서?"

"예, 각하."

"어떻게 쏘았느냐?"

"무대 뒤 커튼 사이에 총구를 내놓고 정면에서 쏘았습니다, 각하."

"거리는?"

"18미터 정도였습니다."

"음."

눈을 가늘게 뜬 후세인이 그 장면을 떠올리는 것처럼 초점이 흐려졌다. 그러더니 다시 묻는다.

"무슨 총으로 몇 발을 쏜 거냐?"

"갈릴 기관총이었습니다."

"갈릴, 그거 좋지."

"처음에 4발이 가슴과 배에 맞았고 나중 두 발이 얼굴에 맞았습니다."

"여섯 발? 다 적중했어?"

"예, 각하."

"얼굴에 쏜 두 발은 확인사살이었군?"

"그렇습니다, 각하."

어깨를 부풀렸다가 내린 후세인이 눈의 초점을 잡고는 웃었다, 소리 없이.

"그놈은 테러단체의 교주 같은 놈이었다. 잘했다."

"감사합니다, 각하."

만족한 후세인이 지그시 정재국을 보았다. 옆쪽에 앉은 카심과 모하메드의 얼굴에도 웃음이 떠올라 있다.

"넌 그동안 엄청난 공을 세웠다."

이제는 정색한 후세인이 말을 이었다.

"당분간 쉬어라. 네 얼굴이 너무 알려졌기 때문이다."

그때 후세인의 시선을 받은 모하메드가 쪽지를 꺼내 정재국에게 내밀었다.

"2천만 불이야."

정재국이 쪽지를 받았을 때 모하메드가 말을 이었다.

"그리고 부하들한테는 지금쯤 각각 2백만 불씩 전달되었을 거네. 그러니까 나눠줄 필요는 없어."

그러자 카심이 웃음 띤 얼굴로 덧붙였다.

"지난번에 준 보상금을 부하들에게 나눠줬더군. 앞으로는 그렇게 하지 말게."

정재국의 시선을 잡은 카심이 덧붙였다.

"돈 문제는 예민해. 잘못되면 욕심이 문제를 일으킬 수 있으니까 우리가 직접 지급할 거야."

"알겠습니다."

고개를 끄덕인 정재국이 후세인을 보았다.

"감사합니다, 각하."

모두 후세인의 배려다. 그때 후세인이 말했다.

"너, 나하고 같이 저녁 식사 하자."

"예, 각하."

후세인과의 저녁 식사다. 정재국이 숨을 들이켰다.

저녁 식사는 후세인과 둘이 먹었다. 모하메드가 정재국을 안내해가면서 정재국에게 말했다. 웃음 띤 얼굴이다.

"각하께서 둘이 식사하시는 경우는 극히 드물어. 지금까지 카심 국방장관과 내가 각하를 상대해 드렸는데 하나가 더 늘어났어."

"그렇습니까?"

대통령궁의 복도는 붉은색 양탄자여서 마치 불 속을 걷는 느낌이 든다. 길게 뻗은 복도를 걸으면서 모하메드가 말을 이었다.

"카심 장관이나 나는 각하의 복심으로 최측근이지. 생사고락을 함께한 전우이자 동지, 형제이기도 하고."

나란히 걸으면서 모하메드의 목소리가 가라앉아 갔다.

"하지만 요즘 각하께서 외로움을 느끼시는 것 같아."

정재국의 시선을 받은 모하메드가 쓴웃음을 지었다. 식당 앞에 멈춰 섰을 때 모하메드가 눈으로 문을 가리켰다.

"자, 들어가게."

식탁에 앉아서 기다리던 정재국이 후세인이 들어서자 일어섰다. 오후 8시, 고개만 끄덕인 후세인이 원탁의 앞쪽에 앉았다. 식당 근무자가 소리 없이 다가와 요리 접시를 내려놓고 돌아가고 있다. 물 잔을 든 후세인이 정재국에게 말했다.

"너 이 회장한테 들러야겠다."

순간 정재국이 숨을 들이켰다가 길게 뱉었다. 이것 때문이다. 양고기 스프를 떠먹으면서 후세인이 지그시 정재국을 보았다.

"내 말 잘 들어라."

"예, 각하."

"이 회장한테 직접 전해."

"알겠습니다, 각하."

"둘이 있을 때 전하도록."

"예, 각하."

"내가 리스타랜드로 간다고 해라."

놀란 정재국이 숨만 들이켰을 때 후세인이 말을 이었다.

"그것이 언제인지는 아직 말할 수 없어. 그때는 내가 너하고 같이 간다고 해라."

"예, 각하."

"가서 그 말을 전하고 돌아와. 이 회장의 대답을 듣고 오란 말이다."

"알겠습니다."

"바로 돌아올 건 없다. 내가 연락을 하면 돌아오도록."

후세인이 손으로 양갈비를 들었다. 이제는 말이 끝났다는 표시다.

호텔로 돌아왔을 때는 밤 11시가 되어 갈 무렵이다.

"자, 돌아가자."

방으로 따라 들어온 이칠성과 박상철에게 말했다.

"내일 출발이다."

"어디로 갑니까?"

반색한 이칠성이 먼저 물었을 때 정재국이 쓴웃음을 지었다.

"너희들은 한국으로 가."

"대장님은?"

박상철이 물었다.

"같이 안 가십니까?"

"난 리스타랜드에 들렀다가 갈 테니까."

둘이 시선을 주었다가 곧 고개를 끄덕였다. 이칠성이 대번 대답했다.

"기다리지요."

둘은 이미 2백만 불씩 보너스를 받은 상태다. 갑자기 뭔가를 얻게 되면 짐승이나 사람이나 얼른 그 자리를 떠나고 싶은 것이 본능인 것이다. 둘의 머릿속에는 한국 생각으로 가득 차 있다.

다음 날 오후 6시 반, 바그다드를 떠난 보잉 727기가 리스타랜드 공항에 착륙했다. 이라크 상공장관이 탑승한 전용기여서 전용기 터미널로 들어가 멈춰 섰다. 문이 열리고 상공장관과 일행이 내려 대기한 승용차와 승합차에 타고 터미널을 나갔다. 그런데 전용기 앞에는 리무진 한 대와 정장 차림의 사내 셋이 기다리고 있다. 전용기의 여승무원 둘도 양쪽에서서 누군가를 기다리는 중이다.

이윽고 전용기의 문에서 정재국이 나타났다. 그러고는 트랩을 내려와 여승무원의 인사를 받고 리무진으로 다가갔다. 리무진 앞에서 기다리던 사내 둘이 뒤쪽 문을 열었다. 정재국이 차에 오르자 리무진이 소리 없이 터미널을 떠났다. 상공장관은 위장용으로 태운 셈이다.

8시, 리스타랜드의 바닷가 별장, 이광의 별장이다. 모래사장 바로 옆쪽 테라스에는 식탁이 차려졌고 이광과 정재국이 마주 보고 앉아 있다. 바닷바람에 비린 물 냄새가 맡아졌다. 파도가 흰 거품을 일으키며 다가왔다가 물러갔다. 바다는 이미 짙은 어둠에 묻혀서 수평선 쪽의 붉은 불빛만 서너 개 보인다. 배다. 정재국이 이광과의 독대를 원했기 때문에 비서실장 안학태도 안쪽 응접실에서 대기 중이다. 정재국이 후세인의 특명을 받고 왔기 때문이다.

요리가 놓였고 이광이 먼저 물 잔을 들어 한 모금을 삼켰다. 그러고는 고개를 들어 정재국을 보았다. 그때 정재국이 상반신을 반듯이 펴고는 고개를 들었다. 이광과의 독대는 처음이다. 얼굴이 굳어져 있다. 정재국이 먼저 심호흡을 했다. 이광은 후세인보다 어렵다. 엄청난 중압감으로 온몸이 짓눌리는 것 같다. 이윽고 정재국이 기를 쓰듯이 입을 열었다.

"회장님, 후세인 대통령이 회장님께 직접 말씀드리라고 했습니다."

이광이 시선만 주었고 정재국의 말이 이어졌다.

"대통령이 리스타랜드로 오신다고 했습니다. 그 말씀을 전하라고……."

"……."

"그것이 언제인지는 말할 수 없다고 했습니다. 그때는 저하고 같이 오신다고 하셨습니다."

"……."

"회장님의 대답을 듣고 오라고 하셨습니다."

이광이 천천히 고개를 끄덕였다.

"언제든지 오시라고 해."

"예, 회장님."

"언제든지 환영한다고."

"예, 회장님."

"기다리겠다고도 말씀드려."

"알겠습니다, 회장님."

고개를 숙여 보인 정재국이 이광을 보았다.

"대통령은 다른 사람들을 모두 물리치고 저하고 둘이 있을 때 말씀하셨습니다."

그때 이광이 물었다.

"너, 대역이 있다는 것을 아나?"

"예, 회장님."

"대역을 만났나?"

"만났습니다."

"대역과 실물을 구별할 수 있어?"

"예, 회장님."

"어떻게?"

"각하로부터 암호를 받았습니다."

고개를 끄덕이던 이광이 문득 물었다.

"그 암호를 말해줄 수 있나?"

"예, 회장님."

숨을 고른 정재국이 말을 이었다.

"암호가 회장님의 존함입니다."

"으음."

신음을 뱉은 이광의 얼굴에 쓴웃음이 떠올랐다.

"내 암호도 그렇다."

이광이 젓가락을 들면서 말을 이었다.

"대통령께서 요즘 외로우신 것 같다."

그러더니 길게 숨을 뱉었다.

"너무 오랫동안 세계인의 주목을 받고 계시는 거야."

저녁 식사를 마친 정재국이 별장을 나갔을 때 베란다에 앉아 있는 이광 옆으로 안학태가 다가왔다. 이광의 옆쪽 자리에 앉은 안학태도 잠자코 앞쪽 바다를 보았다. 밤 11시, 바다는 어둠에 덮여서 바닷가로 밀려오는 파도 끝의 흰 거품만 보인다. 둘은 한동안 거품만을 응시한 채 입을 열지 않았다. 이윽고 이광이 입을 열었다.

"후세인 대통령이 여기로 오신다는군."

안학태는 잠자코 기다렸고 이광이 말을 이었다.

"정재국하고 같이 오시겠다는 거야. 그것이 언제인지는 알 수 없고."

"……."

"그래서 언제든지 오시라고, 기다리고 있겠다고 말씀드렸어."

"……."

"사람들 다 물리치고 정재국과 둘만 있을 때 이야기하셨다는 건데."

그때 안학태가 고개를 돌려 이광을 보았다.

"대통령께서 위협을 느끼셨기 때문일까요?"

"그런 느낌을 받으신 것 같아."

"준비를 하겠습니다."

"은밀하게."

"문제가 되지 않겠습니까?"

"방법은 있어."

그렇게만 말했던 이광이 잠깐 안학태를 보더니 입을 다물었다. 안학태는 이광이 더 할 이야기가 있는 줄로 느꼈지만 시선을 내렸다.

이제는 자유다. 지금은 리스타에 소속된 입장도 아니었기 때문에 정재국은 늦게까지 잠을 잤다. 눈을 떴을 때는 오전 10시 반, 긴장이 풀렸기 때문인지 눈을 떴어도 몸이 침대에 눌어붙은 것 같다. 딴 때는 생각보다 몸이 먼저 반응해서 일어났지만 지금은 몸의 나사가 빠진 느낌이 든다. 그대로 침대에 엎드린 채 누워있는 것이 편하기도 하다. 그때 전화벨이 울렸기 때문에 정재국이 팔만 뻗어 전화기를 집어 귀에 붙였다.

"예."

"정재국 씨?"

영어로 사내가 묻는다.

"예, 난데요."

"난 로빈슨이라고, 리스타연합 사장님 보좌관인데."

"예."

정재국이 벌떡 일어섰다. 머릿속이 환해지면서 정신이 났다. 해밀턴 사장의 보좌관이다. 그때 사내가 말했다.

"30분 후에 아래층 로비 라운지 특실로 올 수 있겠지?"

"예, 보좌관님."

"우리 사장님께서 보자고 하시네."

"알겠습니다."

리스타연합 사장 해밀턴이 찾아온 것이다. 이곳이 리스타 그룹의 영토인 리스타랜드였기 때문에 비밀 회동을 하는 것도 아니다. 연합 사장이 와 있는 것도 이상한 일이 아닌 것이다. 정재국이 욕실로 달려 들어갔다.

30분 후에 정재국은 밀실에서 해밀턴, 로빈슨과 마주 보고 앉아 있다. 해밀턴은 웃음 띤 얼굴이다. 화려한 남방셔츠 차림인 해밀턴의 얼굴은 별에 타서 흑갈색이다. 주스 잔을 든 해밀턴이 정재국에게 물었다.

"카리프를 제거했으니까 후세인이 기뻐했겠군, 그렇지?"

"예, 사장님."

"자넨 후세인의 심복이 다 되었어."

해밀턴의 얼굴에 쓴웃음이 떠올랐다.

"이번에는 CIA와 후세인의 이해가 맞았기 때문에 도와준 거야."

"예, 알고 있습니다."

"후세인의 다른 계획은 없나?"

"없습니다, 사장님."

"내가 물어본 것이 잘못이지."

정색한 해밀턴이 정재국을 보았다.

"미안하네, 나도 모르게 말이 나왔어."

"아닙니다, 사장님."

"있어도 말하면 안 되는 것이지."

그러더니 해밀턴이 물었다.

"언제 이라크로 돌아가나?"

"아직 계획 없습니다. 지금은 휴가 중이어서요."

고개를 끄덕인 해밀턴이 정재국을 보았다.

“바그다드로 돌아가기 전에 나를 만나고 가도록. 내가 CIA의 메시지를 후세인 대통령께 전해 드리려고 그래.”

“알겠습니다, 사장님.”

“CIA가 직접 메시지를 보낼 입장이 아니기 때문이야.”

“알고 있습니다.”

“CIA가 그래서 나한테 부탁을 한 거야.”

“예, 사장님.”

고개를 끄덕인 해밀턴이 의자에 등을 붙이면서 물었다.

“휴가는 어디서 보낼 건가?”

“예, 오늘 중 한국으로 갈 예정입니다.”

고개를 끄덕인 해밀턴이 보좌관 로빈슨을 보았다.

“그럼 한국에서 메시지를 전하기로 해야겠군.”

오후 6시 반, 리스타랜드에서 출발한 ‘리스타 에어’가 김포공항에 착륙했다. 탑승객들과 함께 입국 심사장을 나온 정재국이 입국 대합실로 들어섰다. 이제는 한국이 낯설지가 않다.

“대장.”

대합실에 몰려선 사람들을 헤치고 이칠성이 다가왔다. 활짝 웃는 얼굴이다. 이칠성이 먼저 와 있었던 것이다. 손가방 하나뿐이어서 이칠성이 가방을 받아 쥐더니 앞장을 섰다.

“호텔로 가실 거죠?”

“넌 왜 나온 거야?”

이칠성에게 한국에 간다고 했더니 공항에 나오겠다고 고집을 피웠던 것이다.

"할 일이 없어서요."

신바람이 난 얼굴로 이칠성이 말을 이었다.

"벌써 노는 것이 질립니다. 상철이는 오늘 아침에도 언제 돌아가냐고 전화를 하더군요."

박상철은 지금 고향 집에 내려가 있다.

밤 10시 반, 이칠성을 돌려보낸 정재국이 호텔방으로 돌아와 소파에 앉았다. 술을 마시고 온 참이어서 몸에 열기가 배어 있다. 고개를 든 정재국이 전화기를 들고 버튼을 눌렀다. 강릉의 외삼촌한테다. 그때 강릉의 호텔에서 헤어진 후에 연락도 하지 못했다. 그동안 두 달 가깝게 지난 것이다. 전화할 상황도 아니었지만 작전 중에 사적 통신은 금물이다. 그리고 언제 어떻게 될지 모르는 터라 미련을 버리려는 의도도 있다. 신호음이 두 번 울렸을 때 곧 여자가 응답했다.

"여보세요."

외숙모 임은숙 같다.

"저, 정재국입니다."

"아앗!"

놀란 외침, 그러더니 다음부터는 소리치듯 말했다.

"재국이, 지금 어디 있냐?"

"예, 지금 한국 왔습니다."

정재국도 덩달아서 목소리를 높였다.

"서울입니다."

"아이구, 잘됐구나! 언제 강릉 올 거냐?"

"예, 내일 가지요."

"그래, 잠깐만 기다려라!"

그러더니 곧 외삼촌 정병수의 목소리가 울렸다.

"지금 서울 왔다고?"

"예, 외삼촌."

"내일 올 거냐?"

"예, 외삼촌."

"할아버지는 지금 주무신다. 잘 왔다."

"예, 내일 뵙지요."

"잘 왔다. 할아버지가 널 찾으셨는데……."

그러더니 말을 멈췄다. 인사를 하고 난 정재국이 전화기를 내려놓고는 길게 숨을 쉬었다. 카리프를 쏘았을 때보다 더 긴장되었다.

오전 10시 반, 백 사장이 손으로 앞쪽을 가리켰다.

"저 집입니다. 한 달 전에 이사를 했는데 단독주택으로 괜찮은 집이죠."

정재국이 고개를 끄덕였다. 배영미의 집이다. 배영미의 주민등록번호를 말해주었더니 백 사장은 한 시간 만에 집을 찾아내었다. 집 전화번호가 불통이어서 흥신소에 부탁을 한 것이다. 백 사장이 말을 이었다.

"집주인은 배상호로 되어 있고 53세, 가족은 5명입니다."

"……."

"집은 건평이 75평, 방이 4개, 욕실 2개, 응접실과 베란다가 따로 있고 대지는 120평이죠. 시가가 1억 2천쯤 나가니까 이 근처에서는 고급 주택입니다."

이곳은 서교동의 주택가다. 정재국이 주머니에서 봉투를 꺼내 백 사장에게 내밀었다.

"수고했어요."

"아이구."

40대의 백 사장이 두 손으로 봉투를 받더니 안에 든 지폐를 대충 세고 나서 이를 드러내고 웃었다. 30만 원이다.

"너무 간단하게 돈 벌어서 면목이 없습니다. 다음에 오시면 거저 일 해 드리지요."

"그러지요."

웃으면서 손을 들어 보인 정재국이 주택을 향해 몸을 돌렸다. 배영미의 집이다. 한 달 전에 집을 옮겼기 때문에 집 전화번호가 바뀐 것이다. 그러나 정재국의 연락처를 모르는 터라 알려줄 방법이 없었겠지. 한동안 길 건너편의 집을 바라보던 정재국이 발을 떼었다. 옆쪽 택시 정류장으로 향한 것이다.

정재국이 강릉 외삼촌 집에 도착했을 때는 오후 5시 반이다.

"어서 오너라."

대문에는 외삼촌 부부가 함께 나왔다. 오늘은 외삼촌의 외동딸이 집에 와 있었는데 지난번에는 학교에 일이 있어서 오지 못했다고 했다. 외할아버지 정은호는 소파에 앉아서 정재국의 인사를 받았다.

"오, 왔느냐."

반가움에 가득 찬 얼굴로 정은호가 말했지만 한눈에 봐도 기력이 떨어진 상태다. 정재국이 소파 옆자리에 앉자 정은호가 손을 쥐었다. 뜨거운 손이다. 정은호가 핏발이 서고 번들거리는 눈으로 정재국을 보았다.

"바빴느냐?"

"예, 할아버지."

그때 정병수가 다가와 끝자리에 앉았다.

"영미가 그동안 세 번이나 왔다 갔다. 지난주에는 이사 갔다면서 바뀐 전화번호를 적어놓고 갔다."

"……."

"영미 통해서 네가 무척 바쁘다는 이야기는 들었다."

"……."

그때 정은호가 물었다.

"이번에는 며칠간 한국에 있을 거냐?"

"예, 한 일주일쯤……."

"그럼 여기 있어라."

"제가 서울에 일이 있기 때문에……."

그때 정병수가 말했다.

"아버지, 일이 있으니까 우리가 잡아둘 수는 없지요."

"아, 내가……."

가쁜 숨을 몰아쉰 정은호가 다시 정재국의 손을 잡았다.

"재국이 있는 동안에 죽으려고 그런다."

"아이구, 아버님도."

질색을 한 임은숙이 소리쳤다.

"왜 그러세요, 재국이 놀라게."

그때 앞쪽에 서서 웃기만 하는 정미현에게 정병수가 말했다.

"이리 와 앉아라."

정미현이 정재국과 정병수 사이에 앉았다. 날씬한 몸매에 귀염성 있는 얼굴이다. 정미현은 25세, 대학을 졸업하고 대구의 중학교에서 영어를 가르치는 교사다. 정미현이 웃음기 띤 얼굴로 정재국에게 물었다.

"오빠, 지난번에는 제가 여행을 가는 바람에 못 만났어요."

"그래, 만나서 반갑다."

정재국의 눈이 가늘어졌다. 외삼촌의 딸, 어머니의 핏줄이기도 하다. 그래서인지 어머니의 모습이 있는 것 같다. 그때 정은호가 다시 정재국의 손을 쥐었다. 이번에는 그냥 쥐기만 한다.

오후 8시, 배영미가 집에서 전화를 받는다.

"여보세요."

"나야."

정재국의 목소리. 순간 숨을 들이켠 배영미가 쏟아붓듯 말했다.

"오빠, 한국에 왔어요?"

그때 정재국이 짧게 웃었다.

"오빠 소리가 듣기 좋구나."

"지금 강릉이시죠?"

"어떻게 아냐?"

"거기서 내 전번 받으셨을 테니까."

"잘 아는구나."

"전번 듣고 나서 알고 있는 척했죠?"

"그렇지."

"오빠한테 자주 연락을 받았다고 했으니까요."

"거짓말 잘하네."

"집이에요?"

"응."

"저, 내일 첫차로 갈게요."

"그래라."

그때 수화구에서 정재국의 한숨 소리가 들렸다. 한숨 돌렸다는 표시 같다.

밤 9시 반, 정은호는 잠이 들었고 마루방에서 정재국과 정병수, 임은숙과 정미현까지 넷이 술을 마시고 있다.

"네가 준 돈으로 준비를 다 해놓았다. 네 어머니 유골만 모시고 오면 된다."

술잔을 든 정병수가 붉어진 얼굴로 말했다. 정재국이 고개를 끄덕였다.

"예, 제가 시간 나면 할게요. 하지만 올해는 어렵겠어요."

"알았다. 네 할아버지가 서둘고 계셔서."

"예, 외삼촌."

그때 정미현이 정재국의 잔에 소주를 따르면서 말했다.

"오빠, 이번에 얼마나 계실 건데요?"

"글쎄, 회사에서 오라면 가야지. 지금은 휴가 중이니까."

"이번 휴가 동안에 결혼해요?"

"결혼?"

술잔을 든 정재국이 정미현을 보았다가 고개를 저었다.

"아니, 그럴 시간도 없고 상황도 아냐."

"그렇군요."

"걔 참 마음에 들더라."

임은숙이 말을 이었다.

"예쁘고 착해. 넌 여자 잘 골랐어."

정재국은 웃기만 했고 이제는 정병수가 나섰다.

"결혼이야 준비할 것 뭐가 있냐? 식 치르고 신고만 하면 되는 거지."

맞는 말이다. 어쩌다 보니까 약혼자 행세를 하게 되었고 그것이 분위기에 휩쓸려서 이렇게 된 것이다. 세 쌍의 시선을 받은 정재국이 입을 열었다.

"제가 개인 사정이 좀 있어서요. 그건 저한테 맡겨 주십시오."

셋은 고개를 끄덕였다. 맞는 말이다.

배영미가 도착한 것은 다음 날 오전 11시가 조금 넘었을 때다. 대문 안으로 들어선 배영미는 수줍은 미소를 띠면서 식구들의 열렬한 환영을 받는다. 정재국의 시선을 받은 배영미의 얼굴이 붉어졌다. 아름답다.

"잘 왔다."

정은호가 손까지 내밀면서 말했다.

"이제 다 모였구나."

식구가 다 모인 것이다, 정은호에게는 새 식구가 둘이나 는 셈이니까.

다음 날 오전 정재국은 외할아버지 정은호와 함께 '장지'에 갔다. '장지'라고 해서 처음에는 무슨 말인지 몰랐는데 외할아버지가 묻힐 '땅'을 말하는 것이었다. 쉬운 말로 하면 '묘지', 자세히 말하면 '묘지 예정지'다. 한국에서는 이런 경우가 있다는 것을 모르고 있었던 정재국이다. 외삼촌 정병수도 동행했기 때문에 일행은 셋. 장지는 집에서 10킬로쯤 떨어진 바닷가의 야산이다. 이 산이 정씨 일족의 '선산'이어서 이쪽저쪽에 묘가 많았다.

"저기가 네 외할머니 묘다."

산기슭의 묘를 가리키면서 정은호가 말했다.

"가서 절해라. 네 외할머니가 네 엄마를 얼마나 보고 싶어 했는지."

혀까지 차면서 정은호가 말했다.

"나 때문에 연락도 못 하고 죽는 날까지 네 엄마를 불렀단다."

정은호의 눈이 흐려졌다. 외할머니는 15년 전에 암으로 세상을 떠났다고 했다. 앞장서 간 정병수가 외할머니 묘 앞에 과일과 술안주를 늘어놓고 있었다. 정은호를 부축한 정재국이 다가갔을 때 정병수가 말했다.

"자, 절해라."

그러고는 덧붙였다.

"절할 줄 알지? 두 번 절하는 거야."

그때 정은호가 거들었다.

"네 삼촌을 따라서 해."

그래서 정재국은 정병수와 함께 묘 앞에서 큰절을 두 번 하고 일어섰다. 난생처음 묘에다 대고 절을 한 셈이다. 정병수와 함께 무릎을 꿇고 술까지 따라 바친 후에 정은호가 옆쪽 공터를 가리키며 말했다.

"저기가 내가 묻힐 자리다."

묏자리를 봐둔 곳이다. 정은호가 말을 이었다.

"그리고 그 가운데에 네 엄마를 묻을 거다. 아예 봉분을 만들 거다. 그래서 네 외할머니하고 나 사이에 네 엄마를 두는 거지."

그때 정병수가 쓴웃음을 짓고 말했다.

"할아버지가 기다리고 계신단다."

그것이 어머니를 미국에서 데려오는 것이 아니라 저곳에 묻히고 싶다는 말로 들렸기 때문에 정재국이 고개를 들었다. 과연 정은호는 자신이 묻힐 자리를 하염없이 바라보는 중이었다.

그날 밤, 방에 나란히 누운 배영미가 정재국의 허리를 두 팔로 감아 안으면서 소곤거렸다.

"오빠, 내일 떠나요?"

"응."

정재국이 내일 출발하겠다고 한 것이다.

"서울로 돌아가요?"

"그래, 오전에 올라갈 거다."

이곳은 외가의 건넛방이다. 옆방에 외삼촌 내외가 자고 있었기 때문에 둘은 목소리를 낮추고 있다. 정재국이 배영미의 귀에 대고 말을 이었다.

"서울에서 연락을 기다려야 돼."

어머니가 묻힐 땅까지 가보고 온 참이다. 정재국은 배영미의 어깨를 잠자코 감싸 안았다.

다음 날 오전 외조부, 외삼촌 가족과 인사를 마친 정재국이 강릉을 떠났다. 이번에는 꼭 '자주' 연락을 드린다는 약속을 해야만 했다. 서울에 도착한 정재국은 다시 호텔에 투숙했다. 배영미가 돈이 많이 나간다고 걱정했지만 언제 연락이 올지 알 수 없는 상황이다. 먼저 이라크 대사관에 연락처를 알려주고 나서 이칠성과 박상철에게도 연락을 했다.

배영미는 호텔에서 같이 지내려고 집에 가서 짐을 싸 가지고 왔다. 들떠서 짐을 놓고 오는 바람에 두 번이나 집을 왔다 갔다 했다. 이렇게 다시 정재국의 서울 생활이 시작되었다. 배영미는 이것이 '신혼생활'이라고 했다.

이칠성은 여자 관계가 별로다. 지금까지 깊게 사귄 여자가 없다는 뜻이다. 이곳은 청주시 이칠성의 본가, 네 칸짜리 기와집이다. 옛날 구옥이어서 부엌이 따로 있고 마루방 좌우로 방이 2개씩, 마당은 50평쯤 되고 별채는 옛날 외양간을 창고로 개조했는데 방 1칸을 더 만들었다. 마당 한쪽에 3백 년이 넘는 은행나무가 솟아 있어서 '은행나무 집'으로 불린다. 오후 4시 반, 마루방에는 이칠성과 부모, 그리고 형 내외와 조카 둘까지 둘러앉아 있다. 물론 조카들은 여섯 살, 네 살짜리 애여서 앉아있는 것은 아니다. 돌아다닌다. 아버지 이우환이 입을 열었다.

"너 오늘 가서 확실하게 정해."

"예, 아버지."

"이번이 세 번째, 아니 네 번째다."

"예, 아버지."

그때 옆에서 듣기만 하던 어머니 장순희가 이우환에게 말했다.

"놔둬요, 놔둬, 이번 아니면 다음번에 하면 되니까."

"아냐, 이번에 꼭 정하고 가야 돼."

이우환이 단호하게 말했다. 이우환은 63세, 시장에서 30년째 철물상을 운영하고 있다. 이우환이 이칠성을 노려보았다.

"너, 이번에 갔다가 언제 올지도 모르는 놈. 니 마누라라도 남기고 가라."

"나, 참."

입맛을 다신 이칠성이 외면했고 형 내외는 웃기만 했다. 형 이규성은 아버지와 함께 철물점을 한다. 이칠성이 180의 키에 85킬로의 건장한 체격인데 비해서 이규성은 170쯤 되는 신장에 60킬로다. 성격도 대조적이어서 이규성은 내성적이고 이칠성은 사고뭉치였다. 이윽고 이칠성이 먼저 몸을 일으켰다. 오늘 오후 7시에 다시 네 번째 여자를 만나는 것이다. 모두 형수 안세영이 소개시켜준 여자다, 지금 옆에서 웃기만 하는.

오후 7시 5분, 이칠성이 커피숍으로 들어서서 안을 둘러보았다. 청주 시청 건너편의 커피숍이다. 그때 안쪽에 앉아 있던 두 여자와 시선이 마주쳤다, 중년과 젊은 여자. 오늘 만나려는 여자다. 다가간 이칠성이 멈춰 섰을 때 둘은 자리에서 일어섰다.

"이칠성입니다."

"아유, 잘 왔어요."

중년이 웃음 띤 얼굴로 반겼고 젊은 여자는 고개를 숙여 인사만 했다. 셋이 자리에 앉았을 때 중년이 이칠성을 보았다. 둥근 얼굴에 옷차림이 화려했다. 젊은 여자는 25세, 이름은 윤지선, 유치원 교사다. 갸름한 얼굴, 다소곳한 표정, 눈이 가늘지만 맑은 눈, 콧날은 곧고 입술은 얇지만 상큼하다. 야릇하게 끌리는 미모다.

"외국에 나가 계신다구?"

중년이 물었기 때문에 이칠성이 고개를 들었다.

"예, 주로 외국에 있습니다. 회사가 미국에 있어서……."

이칠성은 미국계 회사에 다닌다고 '뻥'을 쳤다. 지난번 아버지한테 달러를 환전해서 10억을 드린 것이 '화근'이었다. 그동안 철물점을 하면서 진 빚이 4억 3천이나 되는 바람에 철물점과 집까지 팔아도 1억 가깝게 빚이 남는 상황이었다. 그러다 이칠성이 준 10억으로 빚 다 갚고 재고를 쌓아둔 덕분에 다음 달부터 월 5백씩 이득이 생겼다. 그것이 이칠성이 이렇게 네 번째 여자를 만나게 된 동기다. 지금까지 만난 세 여자는 모두 이칠성이 '퇴짜'를 놓았다. 부모한테 10억을 갖다 준 남자로 소문이 나서 형수는 얼마든지 여자를 '댈' 수가 있다는 것이다. 그때 중년 여자가 말했다.

"내가 하도 칭찬을 많이 들어서 실물을 보고 싶었어요."

"감사합니다. 형수가 과장한 거예요."

"아이구, 인물도 남자답고 좋네."

그러면서 중년이 자리에서 일어섰다.

"그럼 이야기해요."

둘이 남았을 때 이칠성이 한숨부터 쉬었다. 지금까지 웃음 띤 얼굴로 듣기만 하던 여자가 제 이름을 대었다.

"윤지선이에요."

"이름 들었어요."

고개를 끄덕인 이칠성이 지그시 윤지선을 보았다.

"얼굴이 묘하게 끌리네."

"후훗."

손바닥으로 입을 가린 윤지선이 웃었다. 눈이 실처럼 가늘어졌다. 얼굴이 붉어진 윤지선이 이칠성을 보았다.

"칭찬이에요?"

"칭찬이지."

이칠성이 정색하고 말을 이었다.

"윤지선 씨는 연애한 경험 있지?"

"있죠, 당연히."

"솔직해서 좋네."

"감출 생각은 없어요."

윤지선이 똑바로 이칠성을 보았다.

"거기는요?"

"나도 여러 번, 셀 수도 없지."

"여자한테 상처 많이 줬어요?"
"아니, 오히려 살림에 보태준 셈이지."
"살림에?"
"응, 부자는 안 되겠지만."
"아."
"뭐가 '아'야?"
"돈 주고 연애했군요?"
"연애라고 하기는 좀 그러네."
"사랑한 여자 없어요?"
"윤지선 씨는 사랑할 것 같은데."
"참내."
윤지선의 눈이 다시 실처럼 가늘어졌다. 그때 이칠성이 다시 정색했다.
"나한테 오빠라고 해."
"벌써?"
"뭐가?"
"빠르다구요."
"내가 좀 생각이 빨라서."
이칠성이 말을 이었다.
"언제 휴가가 끝날지도 알 수 없고."
"알았어요."
그때 고개를 끄덕인 이칠성이 자리에서 일어섰다.
"술 한잔하지."

"전화 왔어요. 대사관이라는데."

응접실에서 전화를 받은 배영미가 정재국에게 소리쳤다. 신촌의 호텔 방 안, 배영미의 집과 가까운 곳에 호텔을 정한 것이다. VIP실이어서 응접실과 침실, 주방까지 갖춰졌고 베란다도 넓다. 베란다에 있던 정재국이 들어와 전화기를 받아 쥐었다.

"여보세요."

정재국이 응답하자 사내의 목소리가 울렸다.

"저, 이라크 대사관의 함단이라고 합니다. 한 시간 후인 오후 9시에 바그다드에서 전화를 하신다고 연락이 왔습니다."

모하메드다.

"알겠소, 기다리지요."

그렇게만 말한 정재국이 전화기를 내려놓았다. 이번 휴가는 10일 정도다. 그렇지만 꽤 오랜 시간이 지난 것 같은 느낌이 든다.

"오빠, 무슨 전화?"

다가온 배영미가 물었는데 긴장한 표정이다. 정재국이 잠자코 배영미의 어깨를 당겨 안았다. 배영미도 이젠 익숙해져야 될 것이다.

"자, 마셔."

술잔을 든 이칠성이 윤지선을 보았다. 오후 8시 반, 시내의 삼겹살 식당 안, 식탁 위에는 소주병이 3개가 놓여 있다. 두 병을 마시고 세 병째, 윤지선의 얼굴은 발갛게 상기되어 있다. 식당 안은 소음과 고기 굽는 연기로 뒤덮여 있다. 윤지선이 한 모금에 술을 삼키고는 이칠성을 보았다.

"오빠, 외국에 여자 있는 건 아니죠?"

"없어. 여러 명 있었지만……."

고개를 저은 이칠성이 술을 삼켰다. 이런 질문은 어색하지만 가장 기본적인 것이기도 하다. 근사하고 멋진 단어는 소설이나 드라마에나 나오는 것이다.

"그저 스쳐 지나간 여자들이야."

"돈 주고 산 여자들?"

"응."

"그거 버릇이에요?"

"버릇?"

"아니면 그게 편해서?"

"젠장."

잔에 술을 채운 이칠성이 빙그레 웃었다.

"넌 내가 어떤 생활을 하고 있는지 몰라서 그래."

"어떤 생활?"

윤지선이 가는 눈을 크게 떴다. 눈동자가 반짝이고 있다. 그 시선을 받은 이칠성이 숨을 들이켰다.

"야, 너 섹시하다."

윤지선이 눈을 흘겼다.

"또 돈 받는 여자 취급을 하네."

"어쩔 수 없어."

"왜?"

"내일 어떻게 될지 알 수가 없는 인생을 살아왔으니까."

"도대체 어떻게 살았어?"

이제는 조금 풀린 눈으로 윤지선이 이칠성을 보았다. 붉게 상기된 얼굴, 번들거리지만 초점이 흐려진 눈, 반쯤 벌린 입술은 물기에 젖어 있다. 그것을 본 이칠성이 한 모금에 소주를 삼켰다.

"참기 힘들다."

"뭐가?"

그렇게 묻는 윤지선의 입술이 조금 더 벌어졌다. 부풀렸던 어깨를 늘어뜨리면서 이칠성이 긴 숨을 뱉으면서 물었다.

"얼마냐?"

"응?"

되물었던 윤지선의 눈동자에 초점이 잡혔다.

정재국의 전화가 왔을 때는 오후 10시 20분이다. 집에 돌아와 있던 이칠성이 전화를 받는다.

"예, 대장."

상반신을 펴고 대답했지만 술기운에 풀린 혀가 무디어졌다. 그때 정재국이 물었다.

"술 마셨냐?"

"예, 대장."

"얀마, 만날 술만 먹고 언제 여자 만나는 거냐?"

"조금 전에도 만나고 돌아온 길인데요."

"어, 그래?"

정재국의 목소리가 밝아졌다.

"이번에는 제대로 한 건 한 거냐?"

"아닙니다."

"안 됐어?"

"귀싸대기 맞고 헤어졌습니다."

"뭐? 왜?"

"얼마냐고 물었다가……."

"무슨 말야?"

"아닙니다."

그때 정재국이 말했다.

"내일 오전 11시까지 내 호텔로 와. 오후에 출발이다."

"예, 대장."

"상철이한테도 연락해."

"알겠습니다."

전화기를 내려놓은 이칠성이 벽시계를 보았다. 오후 10시 반이 되어간다.

"여보세요?"

전화기를 귀에 붙인 윤지선이 물었다. 오피스텔, 윤지선은 집이 청주에서 30킬로쯤 떨어진 시골이어서 시내의 오피스텔을 임대하여 직장에 다니고 있다. 이칠성과 헤어지고 돌아와서 샤워를 하고 가운 차림으로 TV를 보던 중이다.

"나야."

이칠성의 목소리가 울렸을 때 윤지선은 숨을 들이켰다. 그러나 입을 열지는 않았다. 삼겹살 식당에서 '얼마냐?'고 물은 이칠성의 '귀뺨'을 때리고 일어나 집에 돌아온 윤지선이다. 그때 이칠성이 말했다.

"나, 네가 산다는 오피스텔 근처에 와 있는데."

윤지선의 이맛살이 찌푸려졌다. 이칠성에게 사는 곳과 전번을 알려주었을 때는 귀뺨을 때리기 전이다.

"난 집에 들어갔다가 나왔어."

"……."

"'얼마냐'고 물은 건 널 비하하거나 그런 여자로 취급하는 의도가 아니었어."

"……."

"마음이 급하다 보니까 저절로 나온 소리 같아."

"……."

"지금 당장 내놓을 조건이 그거 하나뿐이기도 했거든. 그렇다고 자랑하는 것도 아냐."

"……."

"좀 복잡하게 들리겠지만 굉장히 단순하다. 난 너 같은 여자한테 얼마냐고 물어본 경우도 처음이다."

"본론을 말해."

마침내 윤지선이 차갑게 말했다.

"그렇게 중언부언하지 말고."

그때 이칠성이 물었다.

"얼마냐?"

"또 지랄할 거야?"

"집으로 돌아가서 전화를 받았어."

"……."

"내일 또 한국을 떠나."

"……."

"지금 내세울 건 그것뿐이지. 만난 지 하루도 안 되었는데 네가 내 뭘 믿겠냐?"

"……."

"미안해, 잘못했어."

"……."

"급해서 그랬어. 지금도 그래."

"……."

"널 잡아두고 가고 싶어."

그때 윤지선이 말했다.

"들어와."

다음 날 오전 11시에 셋은 시청 앞의 킹덤호텔 로비에서 마주 앉았다. 정재국이 둘을 둘러보며 말했다.

"바그다드로 들어가서 지시를 받아야 돼."

정재국이 말을 잇는다.

"오후 4시 비행기다. 티켓은 대사관에서 갖고 있으니까 칠성이가 12시에 가서 받아오도록."

"대장은 어디 가십니까?"

이칠성이 묻자 정재국이 대답했다.

"난 만날 사람이 있어."

12시 반, 정재국이 시청 옆 미국 대사관 근처의 안가에서 회색 머리칼의 사내와 마주 보고 앉아 있다. 응접실 안에는 둘뿐이다. 사내는 CIA 한국지부장 제임스 브라운, 40대 중반쯤의 나이에 장신이다. 브라운이 탁자 위에 봉투를 내밀었다.

"윌슨 부장보의 친서를 가져가시지요."

정재국이 봉투를 집어 재킷 가슴 주머니에 넣었을 때 브라운이 말을 이었다.

"후세인 대통령께 직접 전해주시기 바랍니다."

커피 잔을 든 브라운이 정재국을 보았다.

"그 친서에 대한 후세인 대통령의 대답을 이곳에다 주시면 되겠습니다."

브라운이 주머니에서 쪽지 하나를 꺼내 다시 내밀었다. 고개를 끄덕인 정재국이 쪽지까지 집어 들고는 자리에서 일어섰다.

"그럼 가겠습니다."

후세인에게 CIA의 밀서가 전달되는 것이다.

티켓을 가져온 이칠성에게 박상철이 물었다.

"부대장, 이번에는 여자 만났어요?"

"만났지."

건성으로 대답한 이칠성이 주위를 둘러보았다. 이곳은 킹덤호텔의 라운지, 박상철이 의심쩍은 표정으로 이칠성을 보았다.

"샀습니까?"

"샀다니?"

"돈 주고 말요."

"미친놈."

윤지선에게 귀싸대기를 맞은 순간이 떠올랐기 때문에 이칠성은 심호흡을 했다. 이칠성이 말을 이었다.

"이번에는 아녀."

눈을 가늘게 뜬 이칠성이 어젯밤을 떠올렸다.

오피스텔의 방 앞에 선 이칠성이 어깨를 폈다. 7층 복도는 조용하다. 인적이 딱 끊겨서 서 있는 사람은 이칠성 하나뿐이다. 708호실이 윤지선의 방. 잠깐 서 있었더니 복도 안쪽 방 안에서의 희미한 소음들이 들렸다. TV 소음, 웃음소리, 그리고 야릇한 소리까지도. 이윽고 이칠성이 손을 뻗어 벨을 눌렀다. 그러고 나서 5초쯤 지났을 때 문이 열렸다.

반쯤 열리면서 윤지선의 얼굴이 드러났다. 아직도 상기된 얼굴, 그러나 샤워를 했는지 얼굴이 반들거린다. 맑은 두 눈이 흐려져 있다. 그때 윤지선이 몸을 비키면서 말했다.

"들어와."

이칠성이 안으로 들어서면서 윤지선한테서 풍기는 향내를 맡는다. 상큼하다.

"윽!"

안으로 들어선 이칠성이 탄성을 뱉었다. 식탁 위에 술상이 차려져 있었기 때문이다. 간단한 술상이다. 소주병과 김치, 그리고 마른 멸치뿐이지만 정갈하다.

"집에 마침 술이 있어서."

"좋지."

이칠성이 웃음 띤 얼굴로 소파에 앉아 잔을 들었다.

"고맙다."

그때 앞쪽 자리에 앉은 윤지선이 물었다.

"오빠, 내일 가?"

"응, 여기서 자고 가면 안 돼?"

그랬더니 시선을 내린 윤지선이 잔에 소주를 따르면서 말했다.

"옷 벗고 마셔."

"음."

감동한 박상철이 커다랗게 고개를 끄덕였다.

"이번에는 진짜 부대장답게 해치웠군요."

둘은 라운지에서 정재국을 기다리는 중이다. 오후 2시, 가방은 프런트 옆 보관소에 놓았고 정재국만 오면 출발이다. 커피 잔을 든 박상철이 물었다.

"그다음 장면은 말해주지 않을 거요?"

"음, 말하면 꿀단지 뚜껑을 여는 것 같을 테니까 안 돼."

"무슨 말요?"

"이놈 저놈이 떠먹게 될 거라고."

"좀 들읍시다."

"누구 좋으라고?"

"놔두쇼."

그때 라운지로 정재국이 들어서더니 멈춰 서서 둘에게 손짓을 했다. 떠나자는 표시다.

택시를 타고 공항으로 가면서 옆쪽에 앉아 있던 이칠성이 물었다.

"대장, 이번 작전은 얼마나 걸릴까요?"

"글쎄."

고개를 기울였던 정재국이 이칠성에게 되물었다.

"누구, 기다리는 사람을 만든 거냐?"

"어쩌다 보니까 그렇게 되었네요."

그때 앞쪽에 앉은 박상철이 몸을 돌려 둘을 보았다.

"이야깃거리를 만들었는데 중요한 부분은 말 안 합니다. 혼자 꿀단지를 열겠다는 겁니다."

"그걸 듣자는 놈이 모자란 놈이지."

정재국이 말하자 이칠성이 입만 벌리고 웃었다. 얼굴이 일그러진 박상철이 어깨를 치켰다가 내렸다.

"전 이번에 정리를 하고 왔습니다."

"무슨 말이야?"

이칠성이 묻자 박상철이 몸을 돌려 앉으면서 말했다. 돌아앉은 것이다.

"주변 정리를 다 했다구요."

둘은 박상철의 뒤통수만 보았고 말이 이어졌다.

"결혼식도 취소했습니다. 돈만 바라고들 있는 것 같아서요. 여자는 물론이고 내 가족까지 말입니다."

"……."

"앞으로 돈 주고 거래를 할 겁니다. 그리고 남은 재산은 사회에 기부할 겁니다."

정재국과 이칠성이 각각 반대편 창밖을 내다보았다.

6장
이라크군 사령관 되다

비행기가 바그다드 공항에 도착했을 때는 오전 10시가 조금 넘었을 무렵이다. 셋이 비행기 밖으로 나오자마자 기다리고 있던 장교가 경례를 했다.

"모시러 왔습니다."

셋은 장교를 따라 VIP용 출구로 순식간에 빠져나갔다. VIP용 출구 밖에는 경호실 소속 리무진 2대가 대기하고 있다. 리무진 앞에서 기다리고 있던 경호실 소속 장교가 정재국에게 말했다.

"특명관께서는 저하고 같이 가시지요."

고개를 끄덕인 정재국이 이칠성과 박상철에게 말했다.

"너희들은 숙소에서 기다려."

정재국은 앞쪽 리무진에 올랐다. 둘은 뒤쪽 차로 숙소에 갈 것이다.

대통령 경호실장 모하메드는 정재국이 들어서자 두 팔을 벌리고 맞았다.

"어서 오게."

정재국의 뺨에 세 번 입을 맞춘 모하메드가 어깨를 감싸 안고 소파에 나란히 앉았다. 오전 11시.

“각하께서 기다리고 계셔. 이번에 CIA 측의 메시지를 갖고 온 거지?”

“예, 실장님.”

“좋아, 5분 후에 가지.”

손목시계를 본 모하메드가 말을 이었다.

“이번 작전은 꽤 길 거야.”

모하메드가 부드러운 시선으로 정재국을 보았다.

“이번에는 대통령 각하께서 직접 작전을 말해주실 거네.”

정재국은 숨을 들이켰다. 어떤 작전인가?

대통령 집무실로 들어선 정재국이 소파에 앉아 있는 후세인을 보았다. 정재국을 본 후세인이 자리에서 일어섰다.

“오, 정!”

후세인이 정재국의 성(姓)을 부른다. 옆쪽에 앉아 있던 국방장관 카심도 일어선다.

“각하.”

허리를 굽혀 절을 한 정재국이 다가가 후세인의 뺨에 입을 맞췄다. 후세인도 가볍게 정재국의 어깨를 껴안고 입을 맞춘다. 한 번, 두 번, 세 번, 그러고 나서 몸을 떼기 직전에 정재국이 후세인의 귀에 대고 낮게 말했다.

“리.”

그때 후세인도 낮게 속삭였다.

“광.”

진짜 후세인이다. 카심과도 볼을 비빈 정재국이 앞쪽 자리에 앉는다.

모하메드도 함께 왔기 때문에 방에는 넷이 둘러앉았다. 먼저 정재국이 가슴에서 CIA가 보낸 밀서를 꺼내 후세인에게 내밀었다.

"각하, CIA 한국지부장한테서 받았습니다. CIA 부장보 윌슨이 보냈다고 합니다."

고개를 끄덕인 후세인이 밀서를 받아 옆에 앉은 카심에게 건네주었다. 카심이 받더니 밀봉된 편지를 뜯고는 내용을 읽고 나서 후세인에게 건넨다. 후세인이 받아 읽더니 이번에는 모하메드에게 주었다. 모하메드가 읽고 나서 접더니 제 가슴 포켓에 넣었다. 그동안 정재국은 잠자코 앉아 기다렸다. 이윽고 후세인이 정재국을 향해 고개를 끄덕였다.

"잘 받았어."

후세인의 얼굴에 웃음이 떠올랐다.

"내가 읽기 편하도록 아랍어로 썼구나."

소파에 등을 붙인 후세인이 말을 이었다.

"날 걱정해주는 내용이었어. 미국 정치가들이 나를 희생양으로 삼을 가능성이 있다는구나."

카심과 모하메드는 긴장한 듯 석상처럼 굳어져서 움직이지 않는다. 정재국도 숨을 죽였고 후세인의 말이 울린다.

"우리도 예상하고 있었던 일이야. 미국 정치인들은 일단 나부터 제거해서 이란, 시리아, 파키스탄은 물론이고 중동의 과격분자들에게 시범을 보이려는 거야."

"……."

"카다피한테도 경고를 주게 될 것이고."

정재국이 숨을 죽였다. 정치인들도 CIA와 후세인 간의 은밀한 거래를 짐작하고 있을 것이었다. 그러나 그들은 철저하게 무시하고 있다. 이것이

국익을 우선한다는 냉혹한 현실이다. 오히려 정보기관이 유연한 자세다.
그때 후세인이 정색하고 정재국을 보았다.

"지금 내 주변 상황이 이렇다. 알겠느냐?"

"예, 각하."

긴장한 정재국이 똑바로 후세인을 보았다. 후세인이 말을 이었다.

"윌슨이 보낸 밀서에는 CIA가 군부대에 잠입한 암살단을 이용해서 나를 암살할 계획을 세웠다는 거야."

후세인의 얼굴에 다시 쓴웃음이 떠올랐다.

"CIA가 포섭한 장군, 장교들이라는 것이다. 요직에 박혀 있다는데 이제는 놈들이 스스로 번식해가고 있다는군."

"……."

"특명관."

"예, 각하."

"네가 할 일이 있다."

"말씀하십시오."

"밀서에는 너한테 CIA의 연락처를 주었다던데 갖고 있지?"

"예, 각하."

"호텔에 가서 기다려라."

"예, 각하."

그때 자리에서 일어선 후세인이 정재국의 어깨를 당겨 안았다. 정재국을 껴안은 후세인의 팔에 힘이 들어가 있다.

호텔로 돌아온 정재국이 방으로 모인 이칠성과 박상철에게 후세인과의 대담 내용을 말해주었다. 둘은 특명관팀이다. 함께 작전할 요원이니 상황을 알려줘야만 한다. 정재국의 말을 들은 이칠성이 먼저 물었다.

"그럼 윌슨 부장보가 CIA를 배신하고 후세인 편에 섰다는 겁니까?"

당연히 그렇게 보일 것이었다. 정재국이 고개를 저었다.

"처음에는 후세인 대통령을 제거하려고 CIA가 만든 조직이지만 지금은 필요가 없게 된 것 같다. 윌슨 부장보가 CIA를 배신할 리는 없지."

"후세인 대통령의 이용 가치가 아직도 있기 때문이겠군요."

"그런 모양이야."

"CIA에 매수당한 조직원들만 불쌍하게 된 것 아닙니까?"

"대통령 입장으로 보면 그자들은 반역자이고 매국노지."

"CIA의 본색이 드러났군요."

"그건 당연한 일이야."

정재국이 둘을 번갈아 보았다.

"정치가들하고 정보부의 입장이 같을 수는 없어. 이번에 미국 정치인들은 후세인 대통령을 제거할 분위기인 것 같고 CIA는 그것에 반대하는 것 같다."

그때 박상철이 고개를 끄덕였다.

"이해가 갑니다."

정재국이 말을 이었다.

"CIA 내부에서도 정치인들과 통하는 세력이 있어. 지난번처럼 말야. 그 놈들이 정치인들에게 후세인 대통령 측근의 배신자 정보를 흘렸을 수도 있지."

둘은 시선만 주었고 정재국이 길게 숨을 뱉었다.

"단순한 일이 아냐. 윌슨과 후버는 그들 모르게 이 정보를 나를 통해 후세인 대통령한테 준 거다."

"이제 내막은 알았습니다."

이칠성이 고개를 절레절레 흔들었다.

"그다음부터는 대장이 머릿속에 담아두시죠. 우린 시킨 대로만 하겠습니다."

그러자 박상철이 얼굴을 펴고 웃었다.

"그렇지 않아도 두고 온 여자 때문에 머리가 터질 지경이니까요."

그때 이칠성이 주먹을 휘둘렀지만 박상철이 머리를 젖혀 피했다.

정재국이 다시 후세인을 만났을 때는 오후 7시가 되었을 때다. 이번에는 정재국이 지하 벙커로 안내되었는데 그만큼 상황이 긴박하다는 의미일 것이다. 대통령 집무실 안에는 이번에도 셋이 모여 있다가 정재국을 맞았다. 인사를 마친 정재국이 자리에 앉았을 때 후세인의 얼굴에는 웃음이 떠올라 있다. 정재국이 이번에도 암호를 속삭였기 때문이다. 그때 후세인이 입을 열었다.

"네가 이번에는 카심 장관의 지휘를 받아라."

"예, 각하."

"넌 현재 내 비밀지시를 받는 특명관인데 이제는 이라크군 소장인 헌병사령관이 되어라. 겸임하는 것이야."

정재국은 숨만 쉬었고 후세인이 말을 이었다.

"네가 헌병사령관 또는 특명관으로 그놈들을 제거해라."

후세인이 길게 숨을 뱉었다.

"너는 내 분신이나 같다."

그러고는 입을 다물었기 때문에 카심이 상체를 세우고는 정재국을 보았다.

"헌병사령관은 전군에 배치된 3만 명의 헌병을 지휘하고 있어. 각 부대에는 헌병대가 배치되었고 사령관은 1개 중대 병력의 직할대를 보유하고 있네."

카심이 말을 이었다.

"CIA로부터 배신자 놈들의 명단을 받아서 정리해주게."

"알겠습니다."

고개를 끄덕인 정재국이 말을 이었다.

"배신자 명단을 받으면 먼저 보여드리지요."

"그리고 자네 두 부하는 각각 중령으로 임명하겠네."

카심이 탁자 위에 서류봉투를 내밀었다.

"여기 임명장과 배지가 있어."

오후 10시 반, 바그다드시 중심부에 위치한 바그다드호텔, 12층 로비 라운지로 정재국이 들어섰다. 로비 라운지에는 손님이 서너 명뿐이었는데 정재국이 들어서자 지배인이 다가왔다.

"누구 찾으십니까?"

"미코얀 씨."

"예, 기다리고 계십니다."

지배인이 두말 않고 돌아서면서 앞장을 섰다. 안쪽의 밀실 앞으로 다가간 지배인이 문에 노크를 하더니 비켜섰다.

"안에 계십니다."

문을 열고 안으로 들어선 정재국이 자리에서 일어서는 서양인을 보았다. 양복 차림의 백인이다. 40대쯤, 회색 머리칼에 눈동자는 갈색이다. 다가온 사내가 손을 내밀며 말했다.

"미코얀입니다. 러시아계 미국인이어서 가끔 러시아인 취급을 받지요."

자리에 마주 보고 앉은 미코얀이 이를 드러내고 웃었다.

"3대째 미국에서 살고 있지만 말입니다. 하지만 가끔 이런 일에는 편리하게 이용되지요."

고개만 끄덕인 정재국에게 미코얀이 주머니에서 봉투를 꺼내 내밀었다.

"명단입니다. 이건 CIA가 직접 포섭한 장교 명단인데 그들이 얼마나 새끼를 쳤는지는 알 수 없습니다."

봉투 안의 서류를 꺼낸 정재국이 숨을 들이켰다. 모두 47명이다. 계급과 이름, 포섭 일자와 포섭한 담당자까지 적어놓았고 다음 페이지에는 보내준 자금, 만난 횟수, 받은 정보 내용까지 적혀 있다. 서류에서 고개를 든 정재국을 향해 미코얀이 쓴웃음을 지었다.

"이자들은 우리한테 배신감을 느끼게 되겠지요."

정재국은 시선만 주었고 미코얀이 말을 이었다.

"이자들을 매수하려고 엄청난 자금이 들었지요. 그동안 그 돈으로 자식들 유학 보내고 호의호식하면서 정권이 뒤집히면 출세해 보려는 욕심을 품었을 것입니다."

"……."

"저도 지시대로 움직이고 있지만 이자들한테 동정심은 느껴지지 않네요."

정재국이 서류를 가슴 주머니에 넣고는 자리에서 일어섰다. 미코얀은 바그다드 주재 국제 적십자 연락 담당관으로 위장하고 있다. 그러나 본색은 CIA 부장보이며 해외작전국장인 윌슨의 보좌관이다.

다음 날, 바그다드 북쪽 헌병대 사령부의 본부 대회의실. 새 헌병사령관 취임식이 열리고 있다. 그런데 오늘은 대통령 후세인이 참석해서 모두 돌처럼 굳어져 있다. 참석자는 헌병대의 고급 장교 2백여 명, 후세인 대통령과 카심 국방장관, 아지란 육군참모총장, 그리고 뒤쪽에 모하메드 경호실장이 지켜 서 있다.

헌병감으로 임명된 정재국은 소장 정복 차림으로 서 있었는데 콧수염을 기르고 있어서 아랍인 용모다. 새 헌병감 임명식은 간단했다. 대통령이 어깨에 견장을 달아주고 나서 어깨를 감싸 안고 볼을 세 번 부딪치는 것으로 끝난 것이다. 그런데 이번에도 정재국이 세 번째 볼을 부딪치고 떨어지면서 입술도 달싹이지 않고 불렀다.

“리.”

후세인은 볼을 떼면서 입을 열지 않았다. 정재국의 소리는 들었기 때문에 ‘무슨 소린가?’ 하는 시늉으로 시선을 주기는 했다. 가짜다.

취임식에는 이칠성과 박상철은 중령 계급장을 붙이고 참석했다. 둘의 직책은 헌병사령관 보좌관. 후세인이 카심과 아지란 등을 이끌고 돌아간 후에 사령부 상황실에는 헌병대 고위 지휘관이 모두 모였다. 모두 정재국이 미국 국적의 한국인이라는 것을 안다. 그러나 전혀 이상하다는 분위기는 아니다. 다만 아랍어를 모르는 사령관 때문에 영어를 쓴다는 것이 어색할 뿐이다.

정재국이 장방형 테이블의 좌우에 벌려 앉은 장교들을 보았다. 참모장은 대령, 참모들은 중령급이다. 각 군단 헌병대장은 대령급, 사단 헌병대장은 소령급인데 오늘은 10개 군단의 헌병대장만 참석했다. 모두 25명, 이들이 이라크군 헌병대의 최고 지휘관들이다. 대부분이 영어를 잘했기 때문에 정재국이 입을 열었다.

"정신 차리고 근무하도록. 앞으로 할 일이 많다. 이상."

그러고는 고개를 돌려 참모장을 보았다.

"해산시켜."

"예, 각하."

자리에서 일어선 참모장이 말했다.

"모두 돌아가도록."

귀대시키는 것이다. 간단한 취임사다. 어이가 없어진 군단 헌병대장 하나는 두리번거리다가 출구를 잘못 찾고 화장실로 들어갔다가 나왔다.

참모장 카이샤는 42세, 직업군인으로 헌병 참모장이 된 지는 1년밖에 되지 않는다. 전에는 보병사단 참모장으로 쿠웨이트 전쟁을 치렀는데 퇴각하다가 폭격을 당해 왼쪽 다리가 절단되었다. 그것을 안타깝게 여긴 후세인이 헌병대 참모장으로 임명한 것이다. 상황실에는 정재국과 카이샤 둘이 남았다. 오후 3시 반, 정재국이 카이샤를 보았다.

"참모장, 내가 사령관이 된 이유는 군을 숙정하려는 거요."

"짐작하고 있습니다."

카이샤가 굳은 얼굴로 정재국을 보았다.

"카심 장관한테서 사령관의 지시를 철저히 따르라는 지시를 받았습니다."

"내가 심복으로 믿어도 되겠소?"

"믿으셔도 됩니다."

고개를 끄덕인 정재국이 말을 이었다.

"내 직할대장을 불러오도록."

"예, 사령관."

자리에서 일어선 카이샤가 밖으로 나갔다가 중령 하나를 데려왔다. 검은 얼굴에 단단한 체격의 사내다. 거수경례를 한 중령이 정재국 앞에 섰다.

"바이론 중령입니다."

바이론이 직할대 1개 중대를 지휘하고 사령관의 직접 지시를 받는다. 정재국이 눈으로 앞쪽 자리를 가리켰다.

"앉아, 중령."

"예, 사령관님."

"너한테 지시할 일이 있다."

정재국이 심호흡부터 했다. 지금부터 시작이다.

"명단은 우리 셋만 갖고 있는 거다."

정재국이 이칠성과 박상철을 둘러보며 말했다. 47명의 명단을 말한다. 이곳은 사령관실 안, 오후 4시 반. 사령관이 보좌관 둘을 불러 이야기를 하는 중이다.

"집행은 직할대를 시켜서 하되 직할대장 바이론한테도 다 말할 필요는 없어. 당장 처리할 대상만 하나씩 말해주는 것이지."

목소리를 죽인 정재국이 말을 이었다.

"대통령 각하와 카심 장관이 이 일을 외국인인 데다 군부에 전혀 인연이 없는 우리한테 맡긴 이유를 아나?"

"압니다."

이칠성이 바로 대답했다.

"부하들을 믿지 않기 때문이죠."

그들은 한국어를 쓰고 있었는데도 조심스럽다. 그러자 정재국이 고개를 끄덕였다.

"맞다. 아무도 믿지 않는 거야. 그만큼 군 장교들이 썩었다는 말이다."

"CIA가 매수했다는 겁니까?"

박상철이 묻자 정재국이 고개를 저었다.

"CIA뿐만이 아니지. 이란, 터키, 시리아 등의 간첩들까지 포함되어 있는 거다."

"참, 기가 막히네요."

이칠성이 고개를 절레절레 저었다. 둘은 정재국한테서 명단을 받은 것이다. 이윽고 고개를 끄덕인 정재국이 박상철에게 말했다.

"우선 첫 번째 대상부터 시작하자. 바이론을 불러라."

박상철이 자리에서 일어나 방을 나갔다. 그때 정재국이 이칠성에게 말했다.

"바이론이 행동대장이야. 물론 바이론의 신변도 감시해야겠지."

잠시 후에 들어선 바이론은 30대 후반쯤으로 마른 체격이다. 검은 얼굴, 눈빛이 강하다. 경례를 올려붙인 바이론에게 정재국이 앞쪽 의자를 손으로 가리켰다.

"앉아."

"감사합니다."

자리에 앉은 바이론이 똑바로 정재국을 보았다. 정재국이 입을 열었다.

"소령, 너한테만 알려주겠다. 우리는 대통령 각하의 특명을 받고 온 거다. 짐작하고 있나?"

"예, 각하."

바이론의 시선을 잡은 정재국이 말을 이었다.

"내가 특명관 직책을 겸임하고 있다는 것도 알고 있지?"

"예, 각하."

"소령, 너는 지금부터 내 수족 역할을 해야 된다."

"예, 각하."

"이번 작전은 비밀리에, 그리고 전광석화처럼 끝내야 된다."

"알겠습니다."

"비밀이 새 나가면 작전은 실패야. 명심하도록."

다시 한 번 다짐을 준 정재국이 자리를 고쳐 앉았다.

오후 9시 반, 제2군 부사령관 바리크 중장은 회식을 끝내고 가든호텔의 지하 주차장으로 나왔다. 부관이 서둘러 앞장서서 전용차로 다가갔다. 검정색 벤츠, 그러나 사용이어서 번호판에 별은 붙이지 않았다. 벤츠가 멈춰 섰을 때 부관이 뒤쪽 문을 열었다. 그때 뒤에서 다가온 사내 둘이 부관의 목덜미를 낚아채었다. 그러더니 사내 하나가 바리크의 등을 밀어 차에 태웠다. 곤두박질로 차 안에 들어간 바리크가 눈을 치켜떴을 때 따라 탄 사내가 문을 닫았다. 뒷자리 안쪽에 사내 하나가 이미 타고 있었기 때문에 바리크는 끼어 앉은 셈이다.

"누구냐?"

바리크가 소리쳤을 때 차는 이미 발진한 상태다. 앞쪽에 두 사내가 타고 있었는데 운전사의 뒷머리를 본 바리크가 숨을 들이켰다. 운전사가 바뀌었다. 그때 옆쪽 사내가 바짝 몸을 붙이면서 말했다.

"바리크, 너를 체포한다."

"누구냐?"

바리크의 목소리는 이제 떨렸다. 그러나 대답은 없다. 그리고 바리크도 더 이상 입을 열지 못했다. 몸이 굳어졌기 때문이다.

"정보참모 하타드 대령입니다."

바리크가 고개를 들고 말했다.

"하타드가 부하들을 포섭했을 것입니다."

바리크는 이미 얼굴이 피투성이였고 의자에 묶인 두 손은 거의 뭉개져 있다. 고문을 당한 것이다. 뒤쪽에 팔짱을 끼고 서 있던 정재국이 옆쪽의 바이론에게 말했다.

"하타드를 잡아 와."

"예, 각하."

바이론이 서둘러 방을 나갔다. 오후 11시 반, 이라크 군부의 대숙청이 시작되었다.

오전 1시 반, 바그다드 북서쪽 국경지대의 제4군단 사령부는 모술시에 위치하고 있다. 군단장 파스날 대장은 인기척에 눈을 떴다. 이곳은 시내 중심부에 위치한 군단장 저택, 왕궁 못지않은 규모의 3층 대저택이다. 눈을 뜬 파스날은 침대 앞에 서 있는 부관을 보았다. 방 안의 불이 켜져 있었기 때문에 눈이 부신 파스날이 버럭 소리쳤다.

"이 새끼! 불 꺼!"

그때 파스날은 뒤쪽의 인기척을 느끼고는 고개를 돌렸다. 장교 둘이 서 있다. 모르는 얼굴이다. 그때서야 파스날이 상체를 세웠을 때다. 장교 둘이 파스날의 등을 눌렀고 두 팔을 뒤로 꺾어 올려 수갑을 채웠다.

"아앗!"

파스날이 놀란 외침을 뱉었지만 53세, 대장에 오르기까지 수십 번 전투에 참가했고 수백 번 음모에 가담, 또는 주역을 맡았으며 CIA와 비밀 회동을 한 횟수만 해도 10여 번, 이미 산전수전을 다 겪은 파스날이다. 상황 판단이 빠른 것이다. 팔이 꺾여 올라갔을 때부터 사태를 짐작한 파스날은 입을 꾹 다문 채 몸을 늘어뜨렸다. 그래서 상체가 세워졌을 때는 태연한 표정이다.

파스날의 군단장 저택에는 직할대장 바이론이 직할대 1개 소대 40명을 이끌고 직접 진입했다. 바그다드에서 헬기로 날아와 저택에 진입한 것이다. 파스날 측의 저항에 대비해서 미리 군단 헌병대를 동원, 저택 경호병의 무장 해제를 시킨 다음 급습한 것이다. 오전 2시 반이 되었을 때 모술시 상공을 헬기 편대가 날아갔다. 군단장 파스날과 전속부관, 부관까지 몽땅 태우고 바그다드로 날아간 것이다.

오전 3시 반, 특전사 부사령관 아크란이 바그다드의 저택에서 자다가 체포되었다. 자택으로 진입한 헌병사령관 직할대는 저항하는 경호원 셋을 현장에서 사살하고 아크란을 연행했다. 아크란은 육군 소장, 체포 과정에서 반항했기 때문에 어깨에 총상을 입었다. 직할대는 아크란을 치료도 해주지 않고 연행했기 때문에 안가에 도착했을 때는 과다출혈로 사망 직전이었다. 그래서 응급조치를 해야만 했다. 아크란은 45세, 특전사 부사령관으로 후세인 대통령의 총애를 받던 장군이다.

"탕, 탕, 탕."

권총 발사음. 벌떡 일어선 세르질은 침대 밖으로 발을 디뎠다가 비틀거렸다. 오전 3시, 이곳은 바그다드 외곽의 고급 주택 안, 세르질이 발을 뗀 순간에 다시 총성이 울렸다.

"탕, 탕, 탕."

집 안이다. 눈을 치켜뜬 세르질의 시선이 벽장으로 옮겨졌다. 숨을 들이켠 세르질이 벽장으로 다가가 서랍을 열었다. 그 순간이다. 서랍 안의 권총을 빼내려고 했다.

"탕."

바로 뒤쪽에서 총성이 울리면서 세르질이 벽장에 몸을 부딪치고는 주저앉았다. 손으로 옆구리를 감싸 안고 있다. 그때 뒤에서 사내 둘이 다가와 세르질의 양쪽 어깨를 움켜쥐었다. 세르질은 고개를 들었지만 입을 열지는 않았다. 다만 누구인가만 보았을 뿐이다. 사내들은 헌병 제복을 입은 장교다. 세르질은 시선을 내렸다. 헌병들도 입을 열지 않는다. 잠자코 세르질을 끌어 올리더니 팔을 뒤로 꺾어 수갑을 채웠다.

몸을 돌려세운 세르질은 문 앞에 선 다른 헌병들을 보았다. 집 안에 헌병들이 차 있는 것이다. 세르질과 시선이 마주친 헌병 장교의 얼굴에 희미하게 웃음이 떠올랐다. 침실에서 끌려 나온 세르질은 응접실에 쓰러진 세 부하를 보았다. 현관 앞에도 두 명이 쓰러져 있다. 밖으로 끌려 나가면서 세르질이 안채를 보았다. 안채의 문은 굳게 닫혀 있다. 안채에는 세르질의 처와 세 자식이 있는 것이다.

"정보국 부국장 세르질 소장을 체포했습니다."

참모장 카이샤가 정재국에게 보고했다.

"저택에서 체포했는데 저택 안의 참모, 부관들이 저항하는 바람에 6명을 사살했습니다."

고개를 끄덕인 정재국이 메모지 한 장을 꺼내 카이샤에게 내밀었다.

"참모장이 이놈을 직접 체포해 오도록, 지금 즉시."

"예, 각하."

메모지를 받아 든 카이샤가 몸을 돌렸다. 이런 식으로 체포를 하고 있다. 정보가 새 나가지 않도록 하나씩 따로따로 지시를 내리고 있다. 세르질은 14번째였고 카이샤는 15번째 반역자를 잡으러 간다.

오전 8시 반, 카심이 국방장관실에서 정재국의 보고를 받는다.

"현재 32명을 체포, 심문 중입니다. 그중에서 26명이 연루자를 자백해서 127명을 체포했습니다."

잠을 자지 못한 정재국의 눈은 충혈되어 있다.

"오늘 중으로 47명을 모두 체포할 예정입니다."

"빠르군."

카심이 감탄했다.

"국경 초소는 모두 봉쇄시켰어."

눈치를 채고 도망치려는 것을 막으려는 것이다. 정재국이 말을 이었다.

"체포 과정에서 저항이 있었기 때문에 현재까지 28명이 사망, 16명이 부상입니다."

"그쯤은 각오해야지."

"혐의자의 자백으로 연루자가 늘어날 것 같습니다."

"몇백 명도 돼. 몇천 명이라도 다 잡아."

메모를 한 카심이 만족한 얼굴로 고개를 끄덕였다.

"다른 놈을 헌병사령관으로 임명했다면 우리는 믿을 수 없을 거야."

한숨을 쉰 카심이 메모지를 들고 일어서며 말했다.

"군 장교들은 지연, 혈연, 이슬람 분파별로 뭉쳐 있어서 어떤 놈이 어떤 파벌인가를 구분하기 어려웠어. 아무런 인연이 없는 자네가 이 일에 적격이야."

돌아오는 차 안에서 정재국이 바이론에게 물었다.

"바이론, 네 파벌은?"

"없습니다."

말이 떨어지자마자 바이론이 대답했다. 사령관의 검정색 벤츠는 시내를 질주하고 있다. 고개를 끄덕인 정재국이 다시 물었다.

"그럼 네가 헌병사령관 직할대장이 된 이유가 뭐냐?"

"헌병으로 10년을 보낸 데다 파벌이 없었기 때문인 것 같습니다."

"그렇군, 너 같은 군인도 있어야지."

정재국이 앞에 앉은 바이론을 정색하고 보았다.

"넌 중령 진급도 세 번이나 보류되었더군. 네 동기들 중에서 대령 진급을 바라보는 놈도 여럿인 것 같은데."

"진급한 놈도 있습니다."

바이론이 말을 이었다.

"오늘 새벽에 체포한 4군단장 파스날 대장의 조카지요. 그놈이 제2군단 산하의 연대장으로 있다가 이번에 체포되었습니다."

고개를 끄덕인 정재국이 바이론을 보았다.

"바이론, 난 이번 일 때문에 특채된 거다. 전에는 특명관 업무만 했다."

"예, 각하. 알고 있습니다."

"오늘 중으로 이 작전은 끝낸다."

"또 남았습니까?"

고개를 끄덕인 정재국이 말을 이었다.

"오늘 중으로 주모자는 모두 체포하고 연루자를 찾아낼 것이다."

그러나 아직 몇 명 남았는지는 말할 수가 없다.

경호실장 모하메드 대장이 집무실로 들어서자 후세인이 고개를 들었다. 오전 11시, 방금 후세인은 카심의 보고를 받고 난 참이다.

"각하, 부르셨습니까?"

"거기 앉아."

눈으로 앞쪽 자리를 가리킨 후세인이 의자에 등을 붙였다. 오전 10시 반, 후세인이 입을 열었다.

"지금까지 반역자 32명을 체포했어. 주모자급이지."

"……."

"연루자도 127명 체포했다."

후세인의 얼굴에 희미한 웃음이 떠올랐다.

"오늘 중으로 주모자는 모두 체포할 예정이야."

"예, 각하."

모하메드가 똑바로 후세인을 보았다. 후세인의 측근이 된 지 20년이다. 심상치 않은 분위기를 느낀 것이다. 그때 후세인이 말을 이었다.

"지금 헌병사령관이 여기 와 있다."

숨을 삼킨 모하메드의 눈빛이 흐려졌다. 정재국이다. 정재국이 카심을 만나고 나서 대통령궁으로 온 것이다. 정재국의 보고를 받은 카심이 이곳으로 달려와 보고를 하고 간 지 20분쯤 되었다. 모하메드도 카심의 보고를 같이 들었던 것이다. 후세인이 길게 숨부터 뱉었다.

"모하메드, 네 보좌관 하미드 대령이 반역자다."

"예엣!"

놀란 모하메드의 입에서 외마디 외침이 터졌다. 긴장하고 있었기 때문에 더 놀란 것이다. 하미드는 모하메드의 심복, 12년 동안 함께 지낸 부하다. 모하메드가 소장이었을 때 대위였던 하미드를 대령으로까지 진급시켰다. 모하메드의 입이 반쯤 벌어졌고 눈의 초점은 멀어졌다. 하미드는 모하메드의 여동생 샤라와 결혼해서 아이도 셋이나 낳았다. 모하메드의 매제인 것이다.

경호실장 보좌관실에 앉아 있던 하미드 대령이 문이 열리는 기척에 고개를 들었다. 소장 계급장을 붙인 장군이 들어서고 있다. 가슴에 헌병 마크가 선명하게 드러났다. 헌병사령관이다. 하미드는 정재국과 친숙한 사이다. 모하메드를 만날 때마다 하미드의 안내를 받거나 동석했기 때문이다.

"아, 사령관, 무슨 일입니까?"

하미드가 활짝 웃는 얼굴로 자리에서 일어섰다.

"실장께선 조금 전에 대통령 각하께 가셨습니다."

하미드는 30대 후반으로 콧수염이 짙었고 장신에 날씬한 몸매의 미남이다. 아랍인답지 않게 피부가 희다.

"자, 앉으세요. 여기서 기다리시지요."

하미드는 정재국이 모하메드를 만나러 온 줄로 아는 것 같다. 정재국이 하미드가 권하는 자리에 앉았을 때 방문이 열리더니 직할대장 바이론이 들어섰다. 밖에 서 있다가 불안했기 때문이다. 바이론이 잠자코 정재국 뒤에 섰기 때문에 하미드가 눈썹을 모았다. 그때 정재국이 하미드에게 물었다.

"대령, CIA 연락관인 오스몬드를 최근에 만난 적 있지?"

그 순간 하미드가 숨을 들이켰다. 흰 피부가 순식간에 노랗게 굳어졌다. 이번 CIA 간첩 사건을 모하메드한테서 듣지 않은 것 같다. 하미드가 숨만 쉬었기 때문에 정재국이 말을 이었다.

"25일 전에 바그다드 콘티넨털호텔 방에서 만났더군. 거기서 25만 불을 받았지?"

이제 하미드의 이마에 땀방울이 솟아났다. 정재국이 지그시 하미드를 보았다.

"지금까지 4년 동안 9번을 만났고 받은 돈은 325만 불, CIA 담당자가 3명 바뀌었더군."

"사령관."

하미드의 목소리가 떨렸다.

"경호실장 각하는 모르시는 일이오."

"어쨌든 널 체포한다."

자리에서 일어선 정재국이 심호흡을 했다.

"넌 경호실장을 언급하면서 끌고 들어가려고 하는 거야, 개새끼."

대통령 집무실에서 돌아온 모하메드에게 부관이 달려와 섰다. 부관의 얼굴은 하얗게 굳어졌고 눈동자의 초점이 흐려져 있다.

"각하, 조금 전에 보좌관을……."

그때 모하메드가 의자에 앉으면서 물었다.

"헌병사령관이 데려갔나?"

"예, 각하."

시선을 내린 부관이 더듬거렸다.

"데려갔습니다."

실제는 '압송'하는 것이었지만 부관이 말을 이었다.

"보좌관은 아무 말도 하지 않았습니다."

모하메드는 의자를 돌려 창밖을 보았다. 그대로 가만있었기 때문에 부관도 숨을 죽인 채 서 있었다.

하미드의 심문은 정재국이 직접 맡았다. 직접 심문한다는 것이 아니다. 심문관 옆에서 참관한 것이다. 정재국이 통역관을 옆에 붙여서 심문 내용을 듣고 있다. 오후 5시 반, 심문을 시작한 지 한 시간도 안 되었다. 가차 없이 심문하라는 정재국의 지시를 받은 심문관이 고문을 시작했다. 하미드의 손톱을 뽑기 시작한 것이다. 손톱이 3개째 뽑혔을 때 하미드가 소리쳤다.

"그렇습니다! 경호실장도 압니다!"

아랍어여서 통역을 들은 정재국이 어금니를 물었다. 다시 심문관의 추궁을 받은 하미드가 다시 소리쳤다.

"CIA가 지금까지 우리를 도와주었기 때문에 네가 중간 역할을 하라고 했습니다!"

통역을 들은 정재국이 숨을 죽였다. 그때 하미드가 말을 이었다.

"오직 국가를 위한 것이었소! 사심이 없었단 말입니다!"

그때 정재국이 심문관에게 지시했다.

"손톱을 두 개 더 뽑아라!"

심문관이 두말 않고 고문 담당자를 시켜 손톱 2개를 뽑았다.

"으아악! 으악!"

비명이 방을 울렸다. 그때 정재국이 심문관에게 말했다.

"더 추궁해!"

오후 3시가 되었을 때 정재국이 카심 국방장관실로 들어섰다. 기다리고 있던 카심이 어두운 표정으로 정재국을 맞는다. 하미드 사건을 알고 있었기 때문이다. 반역자 47명의 명단을 쥐고 있었던 것은 후세인 대통령과 정재국 둘이다. CIA 비밀보좌관 미코얀으로부터 명단을 받은 정재국이 후세인한테만 보고했기 때문이다. 물론 후세인의 지시였다.

"하미드의 혐의는 확실합니다."

정재국이 가라앉은 목소리로 말했을 때 카심은 시선만 주었다.

"하미드가 자백했습니다. 모하메드 경호실장에게 CIA와 만난 내용을 일일이 보고했다는 것입니다."

"……."

"하미드는 지금까지 325만 불을 받았고 그중 150만 불을 경호실장한테 건네주었다는 것입니다."

그때 고개를 든 정재국이 카심을 보았다.

"하미드는 모하메드 실장을 끌고 들어가고 있습니다. 실장을 안고 있으면 저도 살 가능성이 있다고 생각하는 것 같습니다."

카심은 표정이 더 가라앉았다. 정재국이 말을 이었다.

"대통령 각하께서도 알고 계시는 터라 지금쯤 경호실장한테도 언질을 주셨을 것 같습니다."

"나한테도 이야기는 하셨어."

카심이 외면한 채 입을 열었다.

"각하께서 이렇게 결단을 내리시지 못하고 주저하시는 경우는 내가 처음 보았다."

한숨을 쉰 카심이 말을 이었다.

"각하께선 엄청난 충격을 받으신 것 같다. 나도 뭐라고 조언을 드릴 수가 없구나."

이것은 모하메드의 혐의가 없더라도 연루자로 처벌되는 것이 당연하다. 하미드는 모하메드의 심복이며 친척인 것이다. 그때 정재국이 고개를 들고 카심을 보았다.

"제 생각을 말씀드리지요."

카심이 눈만 껌벅였다.

"CIA가 하미드의 명단까지 내준 것은 이런 상황까지 예상했을 것입니다. 각하께서 모하메드 실장까지 연루자로 처벌할 가능성도 있다는 것을 알고 있지 않겠습니까?"

"그렇겠지."

마침내 카심도 고개를 끄덕이면서 똑바로 정재국을 보았다.

"난 그것이 음모일지도 모른다고 각하께 보고드렸어."

"제가 오늘 CIA 연락관을 만나겠습니다."

"만나서 뭐 하려고?"

"모하메드 실장에 대한 CIA의 분명한 입장을 말해달라고 하겠습니다."

"말해줄까?"

"하미드의 내역까지 보내준 상황이니까 입장이 있을 것입니다."

"있겠지."

"이번 일도 이라크 정부, 통치자인 후세인 대통령 각하를 위해서 CIA가 만들어준 일이니까요."

정재국이 똑바로 카심을 보았다.

"모하메드 실장의 결백을 CIA가 밝혀주는 것이 최선입니다. 그것밖에 방법이 없습니다."

후세인의 신변 경호는 경호실 소관이지만 밀착 경호는 타카트 소장이 이끄는 30명의 쿠르크족 출신 장교들이 맡고 있다. 타카트는 후세인의 사촌 동생으로 40대 후반의 과묵한 인간이다. 사관학교를 졸업하고 영국 포병학교에서 3년간 교육을 받은 후에 포병 연대장까지 지내다가 7년 전부터 후세인의 밀착 경호대장을 맡아 오고 있다. 친척인 데다 충성심이 강해서 후세인이 누구보다 믿는 인물. 타카트는 대역 후세인의 관리도 맡고 있어서 진짜 후세인으로부터 '후세인 관리자'라는 별명까지 얻었다. 타카트가 지휘하는 밀착 호위대 30명은 충성심이 강한 후세인의 출신지에서 선발한 장교들이다. 오후 3시 반, 후세인이 집무실로 들어선 타카트에게 물었다.

"타카트, 모하메드는 지금 어디 있나?"

"집무실에 있습니다."

마른 체격에 눈빛이 유난히 강한 타카트가 후세인을 보았다.

"각하, 하미드가 반역자라면 실장도 연루된 것 아닙니까?"

후세인의 얼굴에 쓴웃음이 번졌다. 타카트는 후세인의 그림자 같은 존재다. 대역 후세인 두 명이 후세인의 분신 노릇을 한다면 타카트는 그림자다. 대역에게는 그림자가 없는 것이다. 그 말이 맞는 이유가 있다. 대역에게는 타카트가 붙지 않기 때문이다. 그림자가 없다. 그때 후세인이 말했다.

"그럴 가능성이 있지."

"가능성이 큽니다, 각하."

후세인이 다시 입을 다물었고 타카트가 말을 이었다.

"각하, 실장이 CIA와 결탁했다는 것이나 같습니다. 왜 망설이고 계십니까?"

"그렇게 단순한 일이 아니다."

"제가 처리할 수 있습니다."

"시끄럽다."

낮게 꾸짖은 후세인이 타카트를 보았지만 눈동자가 흐리다. 그 상태로 후세인이 말을 이었다.

"헌병사령관의 의견을 듣고 결정하겠다."

오후 4시, 바그다드호텔의 로비 라운지 끝 쪽에 위치한 밀실에서 정재국과 미코얀이 마주 앉아 있다. 정재국이 먼저 입을 열었다.

"짐작하고 계시겠지만 모하메드 실장의 입장이 난처해졌습니다."

미코얀이 숨을 죽였고 정재국이 말을 이었다.

"CIA가 계획적으로 모하메드 실장을 제거하려고 음모를 꾸몄는지도 모르지요."

"……."

"CIA는 이번에 후세인 대통령을 위해서 정보를 준 것이 아니라 CIA에 강경파로 분류된 모하메드 실장을 제거하려는 작전일 가능성도 있습니다."

정재국의 얼굴에 쓴웃음이 번졌다.

"어쨌든 이번에 CIA가 제공한 정보로 이라크 군부의 CIA 협조자가 일망타진되었습니다."

그때 미코얀이 정재국을 보았다.

"사령관, 용건이 뭡니까?"

"다 알고 계시면서."

정재국의 얼굴에 다시 웃음이 떠올랐다.

"내가 하미드를 체포해서 자백을 다 받아놓았습니다. 대통령 각하께 보고하기 전에 당신을 만나러 온 겁니다."

"……."

"이번 CIA의 목표가 모하메드 제거입니까?"

"그건 나도 알 수 없소."

정색한 미코얀이 말을 이었다.

"아마 이런 상황도 본부에서는 예상하고 있었겠지요."

"나한테 다른 이야기를 해줄 건 없습니까?"

"무슨 말입니까?"

"내가 키를 쥔 입장 아닙니까? 당신들이 내가 이렇게 찾아오리라고 예상 안 했을 리가 없지요."

"……."

"내가 헌병사령관이 된 것도 당신들 덕분이지, 후세인 대통령이 믿을 사람은 나뿐이었으니까."

정재국의 얼굴에 다시 웃음이 떠올랐다.

"하미드를 고문하면서 문득 당신들의 이번 목표가 대미 강경파 모하메드의 제거가 아닐 것 같다는 생각이 들더군."

"……."

"그렇게 뻔하게 보이는 작전을 쓸 리가 없어. 모하메드를 제거하려면 다른 방법을 쓸 수도 있었을 거야."

"……."

"더구나 이번에는 당신들이 오랫동안 닦아온 이라크 군부대의 CIA 조직 소탕이야. 하지만 중요한 조직원은 남겨두었을지도 모르지."

"……."

"그건 후세인 대통령도 알 거요."

그때 미코얀이 말했다.

"우리도 모하메드는 연루되지 않을 것으로 알고 있어요."

"그것만으로는 부족해요."

"여기 있습니다."

미코얀이 탁자 위에 소형 녹음테이프와 서류를 내려놓았다.

"이건 하미드의 육성 녹음이오. 그리고 여기 증거 서류가 있어요."

정재국이 고개를 끄덕이며 녹음테이프를 집었다.

오후 6시 반, 정재국이 지하 벙커의 대통령 집무실로 들어서자 소파에 앉아 있던 후세인이 자리에서 일어섰다.

"리."

뺨을 부딪치고 떼어졌을 때 정재국이 물었고 후세인이 빙긋 웃었다.

"광."

그러고 나서 둘이 자리에 앉았을 때 후세인이 고개를 돌려 벽에 그림자처럼 붙어 서 있던 타카트에게 말했다.

"카심을 데려와라."

그러더니 힐끗 벽시계를 보았다.

"나하고 사령관이 이야기 끝났을 때 연락을 할 테니까 대기시키도록."

그러고는 후세인이 정재국을 향해 고쳐 앉았다.

30분쯤 후에 카심 대장이 집무실 안으로 들어섰다. 인사를 마친 카심이 자리에 앉았을 때 후세인이 입을 열었다.

"장관, 먼저 이 테이프를 들어봐."

"예, 각하."

카심의 시선이 탁자 위에 놓인 녹음기로 옮겨졌다. 손바닥만 한 녹음기다. 정재국이 손을 뻗쳐 녹음기의 버튼을 눌렀다. 그때 녹음기에서 하미드의 목소리가 울렸다.

"모하메드 실장한테 지금까지 150만 불을 줬습니다. 그 돈이 CIA 자금인 것을 알고 있습니다."

하미드가 CIA 연락관 오스몬드에게 말하고 있다. 카심이 숨을 들이켰을 때 정재국이 정색한 얼굴로 말했다.

"거짓말입니다. CIA는 하미드의 자금 사용 내역을 모두 알고 있습니다."

정재국이 탁자 위에 놓인 서류를 눈으로 가리켰다.

"그건 하미드의 자금 사용 내역입니다. 하미드는 모하메드 실장을 팔아서 돈을 더 뜯어냈습니다. 모하메드 실장이 모르고 있다는 것도 CIA는 다 알고 있었지요."

오후 8시, 정재국이 경호 실장실로 들어섰다. 자리에 앉아있던 모하메드가 고개를 들었다. 하루 사이에 수척해진 얼굴, 눈빛도 흐리다. 모하메드가 잠자코 시선만 주었기 때문에 정재국은 목례만 하고 앞쪽 자리에 앉았다. 경호 실장실은 대통령 집무실과 가깝다. 대통령궁 본관에서 옆쪽의 경호실 건물은 1백 미터 거리다. 오늘은 부관이 차도 가져오지 않았기 때문에 정재국이 바로 입을 열었다.

"하미드가 실장님한테 150만 불을 건넸다고 증언했습니다."

모하메드는 시선만 주었고 정재국이 말을 이었다.

"대통령께 보고드렸습니다."

"……."

"보고하지 않을 수가 없었지요."

"……."

"저는 지금 대통령 각하의 지시를 받고 왔습니다."

정재국이 똑바로 모하메드를 보았다.

"각하께서는 하미드는 없었던 인물로 생각하겠다고 하셨습니다."

그때 모하메드의 흐린 눈동자가 선명해졌다.

"그게 무슨 말인가?"

모하메드의 목소리는 갈라져 있다.

"없었던 인물로 생각하시겠다니?"

"하미드가 실장님을 끌고 들어간 것이 확인되었습니다."

정재국이 앞쪽 테이블 위에 녹음기를 놓고 버튼을 눌렀다. 그러자 곧 하미드의 목소리가 울렸다. 후세인 대통령에게 들려주었던 녹음이다. 재생이 끝났을 때 모하메드의 얼굴에서 조금 핏기가 돌아왔다. 그때 정재국이 말했다.

"내가 CIA의 미코얀한테서 받아 온 겁니다. 이걸 먼저 대통령께 들려드렸지요."

"……."

"실장님이 연루되지 않았다는 것은 CIA도 알고 있었다는 것입니다. 그래서 협조를 해 주더군요."

"……."

"실장님의 혐의가 풀린 셈입니다. 하지만 하미드는 처벌을 받아야 됩니다."

"내가 책임이 있어."

모하메드가 고개를 저으면서 말했다.

"그놈은 내 보좌관이면서 내 매제였어. 내가 책임을 져야 돼."

"각하께서 정상적으로 근무하라는 지시를 하셨습니다."

그러자 숨을 들이켠 모하메드의 눈에서 주르르 눈물이 쏟아졌다. 모하메드가 눈물 가득한 눈으로 정재국을 보았다.

"고맙네, 신세를 졌네."

"대통령 각하께서 바라고 계셨던 일입니다."

정재국이 바로 대답하고는 자리에서 일어섰다. 아직 47명 주모자 체포가 이어지고 있는 것이다.

"예상했던 대로 진행되었습니다."

쓴웃음을 지은 윌슨이 후버에게 말했다.

"모하메드는 살아남았습니다, 부장님."

"흥."

파이프에 담배를 눌러 담으면서 후버가 코웃음을 쳤다. 오후 1시 반, 바그다드는 오후 9시 반일 것이다. 이곳은 뉴욕 맨해튼의 안가(安家) 안, 소파에 깊숙이 등을 붙이고 앉았기 때문에 파이프용 담배가 무릎 위로 떨어지고 있다.

"미스터 정의 주가가 뛰겠군."

떨어진 담배 가루를 손으로 훑어내면서 후버가 투덜거렸다.

"그놈을 경호실장 시켜도 될 텐데."

"그건 힘들지요. 헌병사령관 정도가 적당합니다."

"너한테는 농담도 못 하겠다."

파이프를 입에 문 후버가 눈을 흘겼다.

"헌병사령관도 한시적이야. 간첩 잡으려고 임시로 임명한 것 아니냐?"

"그렇습니다."

"정치권에서 이번 이라크 내부의 CIA 간첩 소탕을 곧 알게 될 거다."

"대비하고 있습니다."

"이번 작전이 내부에 노출되면 안 돼."

파이프에 성냥으로 불을 붙이면서 후버가 낮게 말했다. 파이프를 입에 문 채 이 사이로 말했지만, 윌슨이 고개를 커다랗게 끄덕였다.

"최소한의 인원만 동원했습니다."

"이번에 이라크 군부의 CIA 내통자가 다 소탕된 것으로 해야 돼."

"그렇게 될 겁니다. 오늘 중으로 끝낼 것 같습니다."

후버가 파이프를 계속해서 빠끔대더니 곧 길게 빨아들였다가 구름 같은 연기를 내뿜었다.

"정치인들이란."

연기와 함께 후버가 말을 잇는다.

"그저 눈앞의 실적에 급급해서 우리가 수십 년간 쌓아온 인맥을 절단 내려고 하다니, 개 같은 놈들."

윌슨은 대답하지 않았다. 그것은 대통령을 포함한 국무장관, 그리고 추종 세력들을 싸잡아서 말하는 것이다. 대선이 1년도 안 남은 시점이다. 그들에게 후세인은 '사고뭉치'며 핵과 생화학무기를 생산하고 있는 '중동의 악마' '테러리스트'인 것이다. 후세인을 제거하면 재선을 보장받게 된다, 국민들은 악마를 제거한 영웅으로 믿게 될 테니까. 그러나 후버의 입장에서는 후세인은 중동의 조정자, 더구나 실력을 갖춘 동업자로 만들어 놓은 상황이었다. 그래서 CIA 내부에서도 모르게 이라크가 자체적으로 CIA 세력을 숙청한 것으로 했다. 47명은 CIA에서 매수한 전원이 아니다. 효용 가치가 적고 정치권과 밀착되어 있는 CIA 내부의 현 대통령 추종 세력들이 알고 있는 명단에서 골라내었다. 윌슨과 후버 라인의 이라크군 장교들은 살아남았다. 그때 고개를 든 윌슨이 말했다.

"후세인도 알고 있을 것입니다."

"당연하지."

다시 연기를 내뿜은 후버가 말을 이었다.

"이번에 정재국 덕분에 모하메드가 살아났다고 후세인이 믿지도 않을 거다."

"그렇겠지요. 후세인이 그럴 정도로 단순한 인물이 아닙니다."

"어쨌든 모하메드는 우리 덕분에 살아난 거야, 그놈은 앞으로 절대로 그걸 세우지 못해."

그것이란 '남성'의 상징을 말한다. 후버가 길게 숨을 뱉었다.

"어쨌든 후세인을 제거해서 재선에 성공하겠다는 정치꾼들의 의도는 좌절시켰다. 이제 그놈들은 됐고."

이제는 불이 꺼져가는 파이프를 재떨이에 내려놓으면서 후버가 윌슨을 보았다.

"이제는 내부 단속이야, 갑자기 이라크 내부의 조직이 붕괴된 것을 이상하게 생각할 테니까."

"알겠습니다."

윌슨이 고개를 끄덕였다.

"눈치를 챘더라도 움츠리고 있을 것입니다, 만일의 경우에 어떻게 될지 알 테니까요."

그때는 은밀하게 제거할 것이었다. 같은 CIA 요원이라고 해도 전혀 개의치 않는다. 오히려 더 철저하게 당하게 된다.

다음 날 오전, 바그다드의 대통령궁. 대통령 집무실에 넷이 둘러앉아 있다. 후세인과 카심, 모하메드와 정재국이다. 오전 11시, 카심은 초췌한 안색. 들어올 때 후세인의 뺨에 세 번 얼굴을 붙였지만, 시선을 마주치지는 못했다. 넷은 둥글게 둘러앉았다. 후세인이 상석에, 좌우에는 카심과 모하메드, 앞쪽에 정재국이다. 중앙에 탁자가 있고, 전(前)과 같은 구도다. 참, 그림자는 항상 빼놓는군. 후세인 뒤쪽 벽에 측근 경호 타카트가 딱 붙어 서 있다. 항상 그렇다. 그때 후세인이 모하메드를 보았다.

"모하메드, 샤라가 네 막내 여동생이라고?"

"예?"

놀란 모하메드가 그때서야 후세인을 보더니 숨을 들이켜고 나서 고개를 숙였다.

"예, 각하."

"아이가 셋이었지?"

그때 모하메드의 고개가 더 숙여졌다.

"예, 각하."

"고개를 들어라."

"예, 각하."

고개를 든 모하메드의 눈에서 눈물이 흘러내리고 있다. 후세인이 똑바로 모하메드를 보았다.

"하미드는 교통사고로 뒈진 것으로 처리해라, 장례식도 치르도록 해."

다시 모하메드가 고개를 숙였다. 특전이다. 어젯밤까지 47명의 반역자는 모두 체포되었고 지금도 공범이 줄줄이 연행되는 중이다. 극비로 진행하고 있지만 군(軍) 분위기는 흉흉했다. 소문이 퍼진 것이다. 그러나 철저하게 단속하고 있어서 국민들도 모른다. 그때 후세인의 말이 이어졌다.

"샤라는 아이도 아직 어리니까 재혼시키면 돼, 이제는 CIA 돈 받아먹지 않는 놈으로."

"……."

"이번에 헌병사령관이 널 위해서 CIA 담당관을 만나 증거 자료를 갖다 주었다. 물론 CIA도 널 매장시킬 생각도 없었던 것 같다."

그러고는 후세인이 길게 숨을 뱉었다.

"물론 나도 그놈들 작전에 넘어갈 생각도 없었지만."

그때 자리에서 일어선 모하메드가 후세인 앞으로 다가가 꿇어앉았다. 그러더니 머리를 숙여 후세인의 신발에 입을 맞춘다. 그러고는 얼굴은 신발에 붙이고 움직이지 않았다.

"모하메드, 일어나라."

이윽고 후세인이 말하자 모하메드가 몸을 일으켰다. 앞에 선 모하메드에게 후세인이 부드럽게 말했다.

"이제 그만 자책해라. 돌아가서 수습하도록."

이렇게 모하메드가 사면되었다.

연행, 심문, 처형까지 일사불란하게 처리되는 터라 헌병 사령부 업무는 24시간 가동되고 있다. 그러나 모두 눈이 번들거렸고 행동은 활기가 넘치고 있다. 오후 3시 반, 헌병 사령관실에 앉아있던 정재국이 방으로 들어서는 이칠성을 보았다. 이칠성 옆에는 대위 계급장을 붙인 부관이 따르고 있었다.

"현재까지 47명 중 42명의 연루자가 정리되었습니다. 지금 5명이 남았습니다."

이칠성이 보고했다.

"그놈들도 오늘 밤까지 정리할 예정입니다."

고개를 끄덕인 정재국이 물었다.

"처형 예정자는?"

"현재까지 142명입니다."

정재국이 옆에 선 대위를 보았다.

"대위, 일주일 안에 이번 작전을 끝내야 된다."

"예, 각하."

놀란 듯 대위가 부동자세로 섰다. 30대 초반쯤, 건장한 체격에 콧수염이 근사하다. 그러나 정재국의 시선을 받은 대위의 눈동자가 흔들렸다. 사령관이 직접 말을 걸 줄은 예상하지 못한 것 같다. 그때 정재국이 말을 이었다.

"작전이 끝나면 이전에 참가한 장교, 사병은 모두 1계급 특진을 시킬 것이다."

대위가 숨을 들이켰다. 고개를 돌린 정재국이 이칠성에게 말했다.

"처형자는 오늘 밤에 처형시켜."

"예, 각하."

몸을 돌린 둘이 방을 나갔을 때, 정재국이 심호흡을 했다. 대위의 입을 통해 '진급' 소문이 오늘 밤 안에 헌병대 안으로 퍼져나갈 것이다. 대위에게 '진급' 이야기를 한 것은 의도적이다. 사기를 올리려는 것이다.

하미드는 총살되었다. 고문으로 만신창이가 된 하미드는 총살 직전까지 울부짖으면서 모하메드를 찾았기 때문에 아예 처형장으로 옮기기도 전에 방에서 정재국이 직접 사살했다. 반역자 색출과 처형은 일주일간 계속되었는데 처형된 군 장교는 총 425명, 그중에서 장군이 35명, 대령이 129

명, 영관급 장교가 151명이나 되었다. 반역 주모자 47명이 모두 체포되었고 그 연루자까지 모두 합친 숫자다. 일주일이 지났을 때 정재국이 후세인에게 최종 보고를 했다. 대통령 집무실 안에는 전처럼 넷이 둘러앉았다. 후세인과 카심, 모하메드, 정재국이다. 후세인 뒤쪽 벽에는 그림자 하나가 붙어 서 있다. 타카트 소장이다. 정재국이 준 서류를 내려놓은 후세인이 카심에게 말했다.

"이번 작전으로 군이 쇄신되는 계기가 될 것이다. 바로 조처하도록."

"예, 각하."

카심이 상체를 세우고 대답했다. 대규모의 인사 조치다. 장군 35명, 고급 장교가 3백 명 가깝게 숙청된 터라 빈자리를 메우는 인사다. 카심이 말을 이었다.

"군 분위기가 쇄신될 것입니다."

그동안 후세인과 카심은 군대 대규모 승진 인사 계획을 수립해놓은 것이다. 후세인의 시선이 모하메드에게로 옮겨졌다.

"모하메드, 넌 경호실장 겸 수도방위 사령관을 맡아라."

순간 모하메드가 숨을 들이켰고 후세인이 말을 이었다.

"너도 알겠지만, 네 사기를 올려주려는 의도다. 분발해라."

"각하."

어깨를 부풀렸다가 내린 모하메드가 똑바로 후세인을 보았다.

"감사합니다."

그러고는 입을 딱 다물었다. 두 눈이 번들거리고 있다. 고개를 끄덕인 후세인의 시선이 이번에는 정재국에게 옮겨졌다.

"수고했다, 특명관."

"예, 각하."

“당분간 헌병사령관으로 근무하다가 정국이 안정되면 특명관 업무로 돌아가도록.”

“예, 각하.”

어차피 헌병사령관은 한시적 역할이었다. 후세인의 시선을 받은 정재국이 소리죽여 숨을 뱉었다. 눈빛이 부드러웠지만 가라앉아 있었기 때문이다.

헌병사령관실로 들어선 정재국이 따라 들어온 참모장 카이샤와 직할대장 바이론을 보았다. 카이샤와 바이론 뒤에는 이칠성과 박상철이 서 있다. 그때 정재국이 들고 온 가방에서 계급장을 꺼내 테이블 위에 놓았다. 별 하나짜리 준장 계급장과 중령 계급장이다. 정재국이 나란히 선 카이샤와 바이론에게 말했다.

“참모장, 직할대장, 너희들은 각각 준장과 중령으로 진급했다. 내가 직접 계급장을 붙여주겠다.”

카이샤와 바이론이 부동자세로 섰고 정재국이 어깨에 계급장을 붙여주었다. 이칠성과 박상철이 거들고 있다.

대역 후세인의 존재를 알고 있는 사람은 극소수다. 대역 관리자인 타카트와 후세인 본인, 그리고 측근으로는 모하메드와 카심, 정재국이 될 것이다. 타카트가 혼자 감당할 수는 없기 때문에 측근 경호대원 10명을 선발해서 대역 관리를 맡겼다. 그리고 외부 인사로는 리스타 그룹의 이광과 안학태다. 이광은 대역의 존재를 해밀턴한테도 말하지 않았다. 믿지 못해서가 아니라 후세인과의 신뢰 관계, 약속 때문이다. 정재국이 후세인에게 불려 갔을 때는 ‘반역’ 사건이 종결된 지 일주일쯤이 지난 후다. 정국은 여전히 평온한 일상이 지속되었고 군 내부의 분위기도 안정되어 가고 있다. 인사를 마치고 후세인이 '정품'인 것을 확인까지 한 정재국이 자리에 앉았을 때다. 후세인이 지그시 정재국을 보았다.

"너, 리스타에 가야겠다."

"예, 각하."

대답부터 한 정재국이 후세인을 보았다. 후세인이 말을 이었다.

"물론 비밀로, 알겠느냐?"

"예, 각하."

"네가 먼저 가서 이 회장을 만나라."

"예, 각하."

"내가 일주일 후에 갈 테니까. 물론 나도 비밀리에 간다."

그 순간 정재국이 숨을 들이켰다. 마침내 후세인이 리스타랜드에 가는 것이다.

"알겠습니다, 각하."

"그동안 바그다드에는 대역을 앉혀둘 생각이야."

후세인의 얼굴에 쓴웃음이 떠올랐다.

"지금은 카심이나 모하메드도 구별을 잘 못 한다. 그들에게는 '정품' 식별 암호를 알려주지 않았거든."

카심과 모하메드 같은 심복에게도 '대역'을 구별하는 방법을 말해주지 않은 것이다. 후세인이 말을 이었다.

"물론 이번에는 둘이 알고 있을 거다. 대역이 내 자리에 앉아 있다는 것을 말이다."

고개를 든 후세인이 목소리를 낮췄다.

"이 회장을 만나서 전해, 내가 간다고."

이틀 후, 바그다드 공항을 이륙한 C-130 화물기 한 대가 기수를 서남쪽으로 틀었다. 구름 한 점 없는 푸른 하늘이다. 리스타 국적의 화물기는 흰색 동체를 번쩍이다가 곧 시야에서 사라졌다.

화물기의 뒤쪽 화물칸은 텅 비었다. 화물칸 좌우에 의자가 붙여졌는데 의자에 앉은 탑승객은 둘뿐이다. 양복 차림의 사내 둘, 정재국과 이칠성이다. 리스타에서 화물을 싣고 온 화물기에 타고 둘은 리스타랜드로 날아가고 있다.

"화물기 타는 것이 더 편한데요."

이칠성이 화물칸 안을 돌아다니다가 정재국에게 다가와서 말했다.

"여기서 배드민턴을 해도 되겠습니다."

이칠성은 오랜만의 리스타랜드행에 들떠 있다. 그러나 정재국을 수행하고 갈 뿐이어서 내용은 모른다.

안학태가 옆으로 다가와 말했다.

"정재국이 오늘 저녁에 도착할 예정입니다, 회장님."

이광이 고개만 끄덕이면서 눈으로 옆쪽 자리를 가리켰다. 오후 1시 반, 이광은 점심을 마치고 베란다에 나와 있는 참이다. 옆쪽 자리에 앉은 안학태가 말을 이었다.

"후세인 대통령의 전갈을 갖고 오는 것 같습니다."

"정재국이 요즘 바빴더군."

커피 잔을 든 이광의 얼굴에 웃음이 떠올랐다.

"아마 빅뉴스를 가져올 거야."

"예, 회장님."

지난번에 정재국한테서 후세인의 전갈을 들은 것이다.

지하 벙커의 대통령 집무실에서 후세인이 세 사내와 둘러앉아 있다. 둘씩 소파에서 마주 보고 앉아 있었는데 후세인이 둘이다. 앞쪽에 나란히 앉은 둘은 카심과 모하메드다. 후세인 둘의 뒤쪽에는 측근 경호 타카트가 벽에 딱 붙어 서 있다. 그런데 위치가 앞쪽 후세인 두 명의 한 가운데다. 그래서 카심과 모하메드는 지금 헷갈리는 중이다. 외모가 머리카락 하나까지 똑같기 때문이다. 물론 둘은 10분이면 진짜를 가려낼 수 있지만 지금은 불가능하다. 일단 말을 걸어봐야 안다. 쳐다보기만 하면 100일이 걸려도 안 된다. 그때 오른쪽 후세인이 웃음 띤 얼굴로 입을 열었다.

"어떠냐? 구별하기 힘들지?"

"예, 각하."

둘이 거의 동시에 대답했을 때 오른쪽 후세인이 왼쪽에게 말했다.

"너도 한마디 해라."

"내 흉내를 잘 내는구나."

왼쪽이 그렇게 말했기 때문에 둘이 숨을 들이켰다. 둘이 앉았을 때 서로 반말을 한 적은 처음이다. 그때 오른쪽이 눈을 치켜떴다.

"어라? 이놈 봐라?"

"아니, 이놈이 정말."

왼쪽이 말을 받았을 때다. 오른쪽이 고개를 돌려 카심과 모하메드를 보았다.

"어떠냐? 누가 진짜인 것 같으냐?"

둘의 시선이 왼쪽에게로 옮겨졌다. 그때 왼쪽이 둘에게 묻는다.

"어떠냐? 구별할 수 있겠냐?"

목소리도 똑같은 터라 둘의 눈동자가 흔들렸다. 그때 오른쪽 후세인이 손을 휘둘러 왼쪽 후세인의 뺨을 쳤다. '철썩' 소리와 함께 왼쪽의 얼굴이 옆으로 돌아갔다. 오른쪽 후세인이 낮게 말했다.

"방바닥에 무릎 꿇고 앉아."

왼쪽이 벌떡 일어나 방바닥에 무릎을 꿇었다. 고개를 든 오른쪽이 웃음 띤 얼굴로 카심과 모하메드를 보았다.

"진짜가 귀뺨까지 맞고 무릎을 꿇으면서까지 가짜 시늉을 하지 않겠지?"

"예, 각하."

둘이 동시에 대답했을 때 오른쪽이 말을 이었다.

"내가 리스타랜드에 다녀오는 동안 이놈을 잘 감시하도록."

이놈이란 무릎을 꿇고 앉아 있는 왼쪽 후세인을 말한다.

"각하께서 리스타랜드에 가시는 이유는 뭐야?"

카심이 물었을 때 모하메드는 주위부터 둘러보았다. 둘은 집무실을 나와 붉은색 양탄자가 깔린 복도를 걷는 중이다.

"모르겠어요."

고개를 비튼 모하메드가 발걸음을 늦추면서 말을 이었다.

"이 회장하고 만난 지도 오래되신 데다 새로운 구상을 하실 것 같습니다."

카심이 고개를 끄덕였다. 공감이 간 것이다. 연이은 전쟁으로 후세인은 세계의 '전쟁도발자'로 악명을 떨치고 있다. 따라서 미국 대통령은 재선에 이용하기 위해서 '후세인 제거' 카드를 꺼내려다가 이번에 좌절되었지 않은가? 후세인은 고립무원의 상황인 것이다. 복도 끝에서 걸음을 멈춘 둘이 마주 보고 섰다.

"이봐, 모하메드, 각하를 구별하는 방법이 있나?"

"전에는 각하께서 암호를 주시거나 구별 방법을 알려 주셨는데 지금은……."

한숨을 쉰 모하메드가 카심을 보았다.

"장관께선 어떻게 구별하십니까?"

"없어, 나도."

카심의 얼굴에 쓴웃음이 번졌다.

"아까 왼쪽 대역을 각하께서 귀뺨을 때리기 전까지는 구별을 못 했어."

"나도 그렇습니다."

입맛을 다신 모하메드가 카심을 보았다.

"다른 또 한 명의 대역까지 만든다면 더 구별할 수가 없을 겁니다."

카심이 고개만 끄덕였다. 그때는 가관일 것이다.

오후 9시, 수평선 위로 불을 켠 배 2척이 양쪽에서 거리를 좁히고 있다. 베란다에서 각각 거리가 다를 것이지만 어둠이 내린 수평선 위에 나란히 떠 있는 것 같다. 베란다의 대나무로 만든 의자에는 이광과 안학태, 그리고 바그다드에서 날아온 정재국까지 셋이 앉아 있다. 뒤쪽의 등 빛을 받아 이광의 얼굴은 그림자가 덮였지만 앞쪽 정재국은 정면을 비친다. 안학태는 비스듬한 위치다. 고개를 든 이광이 정재국을 보았다.

"이번 군부 숙청으로 CIA에 포섭된 세력이 다 포함되지는 않았겠지?"

"예, 회장님."

정재국이 말을 이었다.

"후세인 대통령을 제거하려는 부시와 미국 정치인들에게 CIA와 내통

하는 장교들이 소탕되었다는 것을 보여주기 위한 작전이었습니다."
"모하메드 실장의 보좌관까지 포함된 대숙청이니 CIA 내부에서도 믿겠군."
"예, 회장님."
"모하메드 실장을 제거할 수는 없었을 거다. 후세인 대통령이 그런 작전에 넘어갈 사람이 아냐."
"예, 회장님."
"네가 어려운 일을 잘 처리했다."
"감사합니다, 회장님."
그때 이광이 고개를 돌려 안학태를 보았다.
"후세인 대통령이 이번에 오는 이유가 뭘까?"
"절박하기 때문이겠지요."
안학태가 말을 이었다.
"후세인 대통령이 진심으로 의지하고 계신 분은 회장님뿐입니다."
"대통령의 방문은 극비로 처리해야 돼."
"예, 회장님."
이광의 시선이 정재국에게로 옮겨졌다.
"대통령께서 널 먼저 보낸 것은 너한테 리스타랜드 안에서의 보안 상태를 점검하라는 것 같군."
순간 정재국이 숨을 들이켰다. 지금까지 그 생각을 하지 못했던 것이다. 후세인이 직접 말하지 않았지만 그 분위기였다. 이광이 말을 이었다.
"내일부터 대통령께서 오실 때까지 안 실장과 함께 숙소와 이동선을 점검해라. 네가 이곳에서 대통령의 경호 책임자다."
정재국은 그때서야 자신의 파견 목적을 절감했다. 회장과 대통령은 텔

레파시가 통하는 것 같다.

부시 대통령이 코웃음부터 쳤다. 조지 허버트 부시는 2차 대전에도 전투기 조종사로 참전한 전쟁 영웅이다.

"이봐요, 후버. 그렇다면 이라크 군부에 심어놓은 CIA 동조자들이 이번에 모조리 처형되었단 말이오?"

"예, 각하."

후버가 의자에 등을 붙이고는 부시를 보았다.

"이것들은 감자 줄기 같아서요. 하나가 잡히면 나머지가 줄줄이 따라 나옵니다."

"그게 자랑이오?"

부시가 어이없다는 표정이 되었다.

"CIA 포섭 공작이 겨우 그거냐고?"

"아랍인들의 속성을 모르시는 말씀인데요."

후버가 말을 이었다.

"본래 동조자를 포섭할 때 인연을 이용해야만 했지요. 만일 인연이 없으면 포섭이 불가능합니다."

백악관의 오벌룸 안, 소파에는 부시와 후버, 안보보좌관 포크너, 국무장관 리빙스턴, 비서실장 마이클까지 둘러앉아 있다. 후버는 윌슨을 대동하고 왔지만 아직 윌슨은 입도 열지 못했다. 부시가 다시 물었다.

"그럼 후세인 제거는 불가능하다는 건가?"

"현재로서는 그렇습니다, 각하."

그러고는 후버가 윌슨을 보았다.

"윌슨, 설명해드려."

"예."

윌슨이 부시를 향해 몸을 돌렸다.

"이번에 이라크 군부에서 숙청당한 동조자들은 4백여 명이지만 그들을 결집시켜서 쿠데타나 암살대를 조직하기에는 무리였습니다. 그들을 효율적으로 운용할 수 있을 때는 전쟁 중이었을 때입니다."

부시의 눈빛이 가라앉았고 윌슨은 말을 이었다.

"우리는 전쟁에 대비해서 동조자를 모으고 계획을 세웠던 것입니다."

그때 후버가 결론을 냈다.

"전쟁 때는 군을 움직이기 쉬웠고 후세인 주변에 허점이 많이 생겼으니까요."

"으음."

부시가 신음하더니 전쟁 영웅답게 직설적으로 말했다.

"그럼 후세인 제거가 안 되면서 내 재선도 물 건너간 것인가?"

<3권에 계속>

특명관 2

초판1쇄 인쇄 | 2020년 9월 28일
초판1쇄 발행 | 2020년 10월 7일

지은이 | 이원호
펴낸이 | 박연
펴낸곳 | 한결미디어

등록 | 2006년 7월 24일(제313-2006-000152호)
주소 | 서울시 마포구 모래내로 83 한올빌딩 6층
전화 | 02-704-3331
팩스 | 02-704-3360
이메일 | okpk@hanmail.net

ISBN 979-11-5916-140-7 979-11-5916-138-4(set) 04810